अनुक्रम

हिन्द पॉकेट बुक्स

अंक विज्ञान और ज्योतिष

कीरो का वास्तविक नाम विलियम जॉन वार्नर था। उनका जन्म 1 नवंबर 1866 में इंग्लैंड के ब्रे नामक स्थान पर हुआ था। 17 वर्ष की उम्र में कीरो मुंबई आ पहुंचे और यहां प्रख्यात ज्योतिषी वेदनारायण जोशी से मिले और उनसे परामर्श करके वे हिमालय, कश्मीर, लद्दाख, वाराणसी गए और ज्योतिष शास्त्र का गहन अध्ययन किया। तीन वर्ष में वे ज्योतिष, तंत्र आदि का ज्ञान प्राप्त करके वापस लौटे। इसके बाद कीरो ने वैज्ञानिक पद्धति से भविष्य का वाचन करना आरंभ किया, जिसका अन्य कोई आज तक मुकाबला नहीं कर पाया है।

अंक विज्ञान और ज्योतिष

कीरो

हिन्द पॉकेट बुक्स
पेंगुइन रैंडम हाउस इम्प्रिंट

हिन्द पॉकेट बुक्स

यूएसए | कनाडा | यूके | आयरलैंड | ऑस्ट्रेलिया | सिंगापुर
न्यू ज़ीलैंड | भारत | दक्षिण अफ़्रीका | चीन

हिन्द पॉकेट बुक्स, पेंगुइन रैंडम हाउस ग्रुप ऑफ़ कम्पनीज़ का हिस्सा है,
जिसका पता global.penguinrandomhouse.com पर मिलेगा

पेंगुइन रैंडम हाउस इंडिया प्रा. लि.,
चौथी मंजिल, कैपिटल टावर -1, एम जी रोड,
गुड़गांव-122002, हरियाणा, भारत

पेंगुइन
रैंडम हाउस
इंडिया

प्रथम हिन्दी संस्करण हिन्द पॉकेट बुक्स द्वारा 1997 में प्रकाशित
यह हिन्दी संस्करण हिन्द पॉकेट बुक्स में पेंगुइन रैंडम हाउस द्वारा 2021 में प्रकाशित

हिन्दी अनुवाद : आचार्य विश्वप्रकाश दीक्षित 'बटुक'

10 9 8 7 6 5 4 3 2

ISBN 9789353496388

मुद्रक : मणिपाल टेक्नॉलजीस् लिमिटेड, भारत

www.penguin.co.in

FSC www.fsc.org
MIX
Paper | Supporting responsible forestry
FSC® C043100

This is a legitimate digitally printed version of the book and therefore might not have certain extra finishing on the cover.

प्रस्तावना

अपने प्रारम्भिक वर्षों में जब मैं पूर्व दिशा की यात्रा पर था, तब मुझे ब्राह्मणों के एक ऐसे समुदाय से मिलने का सौभाग्य प्राप्त हुआ जो एक ऐसी अलौकिक सिद्धि का ज्ञाता था, जिसे वह अपनी धार्मिक शिक्षाओं की ही भांति पवित्र मानता था। अन्य ज्ञान के साथ-साथ उस समुदाय के लोगों ने मुझे अंकों के रहस्यमय महत्त्व का ज्ञान भी करवाया, उन अंकों का मानव जीवन से क्या संबंध है यह भी बताया, जो कि आने वाले वर्षों में न केवल अनुभव के आधार पर सच सिद्ध हुआ, बल्कि मेरे इस प्रयास को भी गति दी कि मैं इस ज्ञान को ऐसे व्यावहारिक ज्ञान में परिवर्तित कर दूं, जिससे कि अन्य लोग न केवल स्वयं लाभ उठा सकें, बल्कि अपने आसपास के लोगों को भी लाभान्वित कर सकें।

हमें यह सदा याद रखना चाहिए कि वास्तव में हिन्दुओं ने ही प्रकृति के नियमों की खोज की और प्रारम्भिक वर्षों में वे ही इनके ज्ञाता भी थे, किन्तु अपने शिष्यों को यह ज्ञान देते समय उनका प्रयास यही रहा कि इसकी मुख्य बातें कहीं साधारण व्यक्ति तक न पहुंच जाएं। परिणामतः कुछ प्रश्नों की कुंजी ही कहीं खो गई और जो सत्य प्राप्त हुए थे, वे सब अन्धविश्वास और छल-कपट की धूल में गुम होकर रह गए। हम आशा कर सकते हैं कि जब कोई उपयुक्त समय आने पर प्रकृति के इस ज्ञान की ओर पुनः ध्यान देगा तो यह ज्ञान समय के साथ पुनः जीवित होगा।

इन भारतीयों के अतिरिक्त प्राचीन काल के मिस्रवासी और बैबी-

लोनिया वाले भी अंकों के रहस्यमय अर्थ के ज्ञाता थे। इन्हें यह ज्ञान प्राप्त था कि इन्हें काल-विशेष और मानव जीवन के संदर्भ में किस प्रकार लागू किया जा सकता है। हिन्दुओं ने ही सम्पात के सिद्धान्त (जिसके अनुसार दिन और रात का समय-मान एकदम बराबर होता है) की भी खोज की थी और यह गणना भी की थी कि ऐसी स्थिति प्रति 25,827 वर्ष बाद आती है और इस बात को बाद में आधुनिक विज्ञान ने सैकड़ों वर्षों तक परिश्रम के बाद सच पाया।

यहां उन सभी कारणों व उदाहरणों की विस्तृत जानकारी उपलब्ध कराना असम्भव है, जिससे कि यह बात सत्य प्रमाणित हो सके कि अंकों में छिपा हुआ रहस्य विश्वसनीय है। यहां यदि मैं यह बताना और सिद्ध करना चाहूं कि अंक 7 अनेक युगों से रहस्यपूर्ण अंक माना जाता है और यह अलौकिक सम्बन्धों की ओर इशारा करता है और 9 का अंक अन्तिम और सम्पूर्णता का द्योतक है जिस पर कि हमारी सब प्रकार की भौतिक गणनाएं निर्भर हैं, तो मेरे पाठकों को इसे जानने में अवश्य दिलचस्पी होगी। किन्तु उथले ज्ञान का ज्ञाता केवल यही मानेगा कि अंक 9 के आगे सभी अंक प्रथम 8 तक के अंक की ही मात्र पुनरावृत्ति हैं। इसका एक सरल उदाहरण देना ही पर्याप्त होगा। 10 का अंक ही लें, इसमें शून्य कोई अंक नहीं है, अतः वह अंक एक की ही पुनरावृत्ति है। अंक 11 यदि हम इस अलौकिक ज्ञान के ज्ञाताओं के अनुसार इसे स्वाभाविक रूप से अर्थात् बाएं से दाएं की ओर जोड़ें तो पुनः 2 का अंक प्राप्त होगा। 12 से 3, 13 से 4 इसी प्रकार 19 तक यही क्रम चलता रहेगा जो पुनः 9 और 1 जोड़ने पर 10 होगा और पुनः एक का अंक प्राप्त होगा। 20 का अंक 2 का द्योतक है। इस प्रकार अनन्त संख्याओं तक यही क्रम विद्यमान है। यौगिक संख्याओं का रहस्यमय प्रतीकस्वरूप, जो दस के अंक से प्रारम्भ होता है, मैं बाद में समझाऊंगा।

इस प्रकार हम यह पाएंगे कि अंकों के भौतिक रूप में एक से नौ

तक के अंक ही मूल अंक हैं, जिन पर सब कुछ आधारित है ठीक उसी प्रकार जैसे संगीत के सात मूल सुर होते हैं और वे सात ही मूल रंग होते हैं, जिन्हें मिलाकर नाना प्रकार के अन्य रंग बनते हैं।

इस अलौकिक दर्शन के सर्वाधिक प्राचीन नियमों में हमें एक यह नियम मिलेगा, कि केवल सात का अंक ही ऐसा अंक है, जो उस अनन्त अंक को विभाजित कर सकता है और जब तक अनन्त विद्यमान रहता है तब तक यह अंक भी बना रहता है और इसे जोड़ने पर स्वयं 9 का अंक प्राप्त होता है। दूसरे शब्दों में हम कह सकते हैं कि वह मूल अंक बनाता है, जिससे सभी भौतिक गणनाएं की जाती हैं, जिस पर मानव जीवन और मनुष्य के विचारों का समूचा भवन खड़ा है।

उदाहरण

एक का अंक पहला अंक है। इस अंक को आप प्रमुख कर्ता, ईश्वर या आत्मा जो भी चाहें, कह सकते हैं। शून्य को अनन्त या अन्तहीन का द्योतक माना गया है। एक के साथ शून्य लगाने पर अनन्त का सूचक अंक ही प्राप्त होगा इसी प्रकार उसके साथ एक के बाद एक चाहे जितने शून्य लगाते चले जाइए और 1,00,000 तक पहुंच जाइए उसे 7 से भाग कीजिए। आपको जो अंक प्राप्त होगा वह 142857 होगा।

7) 1000,000

142857

इसके बाद और चाहे जितने शून्य जोड़ते जाइए और 7 के अंक से भाग देते जाइए। आपको बार-बार 142857 का ही अंक प्राप्त होगा जिसे कि अनंत काल से ही पवित्र अंक कहा जाता है। अब आप इस अंक को चाहे जिस दिशा से जोड़ लें, आपको 27 का अंक मिलेगा।

पीछे जैसा कि हमने पढ़ा है, अंकों को स्वाभाविक प्रक्रिया में तब तक जोड़ते रहो जब तक कि एकल अंक प्राप्त न हो जाए जो कि मूल अंक है। 27 को स्वाभाविक प्रक्रिया से जोड़ें तो 2+7=9 का अंक प्राप्त हुआ। दूसरे शब्दों में वही मूल अंक-क्रम प्राप्त होंगे, जिन पर भौतिक और मानवीय गणनाएं आधारित की जा सकती हैं।

आइए अब हम एक क्षण के लिए पुनः 7 के अंक के प्रतीक पर लौट चलें। आप जानते हैं कि महात्मा बुद्ध को हमेशा कमल के मध्य में बैठा दिखाया जाता है। तो आइए इसके रहस्य को पकड़ने की कोशिश करें। शायद आमतौर पर लोग यह नहीं जानते कि 7 का अंक प्रकृति में किस प्रकार रूपायित होतो है। जो पुष्प दूसरे पुष्पों से मिलते नहीं उनकी बाहर की पत्तियां भी सात हैं। किन्तु चूंकि फूल एक-दूसरे से बहुत आसानी से मिल जाते हैं और संकर क्रिया के कारण नया आकार ले लेते हैं इसलिए उनके विशुद्ध रूप को खोजना अत्यन्त कठिन कार्य है। बुद्ध ने इसी कारण अपने धर्म के चिह्न के रूप में कमल को चुना, क्योंकि पुष्प की यह जाति शुद्ध रूप में अलग-थलग रहती है और अपनी पहचान नहीं खोती। इसकी सातों पत्तियां स्पष्ट दीखती हैं, और उन्होंने जिस धर्म की शिक्षा दी उसमें सभी वस्तुओं का उत्स रचनाधर्मी आत्मा मानी गई है। इस प्रकार यह इस बात का मौन किन्तु निर्भ्रान्त प्रमाण है कि सात ग्रहों की सृजनधर्मी क्रियाशीलता से ही सभी धर्मों की उत्पत्ति हुई है।

मनुष्य द्वारा अपनी जातियां-प्रजातियां अथवा सभ्यताओं द्वारा अपने नियम-कायदे आदि बनाने से पूर्व ही सात ग्रहों के प्रभाव का ज्ञान इस पृथ्वी पर आ चुका था। अति प्राचीनता के घोर अंधकार में इनका प्रकाश ही कानून का आधार बना। अतीत के गवाक्ष से हम जहां तक देख-समझ सकते हैं, इस बात की पुष्टि ही पाते हैं कि प्रागैतिहासिक काल की सभी जातियों और सभी देशों में इन सात ग्रहों का पूरा-पूरा प्रभाव रहा है।

सप्ताह के दिन

एक सप्ताह में सात दिन होने के पीछे भी इन सात क्रियाशील ग्रहों का ही प्रभाव है और प्रत्येक देश अथवा भूखंड में उसी के अनुसार उन्हें सात नाम भी दिए गए हैं। आप किसी भी देश को ले लीजिए, वहां सप्ताह में 7 ही दिन होते हैं। चाहे वह कोई भी भाषा क्यों न हो—चीनी, असीरियन, हिन्दी, मिस्त्र, ग्रीक, लेटिन, फ्रांसीसी, जर्मन या अंग्रेजी—सभी में इनके अनुरूप ही सप्ताह के सात दिनों के नाम रखे गए हैं।

आज हम जानते हैं कि आकाश में विभिन्न ग्रह अपनी कक्षा में हजारों वर्षों से इस सुनिश्चित गति से घूमते चले आ रहे हैं कि लाखों-करोड़ों वर्षों में समय में एक मिनट का भी अन्तर नहीं पड़ा है। हमें ज्ञात है कि वे इस पृथ्वी पर अपना प्रभाव छोड़ते हैं जिसे पृथ्वी का छोटे-से-छोटा अणु भी ग्रहण करता है। यह अलग बात है कि वह प्रभाव कितनी शक्ति से और आश्चर्यजनक गति से पड़ता है यह एक रहस्य ही बना हुआ है। इस रहस्यमय नियम का ज्ञान होने पर ही प्राचीन दार्शनिकों ने अपने अध्ययन, अनुभव, मनोयोग तथा अंतश्चेतना से कुछ ऐसे मुख्य नियम निर्धारित किए जो जीवन को शासित करते हैं, और ये नियम भी उतने ही सटीक और सत्य हैं जितना उनका अविष्कार कि प्रति 25,827 वर्षों के बाद सम्पात की स्थिति आती है।

प्रकृति के इन्हीं अद्‌भुत अध्येताओं द्वारा हमें यह प्रथम विचार मिला कि समस्त राशिचक्र को 30 अंश के 12 कालखंडों में विभाजित किया जा सकता है और इन्हीं बारहों कालखंडों में से प्रत्येक कालखंड, जिसके अंतर्गत व्यक्ति का जन्म हुआ है, पृथ्वी और मानव के जीवन पर एक निश्चित प्रभाव डालता है। इसके आगे 30 अंश की अवधि को दस-दस अंशों के तीन हिस्सों में भी विभाजित किया गया है। इन उपखंडों पर भी ग्रहों का प्रभाव रहता है। इस प्रकार उन्होंने अपनी खोज

को तब तक जारी रखा जब तक कि उन्होंने यह नतीजा नहीं निकाल लिया कि प्रत्येक दिन का अपना विशिष्ट अर्थ होता है। क्योंकि ईथर में स्पन्दन है जो कि पूरी पृथ्वी को पूरी सौर व्यवस्था से निरन्तर जोड़े रखता है और अन्त में जब सुर्य मध्य शीत काल में राशिचक्र की नई डिग्री में $2\frac{1}{2}$ से 3 मिनट की गति और ग्रीष्म में 3 से 4 ¾ मिनट की गति से प्रवेश करता है तब प्रत्येक ग्रह की ईथर लहरों और स्पन्दन पर उसका चुम्बकीय प्रभाव अलग-अलग रहता है। इस विवेचना से प्रकृति के इन अध्येताओं ने समय को छोटे-से-छोटे अंश तक इस प्रभाव का मापन आरंभ कर दिया हैं।[1]

इस विषय के विश्लेषण के लिए हम घड़ी का उदाहरण लेते हैं। इस बात को अपने हृदय में रखते हुए, हम एक क्षण के लिए यह विचार कर लेते हैं कि संपूर्ण राशिचक्र को 360^0 अंश का मान लेते हैं। सुर्य को एक डिग्री से दूसरी डिग्री में जाने में 4 मिनट का समय लगता है। इस 360 डिग्री को 4 से गुणा करें तो 1,440 मिनट बनते हैं। इसे 60 से विभाजित करें और घंटे बनाएं तो हम पाते हैं कि एक दिन के 24 घंटे होते हैं। काल-चक्र की यह एक और कड़ी बनती है। सूर्य के आगे बढ़ने के परिणामतः नया और अलग प्रभाव लिए एक नया दिन आता है। यह क्रम तब तक चलता रहता है जब तक कि एक बर्ष समाप्त नहीं हो जाता।

अब जैसा कि विज्ञान ने सिद्ध कर दिया है, सूर्य को राशि-चक्र के एक भाग से दूसरे भाग में पहुंचने में 30 दिन का समय लगता है, इससे समयचक्र का एक नया आयाम सामने आता है। किन्तु क्योंकि इस चक्र की गति पहले चक्र की गति की अपेक्षा धीमी हैं तो आकाशीय ग्रहमंडल के परिवर्तन का एक नया और अलग प्रकार का प्रभाब पृथ्वी पर पड़ता है। यह क्रम तब तक चलता है जब तक कि साल के बारह

---

1. यह बात प्राच्य देशों में प्रचलित राशिचक्र में से सूर्या-यात्रा के संदर्भ में मान्य हैं।

महीनों में पूरे राशि चक्र के बारह भागों को पार करने की सूर्य की परिक्रमा पूरी होती है जिसका एक नया प्रभाव पड़ता है।

आइए अब एक क्षण के लिए हम एक बार पुनः 7 क्रियाशील ग्रहों की भूमिका की ओर चलें। मेरे बिचार में तो कोई भी व्यक्ति इस बात को मानने से इंकार नहीं कर सकता कि एक नक्षत्र, चन्द्रमा, का इस पृथ्वी पर और इस पृथ्वी के निवासियों पर गहरा प्रभाव पड़ता है। हम सभी जानते है, या कम-से-कम सुन चुके हैं, कि मानसिक रूप से असंतुलित व्यक्तियों के दिमाग पर चन्द्रमा का प्रभाव रहता है। हम जानते हैं कि समुद्र के ज्वारभाटों पर इसका कितना प्रभाव पड़ता है, किन्तु शायद फिर भी हम यह नहीं मानना चाहते कि गहरे समुद्र में भी इसका आकर्षण इतना प्रबल है कि यह फंडी की खाड़ी या ब्रिस्टल चैनल में लाखों टन पानी को 70 फुट की ऊंचााई तक ऊपर उठा देता है।

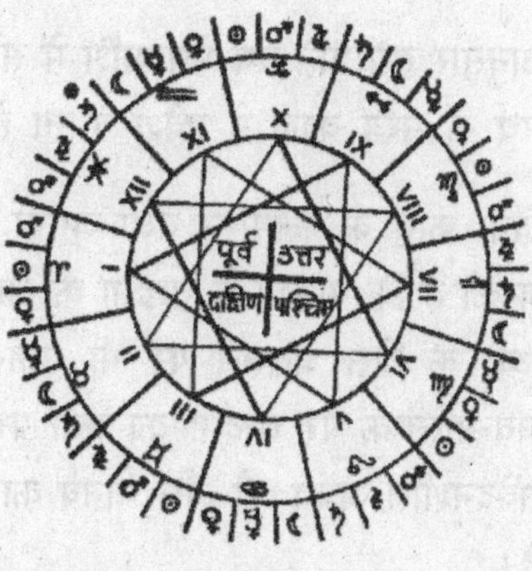

चित्र—1

इस चित्र में राशि-चक्र को 12 भागों में विभक्त किया गया है और प्रत्येक भाग के आगे 10 डिग्री के तीन-तीन भाग हैं।

राशि चक्र के चिह्न

मेष—I
वृष—II
मथुन—III
कर्क—IV
सिंह—V
कन्या—VI
तुला—VII
वृश्चिक—VIII
धनु—IX
मकर—X
कुम्भ—XI
मोन—XII

इस चित्र के अनुसार सूर्य प्रति वर्ष मेष राशि में सम्पात की स्थिति में यानी 21-23 मार्च के मध्य काल में प्रवेश करता है।

इंग्लैंड के डार्विन, फ्रांस के फ्लैमेरिन तथा जर्मनी के कुछ विद्वानों ने यह अद्‌भुत खोज की है कि वास्तव में चन्द्रमा के आकर्षण के प्रभाव के कारण स्वयं पृथ्वी के ठोस धरातल पर भी उतार-चढ़ाव हैं, इस स्थिति में भला मानव-मस्तिष्क पर चन्द्रमा का क्या प्रभाव पड़ता होगा जो कि अत्यधिक संवेदनशील अवयव है और मानव का सबसे रहस्यमय अंग माना जाता है।

यदि हम इस तथ्य को अंगीकार कर लेते है, तब यह समझा जा सकता है कि बाकी ग्रहों का मानव-प्रकृति पर क्या प्रभाव पड़ता होगा, जो कि चन्द्रमा की अपेक्षा प्रत्येक व्यक्ति पर अलग-अलग और कहीं अधिक प्रभाव डालते हैं।

ग्रहों के आकार के विषय में सबिस्तार वणर्न की अपेक्षा नीचे दी गई तालिका से ग्रहों का विस्तार कहीं अधिकर भली भांति स्पष्ट होता है:

बुध नक्षत्र का व्यास—2,000 मील
चन्द्रमा का व्यास—2,100 ,,
शुक्र नक्षत्र का व्यास—7,510 ,,
पृथ्वी का व्यास—7,913 ,,
मंगल—4,920 ,,
बृहस्पति—88,390 ,,
शनि—71,900 ,,
अरूण—33,000 ,,
वरूण—36,000 ,,
सूर्य—860,000 ,,

मैं पछूता हूं कि जब ग्रहों का यह आकार सामने हो तब केवल चंद्रमा का प्रभाव स्वीकार करना और उससे कहीं बड़े ग्रहों के प्रभाव को अस्वीकार करना कहां तक तर्कसंगत है?

अब हम इस पुस्तक में दिए गए नियमों से संबधित सबसे महत्त्वपूर्ण पक्ष की ओर आते हैं। आप लोग स्वभावतः यह अवश्य जानना चाहेंगे कि ऐसे अंक कब, कहां और कैसे खोजे जाए जो सौरमंड़ल के ग्रहों का मनुष्यों पर पड़ने वाले प्रभाव को दर्शाते हैं। इस प्रश्न के पहलू पर मैं पूरी एक पुस्तक लिख सकता हूं किन्तु आने वाले पृष्ठों में आप देखेंगे कि मैंने केवल वे साधारण नियम दर्शाए है जो इस प्रश्न को समझने में सहायक सिद्ध होंगे।

सूर्य अपने अंक 1-4 द्वारा सूर्य और अरूण के सामंजस्य का द्योतक है। सूर्य का सृष्टि पौरुष तत्त्व है और अरूण आध्यात्मिक-मानसिक पक्ष का सूचक है।

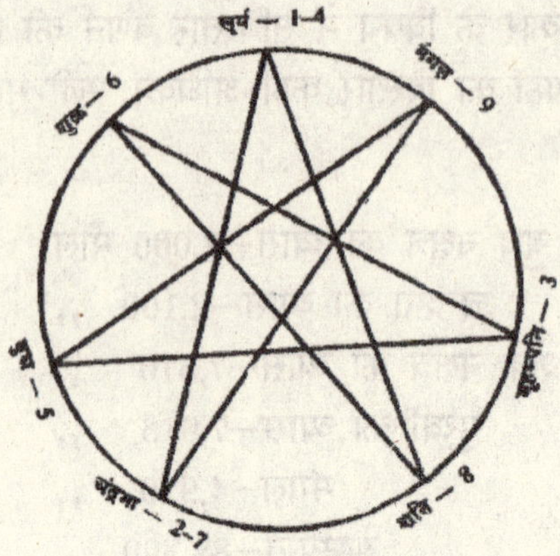

चित्र नं. 2

सोलोमन की सप्त कोणों वाली मुहर

चन्द्रमा अपने अंक 2-7 द्वारा चन्द्रमा और वरूण के सामंजस्य को दर्शाता है। चन्द्रमा भौतिक तत्त्वों का सूचक है और वरुण मानसिक व आध्यात्मिक पक्ष का सूचक है।

इस चक्र की रेखाएं दर्शाती हैं कि जीवन सूर्य से प्रारम्भ होता है और चन्द्रमा की ओर बढ़ता है। वहां से मंगल की ओर, मंगल से बुध की ओर, बुध से बृहस्पति की ओर, बृहस्पति से शुक्र की ओर, शुक्र से शनि की ओर और शनि मृत्यु का सूचक है। वहां से रेखा सूर्य की ओर लौटती है जहां से कि वह प्रारम्भ हुई थी। इस प्रकार दूसरा जीवन-चक्र प्रारम्भ हो जाता है। यह चक्र अनंत काल तक इसी क्रम से चलता रहता है।

पहली बात तो यही है कि अंकों का गोपनीय और रहस्यमय महत्त्व मनुष्य को इतना पहले ज्ञात हो चुका था कि विश्व के इतिहास में इसकी खोज कब किसने की इसका वर्णन कहीं नहीं मिलता। इस विषय में इतना कहना ही पर्याप्त है कि इस गूढ़ विद्या की खोज किसने

की, यह जानने के लिए हमें किसी भी जाति के प्राचीन से प्राचीनतम इतिहास को जानना पड़ेगा। उस अध्ययन से भी हमें यही पता चलता है कि सौरमण्डल की विशेषताओं के सूचक ये अंक ही हमारी आज की सभी गणनाओं का आधार हैं।

इन पृष्ठों की मूल बात को लिखते हुए, मैंने इस प्रश्न के प्रत्येक पहलू पर दृष्टि डालने का यत्न किया है और इस गुढ़ विद्या के सभी महत्त्वपूर्ण मुद्दों को ध्यानपूर्वक खोंजने का प्रयास भी किया है, और यह पाया है कि हिन्दू, मिस्त्र, बेबीलोन अथवा यूनान की कोई भी जाति क्यों न हो, सभी में इन अंकों के प्रतीक यही हैं; और महीनों, दिनों, घण्टों और मनुष्यों की प्रकृति के सूचक अंक भी लगभग मिलते-जुलते ही हैं।

अगले पृष्ठों में जिन अंकों को 'गौण या अप्रधान' अंकों की संज्ञा दी गई है, उनको मैंने स्वयं भी व्यावहारिक रूप में प्रयोग करके देखा है और पाया है कि कई वर्षों के अनुभव और अनुसंधान के बाद ही किसी निष्कर्ष पर पहुंचा गया है। यद्यपि हम ठीक-ठीक यह कभी पता नहीं लगा पाएंगे कि वह सही समय या काल कौन-सा था जब यह अंक और इनके प्रतीक अस्तित्व में आए। फिर भी हम इस बात को स्वीकार करने से इनकार नहीं कर सकते कि प्राचीन काल के उन अध्येताओं ने हमें एक अद्‌भुत देन दी है।

जीवन का प्रारम्भ कब और कैसे हुआ, यह तथ्य हममें से ठीक-ठीक कोई नहीं जानता फिर भी हम जानते हैं कि जीवन है। हमारे सौरमण्डल को गतिशील रखने वाले संतुलन, असामंजस्य और अदृश्य नियमों की भी आज तक व्याख्या नहीं की जा सकी। जीवन में इसी प्रकार की और भी हजारों बातें और चीजें है। अंकों का अस्तित्व स्वयं भी एक रहस्य है, किन्तु फिर भी हम इनका प्रयोग करते हैं, और बाल्ज़ाक के कथनानुसार—"अंकों के बिना हमारी सभ्यता का महल

खंड-खंड होकर भरभराकर गिर पड़ेगा।"

'विज़डम आफ़ सोलमन' पुस्तक में, जो अब एपोरिफ में सम्मिलित कर दी गई है, स्वयं सोलोमन कहते हैं :

ईश्वर ने स्वयं मुझे अचूक विद्या दी है जिससे मुझे विश्व के निर्माण समय का प्रारम्भ और अन्त अथवा संक्रान्ति में आने वाले परिवर्तन, ऋतु परिवर्तन, नक्षत्रों की स्थिति में होने वाले परिवर्तन, जीव की प्रकृति, मनुष्य के विचार, और सभी प्रकार के गुप्त और अव्यक्त रहस्यों को जानने का विवेक प्राप्त हुआ। इन सभी वस्तुओं के रचयिता ईश्वर ने मुझे यह ज्ञान दिया।

मैं पूछता हूं कि क्या इससे अधिक प्रबल और विश्वसनीय कोई और कथन हो सकता है, विशेषतया तब जब कि सोलोमन की मुद्रा स्वयं सप्त-कोणीय तारे की भांति बनी है जिसमें 9 अंक हैं जो सभी गणनाओं का आधार हैं। यही अंक उस व्यवस्था का मूल अंक हैं जो मानव जीवन पर लागू होती है।

हमने केमिस्ट्री में भी सभी घटकों या तत्त्वों को अंक और प्रतीक के रूप में अभिव्यक्त किया है :

पानी	—	1010	प्रतीक	H_2O
हाइड्रोजन	—	212	प्रतीक	H
आक्सीजन	—	1030	"	O
नाइट्रोजन	—	1969	"	N
कार्बन	—	1050	"	C

इसी प्रकार और भी उदाहरण संभव हैं।

सभी गूढ़ विद्याएं इस ओर संकेत करती हैं कि प्राचीन काल के अध्येताओं के पास कोई आधार तो अवश्य था जिसपर उनकी यह विद्या

आधारित है जिसमें विश्व की प्रत्येक वस्तु या जीव को प्रतीक रूप में अंक दिया गया। यदि हम मान लें, जैसा कि मानते भी हैं कि जन्म और मृत्यु का एक निश्चित समय है, और वर्ष, दिन तथा घंटे जीवन शृंखल की कड़ियां हैं तो यह मानना भी तर्कहीन नहीं होगा कि जीवन की प्रत्येक कड़ी का भी अपना अंक और स्थान है। मेरे विचार में तो विद्याद्वारा मनुष्य नियम, व्यवस्था और वस्तुओं के क्रम को और अधिक ठीक ढंग से समझ पाएगा।

इस बात के प्रमाण मिले हैं कि उन अध्येताओं को यह बात भी ज्ञात थी कि हमारे सौरमंडल में शनि ग्रह से भी दूर दो अन्य ग्रह हैं और 7 क्रियाशील नक्षत्रों के अतिरिक्त ये भी अपनी धुरी पर घूमते हैं और उन्होंने इन नक्षत्रों के विषय में बताया था कि इनका प्रभाव प्रकृति के भौतिक पक्ष की अपेक्षा मानसिक पक्ष पर अधिक रहता है। उनकी उस समय की यह व्याख्या इतने वर्षों बाद के आविष्कार से बिल्कुल मिलती-जुलती है। आज हमने खोज निकाला है कि अरुण और वरुण नक्षत्र भी सौरमंडल में विद्यमान हैं और मानव जीवन को प्रभावित करते हैं।

ग्रहों के अनुसार महीने का अंक

आगे के इन पृष्ठों के पढ़ने पर पाठक यह जान जाएंगे कि एक अंक और मिलकर बने अंकों का मानव के जीवन में क्या विशेष अर्थ हैं, किन्तु इस समय यह जान लेना भी लाभदायक रहेगा कि प्रत्येक महीने का विशेष अंक क्यों और कैसे दिया गया है।

वास्तव में वर्ष का प्रारम्भ मार्च की 21 तारीख से 23 तारीख के दौरान माना जाता है। इस समय सूर्य वसंत या सम्पात की स्थिति में प्रवेश करता है और सूर्य 30 डिग्री पर एक के बाद एक राशि में से गुजरता है। इस समूची प्रक्रिया में उसे कुल $365\frac{1}{4}$ दिन का समय लगता है जिसे एक वर्ष अर्थात् 365 दिन की संज्ञा दे दी गई है।

पृथ्वी हर 24 घंटे में एक बार अपनी धुरी पर घुमती है और इन 24 घंटों में राशि चक्र की सभी राशियां पृथ्वी के हर हिस्से पर से गुजरती हैं। चन्द्रमा पृथ्वी की 28 दिन के महीने (चंद्रमास) में ही एक परिक्रमा करता है। यदि मैं स्पष्ट कहूं तो यह अद्भुत चक्र घड़ी की घंटे, मिनट और सेकेंड की सुइयों के चक्र की ही भांति है।

राशि चक्र की प्रथम राशि मेष है और इसका अंक 9 है। इसका समय 21 मार्च से 19 अप्रैल के मध्य तक होता है। यह समय मंगल ग्रह और उसकी कृपा दृष्टि से शासित रहता है। इस अवधि को अंक 9 का समय भी कहते हैं।

अंक 6 का काल राशि चक्र की वृष राशि का समय है जो 20

अप्रैल से 20 मई तक रहता है। यह राशि और समय शुक्र ग्रह की कृपादृष्टि द्वारा शासित है। इसका अंक 6 है।

अंक 5 का समय मिथुन राशि का समय है जो 21 मई से 20 जून के मध्य होता है। यह बुध ग्रह की कृपादृष्टि द्वारा शासित है और इस अवधि को 5 का अंक दिया गया है।

अंक 2 और 7 का समय कर्क राशि का समय है जो 21 जून से 20 जुलाई के मध्य होता है। इस पर चन्द्रमा ग्रह की कृपादृष्टि रहती है और इस काल के दो अंक हैं–दो (2) और सात (7)।

अंक 1 और 4 के समय को सिंह राशि का काल कहा जाता है जो 21 जुलाई से 20 अगस्त के मध्य का काल है। इस पर सूर्य अपनी कृपा दृष्टि रखता है। इस समय के भी दो अंक हैं–एक और चार।

अंक 5 का दूसरा समय राशि चक्र की कन्या राशि से सम्बद्ध है। यह समय 21 अगस्त से 20 सितम्बर तक का है जिस पर बुध राशि की क्रूरदृष्टि रहती है और इस अवधि को 5 का अंक दिया गया है।

अंक 6 का दूसरा काल तुला राशि का काल है जो 21 सितम्बर से 20 अक्तूबर के बीच का समय है जिस पर शुक्र राशि की क्रूर दृष्टि है। इस समय को 6 का अंक दिया गया है।

अंक 9 का दूसरा समय राशि चक्र की वृश्चिक राशि का समय है। जो 21 अक्तूबर से 20 नवम्बर के बीच का समय है। यह मंगल ग्रह की क्रूर दृष्टि द्वारा शासित है और इसे 9 का अंक दिया गया है।

अंक 3 का समय धनु राशि का समय है। जो 21 नवम्बर से 20 दिसम्बर के मध्य का समय है। इस समय पर बृहस्पति ग्रह का आधिपत्य रहता है। इसे 3 का अंक दिया गया है।

अंक 8 का समय मकर राशि का समय है। यह 21 दिसम्बर से

20 जनवरी तक के बीच का समय है। इस काल में शनि की कृपा दृष्टि रहती है। इस अवधि को 8 का अंक दिया गया है।

8 के अंक का दूसरा पक्ष कुम्भ राशि का है जो 21 जनवरी से 20 फरवरी तक के बीच का है। इस काल में शनि की क्रूर दृष्टि रहती है। इस समय को 8 का अंक दिया गया है।

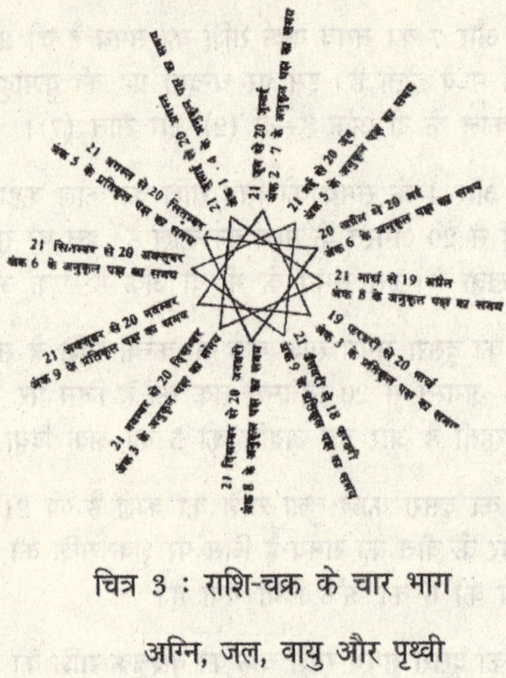

चित्र 3 : राशि-चक्र के चार भाग

अग्नि, जल, वायु और पृथ्वी

अग्नि-त्रिकोण

प्रथम घर	21 मार्च से 19 अप्रैल,
द्वितीय घर	21 जुलाई से 20 अगस्त,
तृतीय घर	21 नवम्बर से 20 दिसम्बर।

वायु–त्रिकोण

प्रथम घर	21 मई से 20 जून,
द्वितीय घर	21 सितम्बर से 20 अक्तूबर,
तृतीय घर	21 जनवरी से 18 फरवरी।

जल–त्रिकोण

प्रथम घर	21 जून से 20 जुलाई,
द्वितीय घर	21 अक्तूबर से 20 नवम्बर,
तृतीय घर	19 फरवरी से 20 मार्च।

पृथ्वी–त्रिकोण

प्रथम घर	20 अप्रैल से 20 मई,
द्वितीय घर	21 अगस्त से 20 सितम्बर,
तृतीय घर	21 दिसम्बर से 20 जनवरी।

अंक तीन की द्वितीय अवधि मीन राशि का समय कहलाता है जो 19 फरवरी से 20 मार्च के बीच का समय है। इसे बृहस्पति ग्रह क्रूर दृष्टि से देखता है। इस अवधि को 3 का अंक दिया गया है।

इस प्रकार हम वापिस उसी स्थान पर आ पहुंचे जहां से हम चले थे। क्योंकि सूर्य प्रत्येक राशि से गुजरता है, इसलिए एक राशि से दूसरी राशि में प्रवेश करते समय प्रारम्भिक सात दिन और अंतिम सात दिनों में, जो कि संकेत शीर्ष (cusp of the sign) कहलाते हैं, सूर्य के गुण उतने प्रभावी नहीं रहते जितने कि बीच की अवधि में। इस अवधि में उससे उन राशियों के गुणों का भी प्रभाव रहता है जिस राशि से वह गुजर रहा है और आगे जिस राशि में प्रवेश करने वाला है।

इस प्रकार हम पाते हैं कि प्रत्येक ग्रह की क्रुर दृष्टि एवं कृपादृष्टि रहती है जो उस राशि काल के अनुरूप रहती है, जिस पर वह ग्रह

शासन करता है। कृपादृष्टि से मानव में शारीरिक एवं शक्ति युक्त गुण आते हैं और क्रूर दृष्टि से मानसिक गुण।

उदाहरण के लिए मेष राशि में अनुकूल 9 का अंक ऐसे व्यक्ति का द्योतक है जो स्वयं कबच में रहता है किन्तु चेहरे पर नकाब पहने रहता है और हाथ में तलवार लिये रहता है। प्रतिकूल 9 का अंक वृश्चिक राशि का बोधक है। इससे शासित व्यक्ति भी कवच पहने रहता है लेकिन नकाब उठाये रखता है और तलवार म्यान में रखता है। ऐसा व्यक्ति शारीरिक योद्धा की अपेक्षा मानसिक योद्धा होता है।

सूर्य और चन्द्र ही केवल ऐसे ग्रह हैं जिनके दो-दो अंक हैं, क्योंकि सूर्य और अरुण या हर्सल दोनों आपस में एक-दूसरे से सम्बद्ध हैं। अतः सूर्य का अंक 1 और 4 है।

चन्द्रमा और वरुण आपस में सम्बद्ध हैं। इसके कारण इसके दो अंक हैं—2 और 7

आश्चर्यजनक और खासतौर पर ध्यान देने योग्य बात यह है कि 1 और 4 तथा 2 और 7 के अंकों के बीच परस्पर सहानुभूति और आकर्षण का सम्बन्ध रहता है। अतः 1 और 4 के अंकों में जन्मे अर्थात् किसी माह की 1, 4, 10, 13, 19, 22 और 28 एवं 31 तारीखों को जन्मे लोगों के बीच और 2 और 7 अंक के अन्तर्गत जन्में अर्थाथ किसी माह की 2, 7, 11, 16, 20, 25 एवं 29 तारीखों को जन्मे लोगों के बीच बहुत मधुर एवं सहानुभूति पूर्ण सम्बन्ध होते हैं। इस पर भी यदि इन दोनों अंकों के व्यक्ति 'चन्द्रमा के घर' अर्थात् 20 जून और 21 से 27 जुलाई के मध्य और 'सूर्य के घर' अर्थात् 21 जुलाई एवं 20 और 27 अगस्त के मध्य जन्मे हैं तो उनमें से गुण और भी अधिक मात्रा में आ जाते हैं।[1]

सप्ताह के दिनों को दिए गए अंक निम्न प्रकार हैं :

रविवार	1—4	बृहस्पतिवार	3
सोमवार	2—7	शुक्रवार	6
मंगलवार	9	शनिवार	8
बुधवार	5		

ग्रहों के अनुसार ये अंक इस प्रकार हैं :

सूर्य	1	शुक्र	6
चन्द्र	2	वरुण	7
बृहस्पति	3	शनि	8
अरुण या हर्सल	4	मंगल	9
बुध	5		

1. इन दिनों में मैंने संक्रांति (कस्प) के सात दिन भी शामिल कर लिए हैं।

एकल अंक : उनके अर्थ व स्त्री-पुरुष पर उनका प्रभाव

इस तथ्य से इंकार नहीं किया जा सकता कि हमारे सौरमंडल में कुल नौ ग्रह हैं। और हमारे अंक भी नौ ही हैं, जिनके द्वारा ही इस पृथ्वी पर सब प्रकार की गणनाएं करते हैं। इन नौ अंकों के अलावा अन्य सभी संख्याओं में यही नौ अंक पुनः इस्तेमाल होते हैं। उदाहरणार्थ–10 की संख्या में एक के अंक के साथ 0 का अंक जोड़ा गया है और 11 में एक और एक, 12 में एक और दो तथा इसी प्रकार क्रमशः अन्य अंक जोड़े जाते हैं। इसका अर्थ है कि चाहे जितनी भी बड़ी संख्या क्यों न हो, उसका 'स्वाभाविक जोड़' अथवा बाएं से दाएं अंकों को जोड़ने पर कुल जोड़ एक अंक ही प्राप्त होगा। सभी अंकों के जोड़ से प्राप्त अन्तिम अंक को पहले के सभी अंकों की आत्मा ही कहा और माना जाता है।

इस अध्याय में हम केवल मुख्य नौ अंकों पर ही विचार करेंगे। प्राणी-मात्र की प्रकृति के रहस्यों को जानने और आश्चर्यजनक रहस्यों की खोज करने करने के लिए यह जानना बहुत आवश्यक है कि स्त्री अथवा पुरुष की जन्म-तिथि में यह नौ जादुई अंक किस प्रकार समाहित हैं।

मेरा यह प्रयास रहेगा कि मैं यथासामर्थ्य आसान व साधारण तरीका अपनाऊं जिससे इसे पढ़ने वाले सुगमता से यह समझ सकें कि

इन अंकों का मनुष्य पर और उसके प्रतिदिन के क्रियाकलापों पर क्या प्रभाव पड़ता है।

किसी विशेष अंक में क्या गुण हैं और उसका क्या प्रभाव है इस विस्तृत विवेचना में पड़े बिना और बिना किसी भूमिका के मैं सीधा विषय की ओर उन्मुख होता हूं और यह स्पष्ट करने का प्रयत्न करता हूं कि कोई भी व्यक्ति सुगमता से यह जान सकता है कि उसका अंक क्या है, और इस सूचना से वह क्या लाभ उठा सकता है।

जिन नौ अंकों पर हम विचार करने जा रहे हैं वे अंक हैं–1, 2, 3, 4, 5, 6, 7, 8 और 9। इन्हीं नौ अंकों का सम्बन्ध उन नौ ग्रहों से भी जोड़ा गया है जो आदिकाल से इस सृष्टि के चक्र को चला रहे हैं और जिन्हें रहस्य-विज्ञान के छात्रों ने–हिन्दुओं, मिस्त्रवासियों और बेबीलोनिया वासियों आदि ने भी–अपनी मान्यता दे दी है।

इस सम्पूर्ण विचार का रहस्य कुछ और नहीं, बल्कि स्पंदन का रहस्यमय नियम ही है। जन्म-तिथि से प्राप्त मुख्य अंक और ग्रह का अंक यदि समान हैं तो यह जीवन-भर रहने वाले स्पंदन की ओर इशारा करता हैं। यह अंक आपके नाम के अंक से या जो व्यक्ति आपके संपर्क के बाद में आते हैं, उनके स्पंदन से मेल भी खा सकता है और नहीं भी खा सकता है। नाम के अंक के विषय में मैं बाद में अलग से चर्चा करूंगा।

सबसे पहले हम प्रत्येक अंक को प्रत्येक ग्रह के अंक के सन्दर्भ में–अधिक स्पष्ट कहूं तो–उस ग्रह के प्रतिनिधि अंक के सन्दर्भ में देखेंगे।

अंक 1

एक का अंक सूर्य ग्रह का सूचक है। यही मुख्य अथवा मूल अंक माना गया है, जिससे कि अन्य नौ अंक बने हैं। सभी अंकों का

आधार 'एक' है और जीवन का आधार भी 'एक' ही है। यह अंक उस सबका प्रतिनिधि है जो सृजनात्मक है, वैयक्तिक है, और विधायक तत्त्व युक्त है। किसी प्रकार विस्तार में जाए बिना मैं यही कहूंगा कि एक या एक की श्रृंखला वाले जन्म अंक के अंतर्गत जन्मा व्यक्ति या एक के अंक की ही श्रेणी में पैदा हुआ व्यक्ति निम्नांकित गुणों से सम्पन्न रहता है। अर्थात् वह स्त्री या पुरुष क्रियाशील, अन्वेषक, दृढ़, व्यक्तिनिष्ठ, कट्टर विचारधारा वाले और व्यक्तित्व के धनी होते हैं। परिणामतः ऐसे व्यक्ति जो भी कार्य जीवन में करते हैं, उनमें कमोबेश हठी किस्म के और दृढ़ निश्चय वाले होते हैं। यह बात उन सभी व्यक्तियों पर लागू होगी जो एक के अंक के अन्तर्गत अर्थात् किसी भी माह की 1, 10, 19, 28 तिथि को पैदा हुए हैं। (इन सभी अंको का जोड़ मूल अंक 'एक' है)। इस अंक का प्रभाव उन लोगों पर और भी अधिक बढ़ जाता है जिनका जन्म 21 जुलाई और 28 अगस्त के मध्य होता है क्योंकि इस समय को 'सूर्य स्थान' का समय कहा जाता है। इसी प्रकार 21 मार्च व 28 अप्रैल के मध्य जन्मे व्यक्तियों में भी अंक एक के सभी गुण विद्यमान रहते हैं, क्योंकि इस अवधि में सूय मकर संक्रांति में प्रविष्ट होता है और इस काल में सूर्य पूर्णतः उच्च भाव में सर्व शक्तिमान होता हैं। इस कारण से आप पांएगे कि इस बात का तर्कसंगत आधार है कि इस अंक के अन्तर्गत एवं उस अवधि में जन्मे लोगों में वे सभी गुण और अधिक मात्रा में रहते हैं जिनका वर्णन मैंने अंक एक के गुणों के अन्तर्गत किया है।

अंक 'एक' के अन्तर्गत जन्मे व्यक्ति महत्त्वाकांक्षी होते हैं, उन्हें किसी भी प्रकार का प्रतिबन्ध पसन्द नहीं, वे जो भी धंधा या व्यवसाय अपनाते हैं, उसमें सदैव उन्नति के शिखर पर पहुंचते हैं। अपने क्षेत्र एवं व्यवसाय में वे प्रमुख की भूमिका अदा करने के आकांक्षी होते हैं, विभागीय प्रमुख होने के साथ-साथ सत्तासम्पन्न होते हैं और अपने अधीनस्थ लोगों से आदर एवं सम्मान प्राप्त करना जानते हैं।

अंक 1 के व्यक्तियों को अपने सर्वाधिक महत्त्वपूर्ण योजनाओं एवं कार्यों और विचारों को उन्हीं दिनों में क्रियान्वित करना चाहिए जिन दिनों के अंक उनके जन्म के अंक से मेल खाते हों। इसका अभिप्राय है कि उन्हें महीने की 1, 10, 19, 28 तारीख अथवा जैसे मैं पहले भी बता चुका हूं 21 जुलाई से 28 अगस्त और 21 मार्च से 28 अप्रैल के मध्य काल में ही कार्यों को प्रारम्भ करना चाहिए। अपने इन अंकों के अतिरिक्त अंक 1 के अन्तर्गत जन्मे लोगों के सम्बन्ध 2, 4, 7 के अंक के व्यक्तियों से यानी महीने की 2, 4, 7, 11, 13, 16, 20, 22, 25, 29 और 31 तारीखों में जन्मे या इन अंकों के प्रभावशाली समय के अन्तर्गत जन्मे लोगों से बहुत ही मधुर होते हैं।

एक अंक के व्यक्तियों के लिए भाग्यशाली दिन रविवार और सोमवार हैं, और भी अच्छा हो यदि उनका अपना नाम भी इन दिनों के अंक से मेल खाता हो। जैसे कि 1, 10, 19 और 28 तारीख तथा इनके मेल खाने वाले अंक 2, 4, 7 अर्थात् माह की 2, 4, 7, 13, 16, 20, 22, 25, 29 और 31 तारीख मे जन्में लोग या इस अंक के प्रभावशाली समय में जन्में लोगों के लिए रविवार और सोमवार भाग्यशाली दिन हैं।

अंक 1 के अन्तर्गत जन्मे व्यक्तियों के लिए अधिक भाग्यशाली रंग सुनहरी, पीला और तांबई या सुनहरा तांबई रंग हैं।

इनके लाभप्रद या श्रेष्ठतम रत्न है। पुखराज, पीतरत्न, पीला हीरा तथा इनके रंगों के अन्य रत्न।

यदि सम्भव हो तो इन व्यक्तियों को पीत रत्न इस प्रकार धारण करना चाहिए कि वह इनकी त्वचा को स्पर्श करता हो।

अंक 1 के अन्तर्गत जन्मे कुछ प्रसिद्ध व्यक्ति

अलेग्जैंडर महान	1 जुलाई	अंक 1
जेम्स प्रथम	28 जून	1

चार्ल्स प्रथम	19 नवम्बर	1
जार्ज प्रथम	28 मई	1
जार्ज द्वितीय	10 अक्तूबर	1
ड्यूक आफ विलिंगडन	1 मई	1
जनरल गॉर्डन	28 जनवरी	1
राष्ट्रपति गारफील्ड	19 नवम्बर	1
जनरल बूथ	10 अप्रैल	1
फील्ड मार्शल अर्ल हेग	10 जून	1
क्वीन अलेग्जैंड्रा	1 दिसम्बर	1
फील्ड मार्शल लार्ड फ्रेंच	28 सितम्बर	1
डेविड लिविंगस्टोन	19 मार्च	1
लार्ड चार्ल्स बेरेसफोर्ड	10 फरवरी	1
एनी बेसेंट	1 अक्तूबर	1
राष्ट्रपति विलसन	28 दिसम्बर	1
राष्ट्रपति मुनरो	28 अप्रैल	1
राष्ट्रपति हूवर	10 अगस्त	1
आर्विल राइट	19 अगस्त	1
स्वेन हेडिन	19 फरवरी	1
चोपिन	1 मार्च	1
विलियन डीन होवेल्स	1 मार्च	1
बिस्माक	1 अप्रैल	1
सर एडविन आर्नोल्ड	10 जून	1
सर राबर्ट बाल	1 जुलाई	1
जॉन काल्वेन	10 जुलाई	1
मेरी एण्डरसन	28 जुलाई	1
अलेग्जेंडर ड्यूमा	28 जुलाई	1
ओलिवर वेंडेल होल्म्स	28 अगस्त	1
राष्ट्रपति एडम्स	19 अक्तूबर	1

कीरो	1 नवम्बर	1
डिलकासे	1 नवम्बर	1
विलियम होगाथ	10 नवम्बर	1
कैप्टेन कुक	28 अक्तूबर	1
दांते	28 अक्तूबर	1
गेटे	28 अगस्त	1
ओलिवर गोल्डस्मिथ	10 नवम्बर	1
फर्डिनैंड-डी-लिसेप्स	19 नवम्बर	1
टामस मूर	28 मई	1
नान्सेन	10 अक्तूबर	1
सर चार्ल्स नेपियर	10 अगस्त	1
चार्ल्स स्टेवर्ट पारनेल	28 जून	1
एडेलिना पैट्टी	10 फरवरी	1
एडगर एलन पो	19 जनवरी	1
लार्ड रसल आफ किलोवेन	10 नवम्बर	1
सर एच. एम. स्टेनले	28 जनवरी	1
एरिघम यंग	1 जून	1
ब्रिगिट बारडोट	28 सितम्बर	1
ट्विगी	19 सितम्बर	1
रिचर्ड बर्टन	19 नवम्बर	1
चार्ल्स लाटन	1 जुलाई	1

अंक 2

दो का अंक चन्द्र का सूचक है। इसमें सूर्य के स्त्रियोचित गुण विद्यमान रहते हैं। अंक 1 और 2 के व्यक्तियों में यद्यपि चारित्रिक विपरीतता रहती है; फिर भी, इनमें सहजतापूर्ण स्पन्दन विद्यमान रहता है, जिससे वे अच्छे मित्र बन सकते हैं।

अंक दो के व्यक्ति प्रकृति से ही शिष्ट, कल्पनाशील, कलात्मक प्रवृत्ति के और रोमांटिक होते हैं। एक अंक के व्यक्तियों की ही भांति ये अन्वेषक प्रवृत्ति के होते हैं, किन्तु अपने विचारों को उतनी दृढ़ता के साथ क्रियान्वित नहीं कर पाते। जितनी दृढ़ता से 1 अंक वाले करते हैं। इनके गुण शारीरिक की अपेक्षा बौद्धिक रूप में अधिक प्रदर्शित होतें हैं और ये अंक एक के व्यक्तियों की अपेक्षा शारीरिक रूप में कमजोर होते हैं। अंक 2 के व्यक्ति वे हैं जो महीने की 2, 11, 20, और 29 तारीख को जन्में हैं। उनमें इस अंक के गुण तब और भी अधिक हो जाते हैं यदि वे 20 जून और 27 जुलाई के मध्य पैदा हुए हैं। क्योंकि इस अवधि को चन्द्रमाकाल कहा जाता है। इनमें मैंने 20 जुलाई में, 7 दिन शीर्ष (cusp) के भी जोड़ दिए हैं।

अंक 2 और अंक एक के व्यक्तियों में परस्पर अधिक तालमेल रहता हैं, जबकि अंक 2 के व्यक्तियों का 7 के अंक वाले व्यक्तियों से; जो कि किसी माह की 7, 16, 25 तारीख को जन्मे हों, उतना मेल नहीं बैठता।

अंक दो के व्यक्तियों को चाहिए कि वे उन्हीं दिनों में अपनी प्रमुख योजनाओं व कार्यों को क्रियान्वित करें, जिन दिनों के अंक उनसे मेल खाते हों जैसे कि 2, 11, 20 और 29 तारीख। किन्तु यदि 20 जून से 27 जुलाई के बीच की अवधि हो तो सोने पर सुहागा।

इन व्यक्तियों के लिए सप्ताह के रवि, सोम और शुक्रवार लाभदायक हैं (यहां शुक्रवार इसलिए लाभप्रद हैं क्योंकि यह शुक्र ग्रह द्वारा शासित है।) इसके अतिरिक्त इनके लिए अपने अंक से मेल खाते अंक वाले दिन अर्थात् महीने की 2, 11, 20, 29 तारीखें और इनके बाद 1, 4, 7 अंको से परस्पर विनिमयशील तिथियां जैसे महीने की 1, 4, 7, 10, 13, 16, 19, 22, 25, 28 और 31 तारीखें अधिक लाभप्रद सिद्ध होती हैं।

जिन प्रमुख कमियों से 2 अंक वाले लोगों को बचाना चाहिए, वह हैं अपने विचारों व योजनाओं के प्रति उद्विग्नता, अस्थिरता, निरन्तरता का अभाव और आत्मविश्वास की कमी। ये व्यक्ति अत्यधिक संवेदनशील होते है, और यदि इनको सुख और सुविधा पूर्ण वातावरण न मिले तो बहुत जल्दी निराश व हताश हो जाते है।

इनके भाग्यवर्द्धक रंग हैं—हरा रंग, और उसके हल्के से लेकर गहरे तक सभी शेड, क्रीम कलर और सफेद रंग। जहां तक सम्भव हों, इन्हें गहरे रंगों, जैसे—काले, बैंगनी, और गहरे लाल रंग से बचना चाहिए।

इनके लाभप्रद रत्न हैं—मोती, चन्द्ररत्न, पीलाहरित रत्न, यदि संभव हो तो इन्हें शरीर से छूता हुआ हरितमणि धारण करना चाहिए।

अंक 2 के अन्तर्गत जन्मे कुछ प्रसिद्ध व्यक्ति

बालकवि थामस चार्ल्टन	20 नवम्बर	2
स्वीडनबौर्ग	29 जनवरी	2
मेरी एण्टोनेट, क्वीन आफ फ्रांस	2 नवम्बर	2
ग्लैडस्टोन	29 दिसम्बर	2
रूमानिया की महारानी एलिजाबेथ	29 दिसम्बर	2
फ्रांस के राष्ट्रपति सैडी कारनोट	11 अगस्त	2
जनरल बोलेंगर	29 अप्रैल	2
नेपोलियन तृतीय	20 अप्रैल	2
राजा विक्टर एमैन्युएल तृतीय	11 नवम्बर	2
एडीसन	11 फरवरी	2
डेविड गैरिक	20 फरवरी	2
लार्ड कर्जन आफ फेडलस्टोन	11 जनवरी	2
इब्सन	20 मार्च	2
विलियम लेकी	20 मार्च	2
चार्ल्स द्वितीय	29 मई	2

सर एडवर्ड एल्गर	2 जून	2
टामस हार्डी	2 जून	2
ग्लक	2 जुलाई	2
प्रेजीडेंट एडम्स	11 जुलाई	2
प्रजीडेंट हार्डिंग	2 नबम्बर	2
प्रेजीडेंट पायनकेयर	20 अगस्त	2
पाल बर्गट	2 सितम्बर	2
हेनरी जार्ज	2 सितम्बर	2
एमीलिया ई. बार	29 मार्च	2
मैक्स ओ' रेल	2 मार्च	2
यूजेन फील्ड	2 सितम्बर	2
हैनरी जार्ज	2 सितम्बर	2
जोजेफ जेफरसन	20 फरवरी	2
पोप लुई अष्टम	2 मार्च	2
अल्फ्रेड दे मुसे	11 नवम्बर	2
पोप पायश दशम	2 जून	2
बाब होप	29 मई	2
मोफिया लारेन	20 सितम्बर	2
बिंग क्रास्बी	2 मई	2
हेरल्ड विल्सन	11 मार्च	2

अंक 3

अंक तीन बृहस्पति ग्रह का सूचक है, जो कि फलित ज्योतिष एवं अंक ज्योतिष में सर्वाधिक महत्त्वपूर्ण भूमिका निभाता है।

इसे हम उस शक्ति-शृंखला का प्रारम्भ कह सकते हैं, जो 3 के अंक से लेकर 9 के अंक तक सभी अंकों में विद्यमान रहती है।

इस अंक का प्रत्येक शृखंला के तीसरे अंक यानी 3, 6, 9, से तथा

इनके सभी योगों से विशेष सम्बन्ध रहता है। इन अंको को किसी भी दिशा में जोड़ें, कुल जोड़ 9 का अंक ही आता है। अतः 3, 6 और 9 के अंकों वाले व्यक्ति एक-दूसरे के प्रति सहानुभूतिपूर्ण रवैया अपनाते हैं।

तीन का अंक उन व्यक्तियों का जन्म का अंक का माना जाता है जो किसी माह की 3, 12, 21 और तीस तारीख को जन्मे हों, किन्तु इसका प्रभाव तब और भी अधिक बढ़ जाता है, जब व्यक्ति तीन अंक के काल अर्थात् 19 फरवरी से 20-27 मार्च के मध्य और 21 नवम्बर से 20-27 दिसम्बर के मध्य पैदा हुआ हो।

अंक तीन के अन्तर्गत जन्मे व्यक्ति भी अंक एक के अन्तर्गत जन्मे व्यक्तियों की भांति निश्चय ही महत्त्वाकांक्षी होते हैं। वे कभी भी अधीनस्थ बनकर प्रसन्न नहीं रहते। उनका मुख्य उद्देश्य उन्नति करके विश्व में नाम कमाना, और दूसरों पर नियन्त्रण एवं आधिपम्य जमाना होता है। इन लोंगों में आपने आदेशों का पालन कराने की अद्भुत क्षमता होती है। ये सभी बातों में अनुशासन और व्यवस्था रखना पसन्द करते हैं। ये लोग स्वयं भी शीघ्रता से आदेशों का पालन करते हैं और चाहते हैं कि इनके आदेशों का भी तुरन्त पालन हो।

इस अंक के व्यक्ति जो भी कार्य क्षेत्र चुनें अथवा व्यवसाय या पेशा अपनायें, उसमें उच्च शिखर पर पहुंचते हैं। सेना या जलसेना, सरकारी नौकरी और सामान्य जीवन मे विशेष सफल रहते हैं। विश्वसनीयता वाले एवं उत्तरदायित्व के पदों पर इनकी पूरी धाक जमती है; क्योंकि अपने कर्तव्य पालन के प्रति ये लोग बहुत अधिक निष्ठावान् होते हैं।

इनकी कुछ कमजोरीयां भी हैं। इन लोगों में तानाशाही प्रवृत्ति बढ़ जाती है और स्वयं कानून बनाने लग जाते हैं और उन कानूनों का पालन कराने के लिए अड़ जाते है। इनका प्रयास यही रहता है कि इनके

विचारों को ही क्रियात्मक रूप दिया जाए। इसी कारण से झगड़ालू प्रकृति के न होते हुए भी आसानी से अपने शत्रु बना लेते हैं।

अंक तीन के व्यक्ति बड़े स्वाभिमानी किस्म के होते हैं अतः किसी का भी किसी भी किस्म का अहसान लेना अपनी हेठी समझते हैं। ये पूर्ण रूप से स्वतन्त्र होते हैं और जरा-से भी प्रतिबन्ध से क्रोधित हो जाता हैं।

इस अंक के व्यक्तियों को अपने अंक से मेल खाने वाले दिनों में ही अपने कार्य और योजनाओं को क्रियान्वित करना चाहिए। ऐसे दिन हैं किसी माह की 3, 12, 21 और 30 तारीख। यदि वे अंक तीन के समय में जन्मे हों अर्थात् 19 फरवरी से 20-27 मार्च तथा 21 नवम्बर से 20-27 दिसम्बर के मध्य का जन्म हो, तो इस अंक के गुण अधिक प्रभावशाली हो जाते हैं।

सप्ताह के जो दिन इनके लिए सौभाग्यशाली हैं वे हैं–बृहस्पतिवार, शुक्रवार, मंगलवार। इनमें भी बृहस्पतिवार अधिक महत्त्वपूर्ण है। ये दिन तब और भी अधिक प्रभावी हो जाते हैं, यदि 3 के अंक की तिथि अर्थात् माह की 3, 12, 21 और 30 तारीख हों। इसके उपरान्त सौभाग्यपूर्ण समय के परस्पर विनियम होने वाले अंक 6 और 9 अर्थात् माह की 6, 9, 15, 18, 24 एवं 27 तारीख हो।

अंक तीन के व्यक्तियों की, अपने ही अंक में पैदा हुए व्यक्तियों से अधिक पटती है या फिर 6 और 9 के अंक वाले व्यक्ति से जो माह की 3, 12, 21, 30, 6, 15, 24 और 9, 18, 27 तारीख में उत्पन्न हुए हों।

भाग्यशाली रंगों की दृष्टि से इन्हें चमकीला गुलाबी, बैंगनी, हल्का जामुनी आदि रंग या इनके ही शेड के कपड़े पहनने चाहिए। इन्हीं रंगों को कमरे में भी प्रयुक्त करवाना चाहिए। नीला, गहरा लाल और

गुलाबी रंग भी इनके लिए लाभदायक हैं, किन्तु बहुत अधिक नहीं।

इनका भाग्यदायक रत्न है–बिल्लौर या नीलमणि। इसे इन्हें अवश्य ही सदैव धारण किए रहना चाहिए और इस प्रकार पहनना चाहिए कि यह उनके शरीर को स्पर्श करता रहे।

अंक 3 के अन्तर्गत जन्मे कुछ प्रसिद्ध व्यक्ति

जार्ज पंचम	3 जून	3
जर्मनी का राजा फ्रेडरिक	21 नवम्बर	3
इटली का गम्बाटा	30 अक्तूबर	3
लार्ड रसल	12 अगस्त	3
अब्राहम लिंकन	12 फरवरी	3
विन्स्टन चर्चिल	30 नवम्बर	3
फील्डमार्शल लार्ड रावर्ट	30 सितम्बर	3
रूडयार्ड किप्लिंग	30 दिसम्बर	3
सर आर्थर सुलिवन	12 मई	3
सर चार्ल्स हाटरे	21 सितम्बर	3
लार्ड बीकन्स फील्ड	21 दिसम्बर	3
डार्विन	12 फरवरी	3
जार्ज पुलमैन	3 मार्च	3
बिशप हेबर	21 अप्रैल	3
सर अल्फ्रैड आस्टिन	30 मई	3
रिचर्ड काउडन	3 जून	3
अर्ल आफ एबरडीन	3 अगस्त	3
किंग हाकोन	3 अगस्त	3
जार्ज चतुर्थ	12 अगस्त	3
प्रथम लार्ड ऑक्सफर्ड और एस्किथ	12 सितम्बर	3
विलियम कुलेन ब्रायंट	3 नवम्बर	3

मिसेज क्रेजी	3 नवम्बर	3
पोप बेनेडिक्ट	21 नवम्बर	3
मार्क ट्वेन	30 नवम्बर	3
वाल्टेयर	21 नवम्बर	3
कार्डिनल न्युमैन	21 फरवरी	3
रामसे मैक्डोनल्ड	12 अक्तूबर	3
जोजेफ स्टालिन	21 दिसम्बर	3
फ्रैंक सिनाट्रा	12 दिसम्बर	3
जान ओसबोर्न	12 दिसम्बर	3
हेनरी मूर	30 जुलाई	3

अंक 4

अंक चार अरुण (यूरेनस) ग्रह अथवा नक्षत्र का द्योतक है। इसका सम्बन्ध सूर्य तथा अंक एक से माना गया है, इसलिए इसे अलौकिक ज्ञान में 4-1 लिखा जाता है।

अंक चार के व्यक्ति विशिष्ट चरित्र वाले होते हैं। वे हर बात को विपरीत पक्ष से ही देखते हैं। किसी भी प्रकार के वाद-विवाद में वे विपक्ष में रहते हैं। यद्यपि वे झगड़ालू प्रवृत्ति के नहीं होते, किन्तु फिर भी विरोधी बनाते हैं और कुछ ऐसे शत्रु बना लेते हैं जो चोरी-छिपे इनका लगातार विरोध करते रहते हैं।

कोई भी विचार इनके समक्ष रखा जाये, ये उसके प्रति स्वाभाविक रूप से अलग नजरिया अपनाते हैं। इनकी प्रकृति ऐसी होती है कि कायदे-कानूनों के विरूद्ध विद्रोह करते हैं। और यदि इनका बस चले तो ये सब व्यवस्थाओं को उलट दें यहां तक कि समाज और सरकार को भी। ये व्यक्ति संवैधानिक प्रभुत्व के विरूद्ध होते हैं। और पारिवारिक एवं सामाजिक जीवन में ये अपने नये नियम और कानून बनाते हैं। इनका झुकाव सामाजिक समस्या तथा सभी प्रकार के सुधारों की ओर

रहता है तथा ये व्यक्ति अपने विचारों में बहुत ही व्यावहारिक तथा लीक से हटकर चलने वाले होते हैं।

किसी भी महीनें की 4, 13, 22 और 31 तारीख को जन्मे व्यक्तियों का जन्म अंक 4 होता है।

यदि ये व्यक्ति शशि चक्र में सूर्य और चन्द्र के काल में, अर्थात् 21 जून और 20-27 जुलाई (चन्द्रकाल) तथा 21 जुलाई से अगस्त के अन्त (सूर्यकाल) के बीच की अवधि में पैदा हुए हों तो इनका व्यक्तित्व और भी निखरता है।

चार अंक के व्यक्ति आसानी से किसी को मित्र नहीं बनाते। इन व्यक्तियों का खिंचाव 1, 2, 7 और 8 के अंक वाले व्यक्तियों की ओर अधिक रहता है।

अन्य अंकों के अन्तर्गत पैदा हुए व्यक्तियों की भांति से व्यक्ति सांसारिक या भौतिकवादी दृष्टि से शायद ही सफल हो पाते हैं। प्रायः देखा गया है कि धन संचय की प्रवृत्ति इस अंक के व्यक्तियों में बहुत कम होती है। यदि इन्हें धन मिल जाए या दे दिया जाए, तो ये उसका उपयोग इस प्रकार करते हैं कि लोग आश्चर्यचकित रह जाएं।

ऐसे व्यक्तियों को चार के अंक से मेल खाने वाले दिनों में ही अपने विचारों व कार्यों को कार्यरूप देना चाहिए। इनसे मेल खाने वाले अंक है—मास की 4, 13, 22 और 31 तारीखें। किन्तु यदि प्रभावी अवधि अर्थात् 21 जून से 20-27 जुलाई अथवा 22 जुलाई से अगस्त के अन्त का समय हो तो और भी प्रयत्नों से और भी प्रभावशाली परिणाम प्राप्त होंगे।

सप्ताह के लाभप्रद दिन हैं शनि, रवि और सोम और उनका अपना अंक भी इसी दिन पड़ता हो जैसे कि महीने की 4, 13, 22 और 31 तारीखें तथा मेल खाने वाले अंक 1, 2, 7 अर्थात् महीने की 2, 7, 10,

11, 16, 19, 20, 25, 28 एवं 29 तारीखें हों, तो और भी अधिक लाभदायक सिद्ध होते हैं।

इनके मुख्य दोष हैं–ये बहुत तनावयुक्त और संवेदनशील होते हैं और शीघ्र ही इनकी भावनाओं को ठेस पहुंचती है। अपने-आप को ये अकेला महसूस करते हैं और तब तक अपने-आप को हताश एवं निराश महसूस करते हैं, जब तक कि सफलता प्राप्त नहीं कर लेते। प्रायः ये बहुत कम मित्र बनाते हैं लेकिन इन चन्द मित्रों के प्रति बेदह ईमानदार और निष्ठावान् रहते हैं। किन्तु किसी भी कार्य में या किसी विचार-विमर्श में ये अपने को झुका एवं दबा हुआ महसूस करते हैं।

इनके भाग्यशाली रंग हैं–मिले-जुले रंग, विद्युतीय रंग, चमकता नीला आदि। लेकिन इन सबमें ग्रे रंग सर्वोत्तम है।

इनका भाग्यप्रद रत्न है–नीलम, वह चाहे गहरा यह हल्का कैसा भी हो। इस प्रकार नीलम उन्हें इस प्रकार धारण करना चाहिए कि रत्न शरीर को स्पर्श करता रहे।

अंक 4 के अन्तर्गत जन्में कुछ प्रसिद्ध व्यक्ति

अर्ल आफ स्टेफोर्ड	13 अप्रैल	4
जार्ज वाशिंगटन	22 फरवरी	4
लार्ड बायरन	22 जनवरी	4
जार्ज इलियट	22 नवम्बर	4
लार्ड बेडेन पावेल	22 फरवरी	4
क्वीन आफ हालैंड	31 अगस्त	4
सराह बर्नहार्ट	22 अक्तूबर	4
टामस कार्लाइल	4 दिसम्बर	4
फैराडे	22 अक्तूबर	4
लार्ड लिटन	4 दिसम्बर	4

प्रिंस चार्ली	31दिसम्बर	4
सर फ्रांसिस बेकन	22 जनवरी	4
जेम्स रसेल लोवेल	22 फरवरी	4
हेडन	31 अप्रैल	4
टामस हक्सले	4 मई	4
अल्फांजे डाउडे	13 मई	4
सर आर्थर कानन डायल	22 मई	4
जार्ज तृतीय	4 जून	4
जूलियन हाथन	22 जून	4
राइडर हैगर्ड	22 जून	4
जनरल गोयेटलस	22 जून	4
नैथेनियल हाथार्न	4 जुलाई	4
एसा एमूस	13 अगस्त	4
आर्कबिशप कारीगन	13 अगस्त	4
भूतपूर्व सुलतान अब्दुल हमीद	22 सितम्बर	4
सेंट आगस्तीन	13 नवम्बर	4
हेनरिक हाइने	13 दिसम्बर	4
इमैनुअल कांट	22 अप्रैल	4
सर आइजक पिटमैन	4 जनवरी	4
पोप पियम नवम	13 मई	4
रसल सेंज	4 अगस्त	4
शूबर्ट	31 जनवरी	4
सर हैमिल्टन हार्टी	4 दिसम्बर	4
लारेंस ओलिवर	22 मई	4
मारिया कालस	4 दिसम्बर	4
यहूदी मेनुहिन	22 अप्रैल	4
चार्ल्स द गाल	22 नवम्बर	4

अंक 5

पांच का अंक बुध नक्षत्र का द्योतक है तथा बुध की ही भांति अपने गुण-स्वभाव में चंचल एवं अस्थिर होता है।

अंक 5 के व्यक्ति वे माने जाते हैं, जो महीने की 5, 14, या 23 तारीख को जन्मे हों, किंतु यदि वे 5 अंक की अवधि, अर्थात् 21 मई से 20-27 जून या 21 अगस्त से 20-27 सितम्बर के मध्य, में जन्मे हों तो और भी महत्त्वपूर्ण हो जाते हैं।

ऐसे व्यक्ति शीघ्र ही अपने मित्र बना लेते हैं तथा किसी भी अंक के व्यक्ति से इनकी पटरी आसानी से बैठ जाती है। किन्तु उनके अपने अंक के अन्तर्गत अर्थात् 5, 14, 23 तारीखों में पैदा हुए व्यक्ति इनके परम मित्र सिद्ध होते हैं।

इस अंक के व्यक्तियों का बौद्धिकता के प्रति झुकाव रहता है। ऐसे व्यक्ति सदा तनाव में रहते हैं और उत्तेजना बनाए रखते हैं।

विचारों और निर्णय लेने में ये व्यक्ति निपुण होते हैं और संवेग से प्रेरित होकर आचरण करते हैं। ऐसे व्यक्ति परिश्रमपूर्ण कार्यों से बचते हैं और स्वभावतः शीघ्रता से धन कमा लेने से स्त्रोत ढूंढ़ने के यत्न करते हैं। धनोपार्जन के नए रास्ते और तरीके इन्हें खोजने आते हैं। ये जन्म से ही जुआरी होते हैं, स्टाक एक्सचेंज के कार्य व्यापार में दिलचस्पी रखते हैं तथा जिस कार्य की जिम्मेदारी ये अपने ऊपर लेते हैं, उसमें कोई भी जोखिम उठाने को तत्पर रहते हैं।

इस अंक के व्यक्तियों में चारित्रिक लचक गजब की होती है। किसी कठिनाई या मुसीबत-भरी झंझट से ये बहुत जल्दी उबर जाते हैं, अधिक समय तक कोई भी कष्ट इन्हें सालता नहीं रहता। अपने जन्म के ग्रह के समान ही ये व्यक्ति चंचल स्वभाव के होते हैं, अतः इनके चरित्र पर भाग्य अपना कोई स्थायी घाव नहीं छोड़ता।

यदि ये स्वभाव से भले हैं तो वैसे ही रहते हैं और यदि स्वभाव से बुरे हैं तो बुरे हैं और इन पर किसी प्रकार की शिक्षा का कोई असर नहीं होता।

इन व्यक्तियों को अपनी योजनाओं को उन्हीं दिनों कार्य रूप देना चाहिए जो दिन इनके अपने अंक के अन्तर्गत पड़ते हैं अर्थात् किसी महीने की 5, 14 और 23 तारीखें या फिर 5 अंक की अवधि में, जो कि 21 मई से 20-27 जून और 21 अगस्त से 20-27 सितम्बर के मध्य मानी गई हैं, इन्हे क्रियाशील होना चाहिए।

इन व्यक्तियों के भाग्यशाली दिवस हैं बुध एवं शुक्र और यदि इन दिनों में इनका अपना अंक भी पड़ता हो तो उसका प्रभाव और भी बढ़ जाता है।

इनकी सबसे बड़ी कमज़ोरी यही है कि ये व्यक्ति मानसिक शक्ति का इतना अधिक प्रयोग करते हैं कि मानसिक संतुलन खो बैठने की स्थिति में आ जाते हैं। किसी भी मानसिक तनाव की स्थिति में ये चिड़चिड़ा जाते हैं, इन्हें शीघ्र ही गुस्सा आ जाता है और आसानी से किसी बात को पचा नहीं पाते।

इनके लिए ग्रे रंग के सभी शेड्स, सफेद और चमकीले रंग भाग्यशाली हैं। जिस प्रकार से किसी भी अंक के व्यक्तियों से इनकी मैत्री जल्दी हो जाती है वैसे ही ये कोई भी रंग पहन सकते हैं, फिर भी इनके लिए हल्के रंग के वस्त्रादि पहनना और गहरे रंग कभी-कभार ही पहनना बेहतर रहेगा।

इनका लाभदायक रत्न है हीरा या सभी चमकती और दमदमाती वस्तुएं। इन्हें प्लैटिनम या चांदी के आभूषण पहनने चाहिए और यदि सम्भव हो तो प्लैटिनम में जड़ा हीरा इस प्रकार पहनें कि वह इनके शरीर को स्पर्श करता हो।

अंक 5 के अन्तर्गत जन्मे कुछ प्रसिद्ध व्यक्ति

फ्रांस के सन्त लुई	23 मई	5
लूई सोलहवां	23 अगस्त	5
राजकुमारी ओगिन	5 मई	5
किंग जार्ज छठा	14 दिसम्बर	5
ड्यूक आफ़ विडसर	23 जून	5
सैम्युएल पेपिस	23 फरवरी	5
सर हीरम मैक्सिम	5 फरवरी	5
लार्ड लिस्टर	23 अप्रैल	5
सर हेनरी बेसेमर	14 मार्च	5
इटली के हम्बर्ट प्रथम	14 मार्च	5
शेक्सपियर	23 अप्रैल	5
थामस हुड	23 मई	5
बेनेडिक्ट आर्नल्ड	14 जनवरी	5
बैरनम	5 जुलाई	5
एराई	5 अप्रैल	5
हैंडेल	23 फरवरी	5
फ्रांस की महारानी जोजेफीन	23 जून	5
कार्ल मार्क्स	5 मई	5
मेस्मर	23 मई	5
सर गिल्बर्ट पार्कर	23 नवम्बर	5
डबल्यू. टी. स्टीड	5 फरवरी	5
टैलिरैंड	14 फरवरी	5
नील आर्मस्ट्रांग	5 अगस्त	5
अल्बर्ट आइंस्टीन	14 मार्च	5

अंक 6

अंक 6 नक्षत्र शुक्र का द्योतक है। उन सभी व्यक्तियों का जन्म का अंक 6 माना जाएगा जो किसी महीने की 6, 15, 24 तारीख को पैदा हुए हैं किंतु उन पर इस अंक का प्रभाव तब अधिक बढ़ जाता है यदि वे 'अंक 6 के घर' अर्थात् 20 अप्रैल से 20-27 मई और 21 सितम्बर से 20-27 अक्तूबर के मध्य पैदा हुए हों।

प्रायः देखा गया है कि अंक 6 के व्यक्ति आकर्षक व्यक्तित्व के धनी होते हैं जो दूसरों को अपनी ओर सहज ही आकर्षित करते हैं। अपने अधीनस्थ व्यक्तियों के ये पूज्य और प्रिय होते हैं।

अपनी योजनाओं को कार्यान्वित करने में ये लोग दृढ़प्रतिज्ञ होते हैं। एक प्रकार से ये हठी एवं दृढ़निश्चयी होते हैं क्यों कि ये स्वयं उस कार्य के प्रति समर्पित होते हैं। इसी प्रकार ये जिन लोगों को प्यार करते हैं, उनके तो निष्ठावान् सेवक ही बन जाते हैं।

यद्यपि अंक 6 के व्यक्ति शुक्र नक्षत्र द्वारा प्रभावित होते हैं किन्तु इनका प्रम इन्द्रियपरक होने की अपेक्षा मातृत्व भाव युक्त होता हैं। प्रेम के मामलों में ये रोमांटिक होते हैं और आदर्शवाद की ओर इनका झुकाव होता हैं। कुछ स्थितियों में इनमें शुक्र ग्रह की बहुत-सी विशेषताएं रहती हैं जैसे सौंदर्य से प्रेम, कलात्मक भवनों के निर्माण में रुचि, सुन्दर गहरे रंगों के प्रति आकर्षण, चित्रकला, मूर्ति, शिल्प एवं संगीत के प्रति रुझान आदि।

यदि इस अंक के व्यक्ति सम्पन्न हों तो उनका कला व कलाकारों के प्रति आदर स्पष्ट दीखता है। ये अपने मित्रों को मनोरंजन करने और हर एक को प्रसन्न रखने में विश्वास रखते हैं किन्तु एक बात जिससे ये बच नहीं सकते, वह है वैमनस्य और मतभेद।

यदि से गुस्से में हों तो विपक्ष को सहन नहीं कर पाते, और जिस भी कार्य के विरुद्ध हो जाएं या जिस व्यक्ति के पीछे पड़े, उससे

मृत्युपर्यन्त झगड़ते रहेंगे। ऐसा करना अपना कर्तव्य भी मानते हैं।

अंक 6 के व्यक्ति अंक 5 के व्यक्तियों को किसी अन्य अंक के व्यक्ति की अपेक्षा अधिक मित्र बनाने की क्षमता रखते हैं, विशेष रूप से तब यदि वे व्यक्ति 3, 6 और 9 के अंक की शृंखला में पैदा हुए हों।

इनके लिए सप्ताह के महत्त्वपूर्ण दिन हैं मंगल, बृहस्पति एवं शुक्र। यदि उनका अंक 3, 6 और 9 हो तो और भी अच्छा। महीने की 3, 6, 9, 12, 18, 21, 24, 27 या तीस तारीखें, भी अच्छी होती हैं।

इस अंक के व्यक्तियों को अपने ही अंक के अन्तर्गत पड़ने वाली तिथियों में अपनी योजनाओं को कार्यरूप देना चाहिए। वे तिथियां हैं– किसी भी महीने की 6, 15, 24 तारीखे या फिर अंक 6 की अवधि जो 20 अप्रैल से 20-27 मई और 21 सितम्बर से 20-27 अक्तूबर के मध्य की मानी गई है।

इनको नीला रंग, हल्का या गहरा सभी प्रकार का, लाभ देगा। गुलाबी रंग के सभी शेड्स इनके लिए लाभदायक हैं। किंतु इन्हें काला और गहरा जामुनी रंग पहनने से बचना चाहिए।

इनका भाग्यप्रद रत्न फिरोजा है और जहां तक सम्भव हो इन्हें फिरोज की अंगूठी पहननी चाहिए जिससें फिरोजा इनकी अंगुली को स्पर्श करता रहे। अंक 6 के व्यक्तियों के लिए पन्ना भी लाभदायक सिद्ध होगा।

अंक 6 के अन्तर्गत जन्मे कुछ प्रसिद्ध व्यक्ति

महारानी विक्टोरिया	24 मई	6
नेपोलियन प्रथम	15 अगस्त	6
फ्रेडरिक महान्	24 जनवरी	6

ड्यूक आफ मार्लबरो	24 मई	6
मैक्सिको का महाराजा मैक्सिमिलियन	6 जुलाई	6
हेनरी छठा	6 दिसम्बर	6
ओलिवर क्रामवेल	24 अप्रैल	6
सिसिल रोड्स	6 जुलाई	6
जॉन आफ आर्क	6 जनवरी	6
एडमिरल लार्ड जैलिको	6 दिसम्बर	6
प्रेसिडेंट ताफ्त	15 सितम्बर	6
सर वाल्टर स्काट	6 दिसम्बर	6
सर हेनरी इर्विंग	6 फरवरी	6
सूसन बी. एनथनी	15 फरवरी	6
माइकेल एंजलो	6 मार्च	6
एलिजाबेथ ब्राउनिंग	6 मार्च	6
हेनरी वार्ड बीचर	24 जून	6
सर विलियम हरशेल	15 नवम्बर	6
ग्रेस डार्लिंग	24 नवम्बर	6
वारेन हेस्टिंग्ज	6 दिसम्बर	6
किंग जार्ज प्रथम	24 दिसम्बर	6
जॉन नॉक्स	24 नवम्बर	6
मोलियर	15 जनवरी	6
मैक्समुलर	6 दिसम्बर	6
डेनियल ओ'कोलेन	6 अगस्त	6
काउंट डी पेरिस	24 अगस्त	6
एडमिरल पीयरी	6 मई	6
सर आर्थर पीनेरो	24 मई	6
रेम्ब्रां	15 जुलाई	6
अल्फ्रेड टेनिसन	6 अगस्त	6
जार्ज वेस्टिंग हाउस	6 अक्तूबर	6

पी. जी. वुडहाउस	15 अक्तूबर	6
गमाल नासेर	15 जनवरी	6
अलेग्जेंडर फ्लेमिंग	6 अगस्त	6

अंक 7

सात का अंक वरुण (नेप्चून) नक्षत्र का सूचक है। अतः किसी भी महीने की 7, 16 और 25 तारीखों में जन्मे व्यक्तियों का जन्म का अंक 7 है। किंतु यदि कोई व्यक्ति 7 के अंक की अवधि में अर्थात् 21 जून से 20-27 जुलाई के मध्य पैदा हुआ हो, जिसे चन्द्रमा का समय भी माना जाता हैं, तो उस व्यक्ति में सात के अंक के अधिक गुण विद्यमान रहते हैं। वरुण नक्षत्र को चन्द्रमा के साथ सम्बद्ध माना जाता है और राशि चक्र में इसे, जैसा कि मैं पहले भी कह चुका हूं, जल का प्रथम ग्रह माना जाता है। वरुण का नाम स्वयं पानी से सम्बद्ध है। इसलिए यह बात तर्कसंगत कही जा सकती है।

चन्द्रमा को 2 का अंक दिया गया है इसलिए 7 के अंक में जन्मे व्यक्तियों का द्वितीय अंक 2 का माना गया है। इसी कारण ये व्यक्ति चंद्रमा के अंक के अन्तर्गत अर्थात् 2, 11, 20 और 29 तारीखों में जन्मे व्यक्तियों से शीघ्र मैत्री कर लेते हैं। यह मैत्री और भी प्रगाढ़ हो सकती है यदि वे व्यक्ति 'चन्द्रमा के घर' अर्थात् 21 जून से जुलाई के अन्त के मध्य पैदा हुए हों।

7 के अंक के अन्तर्गत अर्थात् किसी माह की 7, 16, 25 तारीखों में जन्मे व्यक्ति स्वतंत्र प्रकृति के और मौलिक विचारों से सम्पन्न होते हैं तथा इनमें वैयक्तिकता की भावना बहुत ही प्रबल होती है।

प्रकृति से चंचल होने के कारण इन व्यक्तियों को यात्रायों और परिवर्तन से प्रेम होता है। यदि इन्हें अपनी इच्छाओं की पूर्ति करने का मौका मिले तो ये विदेश की यात्राएं करते हैं और दूर देश के मामलों

में गहरी दिलचस्पी भी रखते हैं। ये यात्रा पर पुस्तकें तैयार कर देते हैं और पूरे विश्व का ज्ञान रखते हैं।

इस अंक के व्यक्ति प्रायः अच्छे लेखक, चित्रकार अथवा कवि होते हैं किन्तु ये कोई भी कार्य कर उसमें देर-सबेर इनकी विशिष्ट दार्शनिकता का पुट झलकने लगता है।

इन व्यक्तियों की रुचि जीवन की भौतिक वस्तुओं में अधिक नहीं होती। ये व्यक्ति प्रायः अपने मौलिक विचारों अथवा व्यापारिक तरीकों से धन का अर्जन करते हैं, और यदि से धन कमा लेते हैं तो उसे संस्थाओं को दान दे देते हैं। इस अंक की महिलाओं को वैवाहिक जीवन ठीक-ठाक चलता है, क्योंकि से भविष्य के बारे में चिंतित रहती हैं और अनुभव करती हैं कि भाग्य की बाढ़ उन्हें बहा ले जाए उससे पहले ही पैर जमा लेने का आधार खोज निकालना चाहिए।

अंक 7 के व्यक्तियों के पास व्यापार-सम्बन्धी अच्छे-अच्छे विचार रहते हैं। यदि ये उन्हें कार्यान्वित कर पायें तो वे बहुत बढ़िया ही योजनाएं सिद्ध हों। इस अंक के व्यक्तियों की यात्राओं में रुचि रहती हैं। अतः ये दूर-दराज के देशों के सम्बन्ध में बहुत कुछ पढ़ते-लिखते रहते हैं। यदि ये प्रयत्न करें तो ये समुद्र से सम्बद्ध कार्यों में, व्यापार में रुचि रख सकते हैं। ऐसे व्यक्ति प्रायः आयात-निर्यात करने वाले, विदेशों से व्यापार करने वाले होते हैं। यदि अवसर मिले तो पानी के जहाज के कप्तान या स्वयं मालिक भी बन सकते हैं।

7 अंक के अन्तर्गत जन्मे व्यक्ति धर्म के बारे में अनोखे विचार रखते हैं। ये लकीर के फकीर बनना पसन्द नहीं करते, ये स्वयं अपना धर्म बनाते हैं, किन्तु इनका धर्म कल्पनाओं व रहस्यमयता पर आधारित होता है।

ऐसे व्यक्तियों के स्वप्न बड़े विलक्षण होते है तथा अलौकिक

रहस्यों की ओर इनका झुकाव रहता है। इन व्यक्तियों के पास अन्तश्चेतना, दिव्यशक्ति तथा विशिष्ट चुम्बकीय शक्ति का दिव्य उपहार होता है जिससे ये शीघ्र ही दूसरे व्यक्तियों पर अपना प्रभाव डाल लेते हैं।

अंक 7 के व्यक्तियों को अपनी योजनाओं को अपने जन्म के अंक वाले दिनों, अर्थात् 7, 16 और 25 तारीखों को अथवा 21 जून से 20-27 जुलाई के मध्य में, कार्य रूप देना चाहिए।

इस अंक के व्यक्तियों के लिए भी अंक 2 के व्यक्तियों की भांति लाभप्रद दिन सप्ताह के रविवार और सोमवार हैं, यदि इन्हीं दिनों में उनका जन्म का अंक भी पड़े या 1, 2 और 4 के अंक से विनिमयशील अंक अर्थात् किसी महीने की 1, 2, 10, 11, 13, 19, 20, 22, 28, 29, और 31 तारीखें पड़ें तो और भी अच्छा है।

इन व्यक्तियों के लाभप्रद रंग हैं—हरा और पीत और इनके सभी शेड्स तथा सफेद और पीला। इन लोगों को जहां तक संभव हो, सभी प्रकार के गहरे रंगों से बचना चाहिए।

इनका लाभ पहुंचाने वाले रत्न हैं—चन्द्र रत्न (कैट्स आई), मोती आदि। यदि संभव हो तो इन्हें चन्द्र रत्न इस प्रकार पहनना चाहिए जो इनके शरीर को स्पर्श करता हो।

अंक 7 के अन्तर्गत जन्मे कुछ प्रसिद्ध व्यक्ति

महारानी एलिजाबेथ	7 सितम्बर	7
लुई चौदहवां	16 सितम्बर	7
मैक्सिको की महारानी शार्लोट	7 जून	7
लार्ड रोज़बरी	7 मई	7
लार्ड बलफोर	25 जुलाई	7
एडमिरल अर्ल बीटी	16 जनवरी	7

बोनर लॉ, एम. पी.	16	सितम्बर	7
चार्ल्स डिकेन्स	7	फरवरी	7
सर जोसुआ रेनोल्ड्स	16	जुलाई	7
आस्कर वाइल्ड	16	अक्तूबर	7
राजकुमार इम्पीरियल	16	मार्च	7
सर जॉन फ्रैंक लिन	16	अप्रैल	7
राबर्ट ब्राउनिंग	7	मई	7
राल्फ वाल्डो एमरसन	25	जून	7
डीन फरार	7	अगस्त	7
फिलिप डी. आरमर	16	मई	7
एण्ड्र यू कार्नेगी	25	नवम्बर	7
सर आइजक न्यूटन	25	दिसम्बर	7
रूसो	16	अप्रैल	7
विलियम वर्ड् सवर्थ	7	अप्रैल	7
नोइल कावर्ड	16	दिसम्बर	7
डेविड फ्रास्ट	7	अप्रैल	7
पाबलो पिकासो	25	अक्तूबर	7
बिली ग्राहम	7	नवम्बर	7

अंक 8

अंक 8 शनि ग्रह का प्रतीक है। यह अंक किसी भी महीने की 8, 17 एवं 26 तारीख को जन्मे लोगों को प्रभावित करता है। यदि उन व्यक्तियों का जन्म 21 दिसम्बर से 26 जनवरी के मध्य के समय, जो शनि की कृपा का समय माना जाता है या 26 जनवरी से 19-26 फरवरी के मध्य हुआ हो, जिसमें शनि की क्रूर दृष्टि रहती है, तो इस अंक का प्रभाव और भी अधिक बढ़ जाता हैं।

ऐसे व्यक्ति अपने जीवन में प्रायः गलत ही समझे जाते हैं और

शायद इसी कारण ये व्यक्ति स्वयं को जीवन में अकेला समझते हैं।

ये व्यक्ति दृढ़ और हठधर्मी प्रकृति के होते हैं। सुदृढ़ व्यक्तित्व के स्वामी होते हैं। जीवन के क्षेंत्र में महत्त्वपूर्ण भूमिका अदा करते हैं, भाग्यवादी होते हैं और दूसरों के लिए भी भाग्य की ही अधीनता ग्रहण करते हैं।

अत्यधिक धार्मिक प्रवृत्ति के होते हैं और इनका उत्साह कट्टरता की सीमा तक होता है। कोई भी कार्य जो ये अपने हाथ में लेते हैं, उसे विरोध एवं कुतर्कों के बावजूद पूरा करते हैं और ऐसा करते समय से अपने अनगिनत कटु शत्रु पैदा कर लेते हैं।

इस अंक के व्यक्ति शान्त एवं दिखावे से रहित दीखते हैं, जब कि वास्तव में ये सभी के प्रति उदार हृदय रखते हैं। ये अपनी भावनाओं को छुपाए रखते हैं और दूसरे व्यक्तियों को अपनी राय कायम करने को स्वतंत्र छोड़ देते हैं।

आठ के अंक के व्यक्ति जीवन में या तो बेहद सफल व्यक्ति सिद्ध होते हैं या फिर बुरी तरह असफल रहते हैं। ऐस व्यक्ति मध्यमार्गी नहीं होते।

महत्त्वाकांक्षी होने के कारण इन व्यक्तियों में सामाजिक जीवन अथवा सरकारी उत्तरदायित्व निभाने की रुचि रहती है। ये व्यक्ति उच्च पदों पर आसीन होते हैं और महान् बलिदान देने के लिए भी तत्पर रहते हैं।

यदि व्यावहारिक दृष्टिकोण से देखें तो यह अंक भाग्यशाली अंक नहीं माना जाता। इस अंक के अन्तर्गत जन्मे व्यक्ति महान् कष्ट, हानि और दुःख का सामाना करते हैं।

इन व्यक्तियों को ग्रे, काला, गहरा नीला और जामुनी रंग के सभी

शेड्स पहनने चाहिए। यदि इस अंक के व्यक्ति हल्के रंगों के कपड़े पहनेंगे तो अजीब लगेंगे और ऐसा प्रतीत होगा कि कहीं कुछ गड़बड़ है।

क्योंकि 8 का अंक शनि नक्षत्र का है इसलिए शनिवार इनके लिए भाग्यशाली दिवस है। किन्तु 4 का अंक रविवार पर प्रभाव डालता है और साथ ही सोमवार को भी प्रभावित करता है इसलिए अंक 8 के व्यक्तियों के लिए शनि रवि और सोमवार अधिक महत्त्वपूर्ण दिवस माने जाते हैं।

अंक 8 के अन्तर्गत जन्में व्यक्तियों को चाहिए की वे किसी भी माह की 8, 17, 26 तारीखों में ही अपनी योजनाओं को कार्यरूप दें, क्योंकि ये उनके अंक के ही दिन माने जाते हैं। यदि वे 21 दिसम्बर से 20-27 जनवरी और 19 फरवरी तथा 20 फरवरी के मध्य अपने कार्य करेंगे तो अधिक लाभ होगा। क्योंकि यह समय 8 अंक का समय माना गया है और यदि ये तिथियां शनि, रवि या सोमवार को पड़ती हों तो और भी प्रभावी परिणाम प्राप्त होंगे। इसके साथ ही अपने विनिमयशील अंक 4 की तिथियां अर्थात् किसी माह की 4, 13, 22 और 31 तारीखें भी इनके लिए लाभदायक सिद्ध होंगी।

इनको लाभ पहुंचाने वाले रत्न हैं—नीलमणि और गहरे रंग का नीलम, काला मौती या काला हीरा। यदि सम्भव हो तो वे इस रत्न को इस प्रकार पहनें कि वह इनके शरीर को स्पर्श करता हो।

आठ के अंक की व्याख्या एक कठिन कार्य है। यह भौतिकता एवं अध्यात्म दोनों ही का सूचक है। वास्तव में, यदि हम देखें तो, यह उन दो वृत्तों की भांति है जो एक-दूसरे को स्पर्श करते हैं।

यह 4 और 4 के अंक से मिलकर बना अंक है।

प्राचीन काल से ही इसे व्यक्ति और राष्ट्र के जीवन की दृष्टि से

अखण्ड भाग्य के सूचक के रूप में देखा गया है। ज्योतिष विद्या में इसे शनि ग्रह का सूचक माना गया है। शनि ग्रह को भी भाग्य का नक्षत्र माना जाता है।

इस अंक की प्रकृति के अन्तर्गत उत्थान, रद्दोबदल, अव्यवस्था, स्वेच्छाचार और सभी प्रकार की सनक आदि गुण मिलते हैं।

इसका दूसरा पक्ष है दार्शनिक विचार, रहस्यमय ज्ञान के प्रति रुचि, धार्मिक निष्ठा, उद्देश्य की प्राप्ति, हाथ में लिए काम के प्रति व्यग्रता तथा सभी कार्यों में भाग्यवादी दृष्टिकोण।

इस अंक के अन्तर्गत जन्मे सभी व्यक्ति प्रायः यह सोचते हैं कि वे अन्य सभी व्यक्तियों से अलग हैं। हृदय में वे अकेलापन अनुभव करते हैं और जो भी भलाई करते हैं उसका परिणम उन्हें अपने जीवन काल में प्राप्त नहीं हो पाता। मृत्यु के पश्चात् इन व्यक्तियों की स्तुति होती है, इनके कार्यों की प्रशंसा होती हैं और इनकी याद को पुष्पांजलि चढ़ाई जाती है।

जो व्यक्ति इस अंक के कमजोर या निम्न क्षेत्रे के अन्तर्गत आते हैं उनका मानवीयता से संघर्ष रहता है और इनका अन्त दुःखद होता है। उच्च क्षेत्र के व्यक्तियों के उद्देश्यों को गलत समझा जाता है और दैवी न्याय के सामने इनकी आत्मा को दुःखी होना पड़ता है।

यह जानने के लिए कि अंक 8 के उच्च एवं निम्न पक्ष के अन्तर्गत कौन-से व्यक्ति आते हैं हमें यह देखना होगा कि उनके जीवन की मुख्य घटनाएं क्या पूर्ण रूप से 8 के अंक द्वारा प्रभावित रही हैं या 1, 3 और 6 जैसे प्रभावशाली अंकों का प्रभाव घटनाओं पर पड़ा है?

यदि 1, 3 और 6 के अंको की श्रेणी का प्रभाव रहा है तो यह बात निश्चित है कि पुनर्जन्म की निरन्तर श्रृंखला से वे गुजरे हैं, और अंक 8 के निम्न क्षेत्र के कुछ प्रभावों से गुजरते हुए अब उच्च पक्ष की ओर

अग्रसर हैं, जहां उन्हें दिव्यता की प्राप्ति होने वाली है।

किन्तु यदि हम पाएं कि व्यक्ति के जीवन को अंक 8 ने बहुत अधिक प्रभावित किया है और मुख्य घटनाओं में अंक 8 का प्रभाव स्पष्ट रहा है, अथवा समान रूप से भाग्यवादी अंक चार की पुनरावृत्ति हो रही है तो हमें यह निश्चित रूप से जान लेना चाहिए कि अब वह व्यक्ति भाग्य के हाथों की कठपुतली बन गया है और भाग्य द्वारा दुःखों का सामना करने की संभावनाएं बढ़ गई हैं।

सामान्य जीवन में सामान्य दुःखद घटनाओं का उदाहरण देखने के लिए हम क्रिप्पन के जीवन व उसके अन्त को ले सकते हैं, जिसमें घटी सभी घटनाओं में अंक चार का दुःखद सामंजस्य रहा है।

यदि हम उसके जीवन को लें, विशेष रूप से उन घटनाओं को जिन्होंने उसको कानून के हाथों मात खाने में महत्त्वपूर्ण भूमिका निभाई, तो हम पांएगे कि यह अंक बड़े नाटकीय रूप मे उसके जीवन से सम्बद्ध हैं। यह तथ्य नीचे दी गई घटनाओं से प्रमणित हो जाता है।

उसका जन्म सन् 1862 में हुआ, यदि हम इस अंक को जोड़ें तो (1+8+6+2=17=1+7=8) 8 का अंक प्राप्त होगा। वह 26 जनवरी को पैदा हुआ, जिसको जोड़ने पर भी 8 का अंक प्राप्त होगा।

उसकी पत्नी ने 31 जनवरी को उसके साथ रात्रिभोज लिया था और उसके बाद उसकी मृत्यु हो गई। यहां भी अंक 4 प्राप्त होता है और जनवरी का महीना स्वयं शनि का ग्रह कहलाता है जिसका अंक 8 माना गया है।

उसने इंस्पेक्टर ड्रयू के सामने 8 जुलाई को अपना वयान दिया, जो बाद में उसके ही विरूद्ध एक प्रमाण के रूप में इस्तेमाल किया गया।

तहखाने में मानवीय शव के अवशेष 13 जुलाई को पाए गए, जो कि पुनः 4 का अंक है।

बचकर निकल भागने के लिए उसने राबिन्सन (Robinson) नाम चुना। आश्चर्य की बात है कि इस नाम में भी 8 ही अक्षर हैं।

वह माण्ट्रोज़ (montrose) जहाज़ पर चढ़कर यूरोप से रवाना हुआ था, इसके भी आठ अक्षर हैं। इसी जहाज पर वह जब पहचाना गया वह तारीख 22 जुलाई थी। यहां भी चार का अंक प्राप्त होता है।

वह जहाज़ जिसमें उसने यूरोप छोड़ने की सोची उसका नाम माण्ट्रोज़ (montrose) था जिसमें 8 अक्षर हैं। और वह जहाज़ जो उसे बर्बादी की ओर लाया उसका नाम था मैगनेटिक (Megnatic)। यह भी 8 अक्षरों का शब्द है।

यह जहाज कनाडा पहुंचने पर वह 31 जुलाई को पकड़ा गया। यह भी अंक 4 से सम्बद्ध है।

उसका मुकदमा 22 अक्तूबर शनिवार को खत्म हुआ। यहां भी अंक चार प्राप्त होता है। अक्तूबर का महीना शनि ग्रह के क्रूर प्रभाव से प्रभावित महीना माना जाता है और इसका अंक भी 8 माना जाता है।

शनिवार का सूचक रहस्यमय अंक भी 'आठ' ही माना जाता है।

उसको फांसी की सजा 8 नवम्बर को देने का निश्चय हुआ था।

उसकी अपील की सुनवाई शनिवार 5 नवम्बर को हुई जो ठुकरा दी गई। 5 और 8 को यदि जोड़ा जाए (क्योंकि शनिवार का अंक 8 है) तो 13 की सख्या प्राप्त हुई जो पुनः 4 का अंक देती है।

उसकी अपील खारिज होने पर उसको फांसी देने की तिथि 23 नवम्बर को निश्चित हुई। 2 और 3 को जोड़कर 5 का अंक मिला। नवम्बर माह के इस भाग का राशि चक्र के अनुसार अंक 3 होता है। यदि 23 तारीख में 3 जोड़ें तो 26 और इन दो अंकों को आगे जोड़ने पर 2+6=8 का अक प्राप्त होगा।

प्राचीन काल से ही इस 8 के अंक को रहस्यवादी विज्ञान में मानवीय न्याय का प्रतीक माना गया है।

अन्त में जब क्रिप्पन के मुख्य अंक 4 और 8 एक साथ आए तो वह वर्ष उसका सबसे दुर्भाग्यपूर्ण समय सिद्ध हुआ। जब उसे फांसी दी गई तो उसकी उम्र 48 वर्ष की थी।

इस भाग्यहीन व्यक्ति के विषय में कुछ निर्णय दूं या उसे तिरस्कार करूं यह मेरा विषय नहीं है। अन्य कई व्यक्तियों की ही भांति क्रिप्पन को भी अनेक कष्ट उठान पड़े, किन्तु मैं यहां अवश्य कहना चाहूंगा कि 4 और 8 के मुख्य अंकों का किसी के जीवन पर प्रभाव इस बात की ओर इशारा करता है कि वह व्यक्ति भाग्य का मारा ही रहेगा और प्रेम के मामले में बेहद भाग्यहीन सिद्ध होगा।

मेरे देखने में ऐसे कई व्यक्ति आए हैं जिनके ये अंक मुख्य अंक रहे हैं और ऐसे व्यक्ति सामाजिक जीवन में परिस्थितियों के शिकार होकर तिरस्कार ही प्राप्त कर सके हैं। 'मानव न्याय' की तुला पर भाग्य की ठोकर खाकर ऐसे व्यक्ति साधारण जीवन में भी तिरस्कृत हुए हैं और मानवीयता के प्रति अपने दृष्टिकोण को लिये-लिये ही इस पृथ्वी से चले गए कि आखिर भगवान् के दरबार में तो न्याय होगा ही।

अनन्त काल से ही अंक आठ का छुपा हुआ अर्थ ऐसे न्याय का सूचक है जिसके दायें हाथ में ऊपर उठी हुई नंगी तलवार है, और बाएं हाथ में न्याय तुला है।

इस अंक से सम्बन्धित कई अद्भुत घटनाएं इतिहास में घटित हुई हैं। ग्रीकवासी इसे न्याय का अंक मानते थे, क्योंकि इस अंक को दो समान अंकों में विभाजित किया जा सकता है।

यहूदी लोग जन्म के आठवें दिन सुन्नत करवाते थे। इस दिन

उत्सव में आठ मोमबत्तियां जलाते और यह उत्सव आठ दिन तक चलता।

रहब से आठ सिद्ध पुरुष अवतरित हुए।

फारसियों की आठ श्रेणियां हैं।

नोआह आदम का आठवां अवतार माना गया है।

इस गुह्य ज्ञान के विद्यार्थियों ने तीन बार लगातार 8 (888) के अंक को ईसा का अंक माना है जिन्हें विश्व की मुक्ति का सूचक भी कहा जाता है। आश्चर्य की बात है कि 888 के संख्या को जोड़ने पर 24 की संख्या और 24 के अंकों को जोड़ने पर 6 का अंक मिलता है जो शुक्र ग्रह का अंक है और प्रेम का सूचक है।

इसके विपरीत 666 का अंक हैं जिसको रहस्यवादियों ने जीव अथवा मनुष्य के अंक माने हैं। यदि 666 के अंक को जोड़ें तो 18 की संख्या प्राप्त होगी और 18 के दोनों अंकों को पुनः जोड़ने पर 9 का अंक प्राप्त होता है। 9 का अंक मंगल ग्रह का अंक है जो युद्ध, विनाश तथा शक्ति का सूचक है और निश्चक ही 6 के अंक अर्थात् प्रेम के सूचक अंक के विपरीत है।

अंक 8 के अन्तर्गत जन्मे कुछ प्रसिद्ध व्यक्ति

इंग्लैंड की मेरी प्रथम	17 फरवरी	8
बेल्जियम के राजा अल्बर्ट	8 अप्रैल	8
महारानी मेरी	26 मई	8
स्पेन के अल्फांसो XIII	17 मई	8
जोज़ेफ़ चैम्बरलेन	8 जुलाई	8
जार्ज बर्नार्ड शा	26 जुलाई	8
डेविड लायड जार्ज	17 जनवरी	8
प्रिंस अल्बर्ट	26 अगस्त	8

एडमिरल ड्यूए	26 दिसम्बर	8
स्वीडन के महाराजा बर्नाडोट	26 जनवरी	8
कर्नल कोडी	26 फरवरी	8
विकी कालिन्स	8 जनवरी	8
फ्रांस के लुई कोंडे	8 सितम्बर	8
जेनर	17 मई	8
ला फोंटेन	8 जुलाई	8
मेरी, क्वीन आफ स्कॉट	8 दिसम्बर	8
सर जान मिलेस	8 जून	8
जनरल वान मोल्टके	26 अक्तूबर	8
जे.डी. राकफेलर	8 जुलाई	8
जूल्स वर्न	8 फरवरी	8
जान वेसले	17 जून	8
क्रिश्चियन बर्नाडि	8 अक्तूबर	8
एलिज़ाबेथ टेलर	17 फरवरी	8
काम्पन मैकेंज़ी	17 जनवरी	8

अंक 9

9 का अंक मंगल ग्रह का द्योतक है। इस अंक का प्रभाव किसी भी माह की 9, 18 और 27 तारीखों में जन्मे व्यक्तियों पर अधिक रहता है। 21 मार्च से 19-26 अप्रैल के मध्य का काल मंगल का कृपा-काल माना जाता है और 21 अक्तूबर से 20-27 नवम्बर तक का समय मंगल की क्रुर दृष्टि का समय माना जाता है। इन दोनों अवधियों में भी अंक 9 का प्रभाव अत्यधिक बढ़ जाता है।

अंक 9 के अन्तर्गत उत्पन्न व्यक्ति जीवन में जो पाना चाहते हैं उसके लिए पूर्ण संघर्ष करते हैं। अपने प्रारम्भिक जीवन में इन्हें कुछ

कठिनाइयों का सामना करना पड़ता है। किन्तु अन्त में प्रायः ये व्यक्ति अपनी सहिष्णुता, आत्मा-शक्ति एवं दृढ़ संकल्प के आधार पर सफलता प्राप्त कर लेते हैं।

अत्यधिक गुस्से वाले संवेगशील, स्वतन्त्र तथा खुद मुख्तार होना इनकी कुछ चारित्रिक विशेषताएं हैं।

अंक 9 के व्यक्ति अपने जीवन काल में जब अपने अंक की तिथियों या काल में से गुजरते हैं तो अधिक अधिकार जताने वाले हो जाते हैं।

परिणामतः कइयों को घोर शत्रु बना लेते हैं, उनका वे सदा विरोध करते हैं। इस अंक के व्यक्ति या तो युद्ध में घायल होते हैं या मारे जाते हैं अथवा जीवन की लड़ाई में आहत हो जाते हैं।

इन व्यक्यिों में अत्यधिक साहस होता है और से व्यक्ति अद्भुत नेता या सैनिक सिद्ध होते हैं।

इन व्यक्तियों का बड़बोलेपन और भावुकतापूर्वक आचरण करने के कारण इन्हें कई बार मुसीबतों का सामना करना पड़ता है। इन व्यक्तियों का अग्नि अथा विस्फोट से घायल होने की सम्भावना अधिक रहती है। शायद ही ये लोग जीवन में इस प्रकार की दुर्घटनाओं से बच पाते हैं। ऐसे व्यक्तियों को प्रायः कई आपरेशन करवाने पड़ते हैं।

पारिवारिक जीवन में भी इन व्यक्तियों को लड़ाई और झगड़ों का सामना करना पड़ता है। इनका या तो स्वयं अपने परिवार में या जिस परिवार में इनका विवाह होता है, उस परिवार वालों से संघर्ष बना रहता है।

किसी प्रकार की आलोचना का ये कड़ा विरोध करते हैं।

अभिमानी न होने के बावजूद ये स्वयं को कुछ अधिक ही भला समझते हैं और अपनी योजनाओं में किसी प्रकार का हस्तक्षेप पसन्द नहीं करते। ऐसे व्यक्ति स्वयं को सम्मान की दृष्टि से देखे जाने और घर के मुखिया के रूप में सिद्ध करने की आंकाक्षा रखते हैं।

किसी भी प्रकार की व्यवस्था करने की पटुता इनमें होती है और ये प्रतिभाशाली सिद्ध होते हैं, किन्तु इन्हें उस पर पूर्ण नियंत्रण की छूट होनी चाहिए। यदि ऐसा नहीं हो तो इनका हृदय टूट जाता है और ये उस कार्य को छोड़कर अलग-थलग हो जाते हैं, फिर परिणाम चाहे कुछ भी हो।

प्रेम व सहानुभूति के लिए ये व्यक्ति कुछ भी करने को तैयार रहते हैं। यदि कुछ चालाक महिलाएं उनकी हृदय डोर को संभाल लें तो इस अंक के पुरुषों को आसानी से मूर्ख बनाया जा सकता है।

3, 6 और 9 के अर्थात् महीने की 3, 6, 9,12, 15, 18, 21, 24, 27 व 30 तारीखों में उत्पन्न व्यक्तियों के साथ अंक 9 के व्यक्तियों की खूब पटती है। इन अंकों के व्यक्तियों का 9 के अंक के व्यक्तियों से मैत्री होती है।

अंक 9 की कुछ अजीबोगरीब विशेषताएं है। गणनाओं में केवल एक यही ऐसा अंक है जिसे किसी भी अंक से गुणा किए जाने पर गुणनफल अन्तिम अंक 9 ही देता है। उदाहरणार्थ 9 को 2 से गुणा करें तो 18 मिलता है और इन्हें जोड़ें तो पुनः 9 का अंक प्राप्त होता है। इसी प्रकार किसी भी अंक से गुणा क्यों न करें अन्तिम अंक 9 ही प्राप्त होगा।

इस अंक के विषय मे कुछ दिलचस्प तथ्य नीचे दिये जाते हैं :

प्राचीन काल में लोग मृत व्यक्ति को नौवें दिन दफनाते थे।

क्रास पर टांगे जाने के बाद ईसा का देहांत भी नौवें घंटे में हुआ।

रोमवासी अपने प्रिय के देहांत के नवें वर्ष में उत्सव मनाते हैं।

यहूदियों के धर्मग्रन्थों में लिखा है कि भगवान् ने धरती पर नौ बार अवतार लिया :

1. पहली बार ईडन के गार्डन में,
2. बावेल में जिह्वाओं की आकुलता पर,
3. सोडोम एवं गोमोराह के विनाश के समय,
4. होरेब में मोसेस के यहां,
5. सिनाई मे दस आदेशों के अवसर पर,
6. बलाम के यहां,
7. एलिशा के यहां,
8. टेबरनेकल में,
9. जेरूसलम के देवालय में।

ऐसा कहा जाता है कि जब दसवीं बार वह अवतार लेगा तो धरती नष्ट हो जाएगी और एक नई दुनिया बसेगी।

यहूदियों के पहले व दूसरे देवालय यहूदी महीने 'आब' के नौवें दिन नष्ट हुए। अपने धर्म में निष्ठा रखने वाले यहूदी आब के नौवें दिन तब तक गंडा-तावीज आदि नहीं पहनते जब तक सूर्य छिप नहीं जाता।

इसी प्रकार नौ के अंक से सम्बन्धित और भी कई आश्चर्यजनक बातें हैं, जिनमे से आधी भी इस पुस्तक में वर्णित नहीं की जा सकतीं।

इस अंक के अन्तर्गत पैदा हुए व्यक्ति भाग्यशाली हो सकते हैं, बशर्ते ये अपने गुस्से और हिंसा की प्रवृत्ति पर काबू पा लें और इनके प्रभाव में न आयें।

इस अंक क व्यक्तियों के लिए लाभदायक रंग—लाल, गहरा लाल या इसका सभी शेड्स तथा गुलाबी रंग हैं।

इनके लिए महत्त्वपूर्ण दिन हैं—मंगल, बृहस्पति और शुक्र। मंगलवार

मंगल-नक्षत्र का दिन होने के कारण अधिक महत्त्वपूर्ण है।

इस अंक के व्यक्तियों को अपने अंक के अन्तर्गत पड़ने वाले दिनों में ही अपनी योजनाओं को कार्यरूप देना चाहिए। वे दिन हैं, किसी भी महीने की 9, 18 और 27 तारीखें और यदि ये तारीखें 21 मार्च से 19-26 अप्रैल और 21 अक्तूबर से 20-27 नवम्बर के मध्य पड़ती हैं तो अधिक प्रभावपूर्ण होंगी। 3 और 6 अंक, जो 9 के अंक के विनिमयशील अंक हैं, की तिथियां 3, 6, 12, 15, 21, 24, 30 आदि भी नौ अंक वालों के लिए लाभदायक सिद्ध होंगी।

इनके लाभदायक रत्न हैं—रूबी, गार्नेट, रत्नमणि आदि। यदि ये उन्हें शरीर से स्पर्श करता हुआ पहन सकें तो बहुत लाभ होगा।

इस रहस्य-विद्या की सभी गणनाओं में 7 और 9 का अंक सबसे अधिक महत्त्वपूर्ण माना जाता है।

अंक सात को अध्यात्म से जोड़ा गया है और इसे ईश्वर अथवा पृथ्वी की सृजन शक्ति से रूप में स्वीकारा गया है। रचयिता होने के कारण इसमें उत्थान की लालसा रहती है, ताकि मानव मात्र का आत्मिक उत्थान हो सके।

इसके विपरीत 9 का अंक ग्रंह चक्र में मंगल ग्रह का प्रतीक है, जो समस्त रूपों में भौतिक शक्ति का सूचक है। परिणामतः यह लौकिक विषयों से सम्बद्ध है।

जब इस व्यवस्था पर ध्यानपूर्वक विचार किया जाए तो यह रिवि-लेशन के तेरहवें अध्याय की 18 वीं पंक्ति में वर्णित (Revelation] chapter XIII, Varse 18) रहस्यमय बात की ओर इशारा करती है जिसमें कहा गया है—"बुद्धि यहां है। जिसके पास समझ है उसे जीव के अंक को गिनने दो, यह मानव का अंक है और वह अंक है 666।"

इस अद्भुत पाठ ने कई शताब्दियों तक अध्यात्मवादियों को उलझाए रखा। यदि आप भी इस अंक को जोड़ें तो देखेंगे कि 18 प्राप्त हुआ और 1+8 को जोड़ने पर 9 का अंक मिला जो हमारे सौर मंडल के नवग्रहों का द्योतक है और 9 अंकों का सूचक है जिन पर सभी गणनाएं निर्धारित है और हर बार केवल 1 से 9 तक के अंक ही प्राप्त होते हैं।

'666' के अंकों का मूल अंक 9 है अतः स्पष्ट है कि इलहाम 'रिवेलेशन' में, जो इसे मानव का अंक माना गया है, वह सत्य ही है।

इस अंक का गुप्त अर्थ तन्त्र विद्या का महत्त्वपूर्ण भेद है। इसके हजारों रहस्य हैं। जैसे कि 'रिविलेशन' (इलहाम) के अस्पष्ट पाठ ने सदियों से इसे अध्यात्मवादियों से छुपाए रखा।

9 का अंक मनुष्य के शारीरिक व भौतिक धरातल से सम्बद्ध है। अतः यह ऊर्जा, विनाश और युद्ध का प्रतीक है। ये गुण इसमें अधिक प्रभावी रहते हैं। सामान्य जीवन में इस अंक का सम्बन्ध उत्साह, महत्त्वाकांक्षा, नेतृत्व एवं प्रभुता से है। यह अंक लोहे और धातु का सूचक है जिससे कि युद्ध के लिए हथियार बनते हैं। मंगल ग्रह ज्योतिष शास्त्र के अनुसार मेष राशि का स्वामी है, यहीं राशि इंग्लैंड की भी है। इस अर्थ को शेक्सपियर अवश्य ही भली भांति जानते थे, तभी उन्होंने लिखा कि इंग्लैड, तुम मंगल का सिंहासन हो।'

9 का अंक ऐसे वस्तु का द्योतक है जिसे कभी नष्ट नहीं किया जा सकता, क्योंकि 9 के अंक को चाहे जिस अंक से गुणा किया जाए हमें 9 का अंक ही प्राप्त होता है। चाहे कितनी भी बड़े अंक से हम इसे गुणा करें अन्त में नौ का अंक ही प्राप्त होगा।

रोमन कैथोलिक चर्च में नवदिवसीय व्रत रखा गया जिससे कि विनाश को रौंका जाना सम्भव हुआ। इसीसे रोमन कैथोलिक पद्धति में

नवदिवस का प्रारम्भ हुआ।

फ्रीमेतनरी में नौ चुने हुए राजाओं की व्यवस्था रहती है और इसकी कार्य-पद्धति में 9 गुलाबों, 9 रोशनियों आदि का ही प्रयोग किया जाता है।

प्राचीन काल में सभी जातियां 9 के अंक और इसके गुणनफल के अंकों से बचती थीं।

यदि किसी स्त्री या पुरुष को शान्त एवं एकरस जिन्दगी के प्रति मोह न हो और ये अपनी प्रकृति पर नियन्त्रण करके शत्रु बनाने से बचे सकें तो इसके अन्तर्गत जन्मे लोग बहुत भाग्यशाली होते हैं।

अंक 9 के अन्तर्गत जन्मे कुछ प्रसिद्ध व्यक्ति

कैसर विलहेम	27 जनवरी	9
किंग एडवर्ड सप्तम	9 नवम्बर	9
सर एवलिन वुड बी. सी.	9 फरवरी	9
प्रेसिडेंट थियोडोर रूजवेल्ट	27 अक्तूबर	9
प्रसिडेंट ग्रोवर क्लीवलैंड	18 मार्च	9
लार्ड कार्सन	9 फरवरी	9
सैम गोम्पर्स	27 जनवरी	9
अर्नेस्ट रीनान	27 फरवरी	9
प्रेसीडेंट उलिसेस ग्रांट	27 अप्रैल	9
सर जेम्स बेरी	9 मई	9
जूलिया वार्ड हाव	27 मई	9
जे गोल्ड	27 मई	9
आस्ट्रिया की महारानी एलिजाबेथ	18 अगस्त	9
आस्ट्रिया का महाराजा फ्रेंज जोजेफ	18 अगस्त	9

जर्मनी का फ्रेडरिक तृतीय	19 अक्तूबर	9
केपलर	27 दिसम्बर	9
लुई कोसथ	27 अप्रैल	9
बेल्जियम के लियोपोल्ड द्वितीय	9 अप्रैल	9
रूस के निकोलस द्वितीय	18 मई	9
पगानिनी	18 फरवरी	9
ह्वाइट ला रीड	27 अक्तूबर	9
जार्ज स्टीफेंसन	9 जून	9
एडवर्ड हीथ	9 जुलाई	9
रिचर्ड निक्सन	9 जनवरी	9
मार्गेट फोनटिन	18 मई	9
मार्लिन डीट्रिच	27 दिसम्बर	9
ग्रेता गार्बो	18 सितम्बर	9
पीटर सेलर्स	18 सितम्बर	9

यौगिक अंकों का लाक्षणिक अर्थ उदाहरण सहित

अब मैं अपने पाठकों के सम्मुख एक अद्भुत एवं आश्चर्यजनक प्रणली पेश करने जा रहा हूं जिसमें नाम और अंकों की रहस्यपूर्ण गणनाएं हैं। यह मेरा सौभाग्य है कि मुझे इस पर प्रकाश डालने का सुअवसर प्राप्त हुआ है। इस पद्धति को उस रूप में अभी तक कभी व्याख्या नहीं की गई, जिस रूप में मैं करने जा रहा हूं। मुझे विश्वास है कि यह उन व्यक्तियों के लिए बहुत उपयोगी सिद्ध होगी जो इन नियमों को पढ़ेंगे और अपनाएंगे।

अपने लम्बे अनुभव के आधार पर मैं विश्वास दिलाता हूं कि जिस रहस्यमय दर्शन की व्याख्या मैं करने जा रहा हूं वह प्रत्येक उस स्त्री एवं पुरुष के लिए व्यावहारिक रूप में उपयोगी सिद्ध होगी, जो मानव-मात्र को भाग्य की चपेटों के बावजूद अपना अस्तित्व बनाए रखने के लिए प्रेरित करना चाहते हैं, और उन्हें इसमें सहायता पहुंचाना चाहते हैं।

दार्शनिकों के नेता, शेक्सपियर ने, जिनके विचारों से अंग्रेजी साहित्य समृद्ध है, पहले ही इस स्वयं सिद्ध दर्शन की व्याख्या कुछ इस प्रकार की थी, "मानव के क्रियाकलापों में एक ऐसा ज्वार भी रहता है जो चढ़ाव के समय उसे भाग्य की ओर ले जाता है।" यहां बार-बार यह प्रश्न पूछा जाता है कि क्या उस क्षण को पहचानने का कोई साधन हो सकता है कि कब वह चढ़ाव अवस्था होती है?

इस प्रश्न का उत्तर मेरे अनुसार यह है कि सृष्टि के उस अद्‌भुत रचयिता ने अपने अनंत ज्ञान भंडार के द्वारा सब चीजों को एक अजीब लयताल में गढ़ा है। मानव मस्तिष्क ने भी सर्वसमर्थ ज्ञान का कुछ अंश प्राप्त किया है। यह संपूर्ण रचना उस अद्‌भुत मस्तिष्क की विशेषता है।

इस प्रकार मानव मस्तिष्क में ज्ञान-प्राप्ति की जो जिज्ञासा उस कर्ता ने रच दी है, वही मानव को अन्य जीवों से पृथक् करती है और स्त्री एवं पुरुष को ज्ञान प्राप्ति की जिज्ञासा देवत्व की ओर बढ़त्ती है।

ऐसा माना जाता है, कि राजा सुलेमान ने ईश्वर से ज्ञान का ही सर्वोत्तम वरदान देने की प्रार्थना की थी। यही ज्ञान यहूदियों की पुस्तक ('सुलेमान की पुस्तक') में निम्न शब्दों में लिखा गया है :

"हे सृष्टि के रचयिता, मैं तुम्हारा आभारी हूं कि तुमने मुझे नक्षत्रों के रहस्य का ज्ञान दिया। जिससे मैं समय और ऋतुओं को, मानव हृदय को, उनके विचारों को तथा उनकी प्रकृति को समझ पाया। तुमने मुझे वह ज्ञान दिया जो मेरे पांडित्य का आधार है।"

यही नक्षत्रों का रहस्य हैं, जिसे इन पृष्ठों में समझाने का प्रयत्न है।

अब मैं अपने पाठकों से अनुरोध करता हूं कि वे इस पद्धति की ओर ध्यान दें और उसे समझने की कोशिश करें, जिसे मैं यथासंभव सरल और स्पष्ट शब्दों में समझाने का प्रयत्न करूंगा।

किसी वर्ष के किसी माह का भाग्यशाली दिन या दूसरे शब्दों में व्यक्ति के लिए लाभकारी दिन खोज निकालने के लिए सबसे सरल उपाय है कि नाम्र के अक्षरों के अंको की तालिका की सहायता से खोज लिया जाए।

बैबीलोन वासियों और यहूदियों की वर्णमाला के प्रत्येक वर्ण को एक अंक प्रदान किया गया है। मेरे विचार में यह इसकी सबसे उचित

पद्धति है। इस पद्धति का आरंम्भ प्राचीन समय में हुआ। ऐसा माना जाता है कि इस पद्धति की खोज बैबीलोन वासियों ने की, जो प्रत्येक रहस्यमय ज्ञान के ज्ञाता माने जाते हैं। बाद में यह ज्ञान यहूदियों तक पहुंचा।

नीचे दी गई तालिका से स्पष्ट है कि वर्णमाला के किसी भी वर्ण को 9 का अंक नहीं दिया गया है। इसका कारण यह है कि रहस्यविद्या के उन ज्ञाताओं को यह ज्ञान था कि 9 का अंक उच्च कार्य क्षेत्र में 9 वर्णों के उस नाम से सम्बद्ध हैं जो ईश्वर का नाम है। शायद इसी कारण किसी भी वर्ण को 9 का अंक नहीं दिया गया।

यदि किसी प्रकार नाम के वर्णों के अंकों का जोड़ 9 आता है तो इसका वही अर्थ है, जो मैं पहले भी बता चुका हुं।

A-1	G-3	N-5	T-4	Z-7
B-2	H-5	O-7	U-6	
C-3	I और J -1	P-8	V-6	
D-4	K-2	Q-1	W-6	
E-5	L-3	R-2	X-5	
F-8	M-4	S-3	Y-1	

यहां एक अन्य महत्त्वपर्ण प्रश्न यह है : नाम के वर्णों से अंक बनाते समय अंग्रेजी नाम और उपनाम के वर्णों के अंक भी जोड़ने चाहिए?

इसका उत्तर यह है कि अत्यधिक प्रचलित अंग्रेजी नाम या उपनाम भी जोड़ने चाहिए। यदि प्रमुख नाम से अधिक उपनाम प्रयुक्त होता है तो वह जोड़ा जाना चाहिए।

मैं इस पुस्तक में कुछ प्रसिद्ध व्यक्तियों के उदाहरण देने का प्रयास करूंगा। एक व्यक्ति जो प्रायः लायड जार्ज (LloYd George) ही

कहलाया और दूसरा भूतपूर्व प्रधानमंत्री बाल्डविन, इन दोनों नामों के उदाहरण लें।

लायड जार्ज

यदि लायड जार्ज एवं इंग्लैंड के भूतपूर्व प्रधानमन्त्री बाल्डविन के नामों को लें तो अंक तालिका के अनुसार स्थिति यह बनेगीः

L-3	G-3	B-2
L-3	E-5	A-1
O-7	O-7	L-3
Y-1	R-2	D-4
D-4	G-3	W-6
18=9	E-5	I-1
	25 = 7	N-5
		22 = 4

लायड जार्ज के नाम में लायड का अंक 9 प्राप्त होता है। जैसा कि मैं पहले भी वर्णन कर चुका हूं, यह अंक उन व्यक्तियों से सम्बद्ध है जो अपने जीवन के प्रारम्भिक वर्षों में परिस्थितियों से जूझते हैं और यदि राष्ट्र की सत्ता पाने की स्थिति में होते हैं, तो इन्हें युद्धों का सामना करना पड़ता है (जैसा कि लायड के जीवन में हुआ) या इनको जीवन काल में अनेक युद्ध लड़ने पड़ते हैं।

जार्ज शब्द से 7 का अंक प्राप्त होता है। यह अंक जैसा कि मैं पहले भी बता चुका हूं एक आकर्षक अंक है और यदि यही अंक रहे तो बहुत भाग्यशाली अंक है। किन्तु लायड जार्ज के विषय में दोनों नाम

एक साथ प्रयुक्त होते हैं, अतः 7 और 9 मिलकर एक यौगिक अंक 16 बनाते हैं। इस अंक का उदाहरण ध्वस्त किला या बिजली गिरने से ध्वस्त हुई मीनार है। यौगिक अंकों की विस्तृत व्याख्या अलग से की जाएगी।

यदि इस नाम में डविड (David) शब्द भी जोड़ दिया जाय तो 7 अंक और मिलते हैं। यदि प्रसिद्ध नाम से डेविड लायड जार्ज होता तो डेविड शब्द के अंक 7 और अंक जुड़ जाने से 23 की सख्या प्राप्त होती। अध्याय 4 में यौगिक अंकों की व्याख्या के समय हम देखेंगे कि 23 का अंक भाग्यशाली अंक माना गया है।

भाग्य के कुछ अज्ञात नियमों के कारण, जिन पर मानव का कोई नियंत्रण नहीं है, वह लायड जार्ज के नाम से ही विख्यात हुआ जो इस बात का पूर्व आभास देता है कि अपने शानदार जीवन में एक यह ध्वस्त किले और बिजली के कारण गिरी मीनार के प्रतीक को साकार करेगा।

भूतपूर्व प्रधानमंत्री को भी कुछ अनजाने कारणों से, राजनीतिज्ञों ने भी और सामान्य जनता ने भी, बाल्डविन के अतिरिक्त कभी किसी अन्य नाम से नहीं पुकारा। इस नाम के वर्णों से हमें 22 की सख्या प्राप्त होती है, जो 4 का अंक देती है।

4 का अंक, जैसा कि मैं पिछले अध्याय में वर्णन कर चुका हूं, भाग्य-शाली अंक नहीं माना जाता। इस अंक के व्यक्तियों को प्रायः गलत समझ जाता है। ये अपने उद्देश्यों की पूर्ति के लिए कठोर परिश्रम करते हैं, किन्तु इसकी योजनाएं न केवल कठिन होती हैं, बल्कि इन्हें कई प्रकार के विरोधों का सामना भी करना पड़ता है।

इन्हीं दो प्रसिद्ध व्यक्तियों के नामों के उदाहरण द्वारा मैं अंक विज्ञान के अन्य अद्भुत तत्त्व को प्रकट करने की कोशिश करता हूं।

यौगिक अंकों का अपना ही अद्भुत अर्थ होता है, जो व्यक्तियों के नाम से जुड़े रहस्य को और गहराता है।

लायड जार्ज के नाम से लायड शब्द द्वारा हमें 18 का यौगिक अंक प्राप्त होता है। इस रहस्य विद्या में इस अंक को एक किरण युक्त चन्द्रमा क समान माना गया है जिसमें से खून बारिश की तरह टपक रहा है और नीचे एक भेड़िया और कुत्ता मुंह खोले उन टपकती बूँदों का आनन्द ले रहे हैं।

जार्ज शब्द को लें तो यौगिक अंक 25 प्राप्त होता है। प्रतीकार्थ में यह अंक कष्टों द्वारा प्राप्त अनुभव बनता है। और ज्ञान का द्योतक है।

इसका अर्थ है कि यदि लायड जार्ज विश्व में केवल जार्ज के नाम से ही प्रसिद्ध होता, तो वह अपने जीवन मे उस उच्चावस्था पर बना रहता जो उसने प्राप्त की थी।

लायड जार्ज का जन्म 17 जनवरी को हुआ, अतः जन्म-तिथि के आधार पर उसका अंक 8 बनता है। यह अंक उसके नाम के अंक से मेल नहीं खाता। इसके अतिरिक्त अंक 8 का व्यक्ति होने के कारण उसके नाम के अंक 16 से भाग्यवादी संकेतों की भी सूचना मिलती है और भाग्यवाद को बढ़ावा भी मिलता है।

बाल्डविन नाम से 22 का यौगिक अंक बनता है। यह भी इस रहस्यमयी गणित विद्या में बहुत भाग्यशाली अंक नहीं माना जाता। इस अंक के व्यक्ति नेता तो बनते हैं किन्तु बहुत भाग्यशाली सिद्ध नहीं होते। इस नाम का प्राप्त एकल अंक ऐसे स्त्री एवं पुरुष का द्योतक है, जो जैसे हैं वैसे ही जाने जाते हैं। इनके मिश्रित अंक ऐसी अदृश्य शक्ति के प्रतीक हैं जो स्त्री एवं पुरुष को कठपुतली की तरह इस्तेमाल करती है। यौगिक अंक 22 ऐसे व्यक्ति का सूचक है, जो दूसरों की

गलतियों का शिकार होता है और अपने कंधे पर गलतियों को बोझ लादे घूमता है, ऐसा व्यक्ति उस खूंखार शेर से भी अपना बचाव नहीं करता जो उसे काट रहा होता है।

मेरा उद्देश्य किसी भी प्रकार की राजनीति की ओर उंगली उठाना नहीं है, बल्कि मैं तो इस विद्या का प्रस्तुतकर्त्ता मात्र हूं।

मैत्री या शत्रुता से प्रभावित हुए बिना आप अपना संसार रचें। यहां तो मैंने केवल उस लाक्षणिक अर्थ का प्रयोग किया है जो प्राचीन काल से प्रचलित है।

सर आस्टिन चैम्बरलेन

सर आस्टिन चैम्बरलेन को आस्टिन चैम्बरलेन नाम से ही पुकारा जाता है।

A-1 C H A M B E R L A I N
U-6 3 5 1 4 2 5 2 3 1 1 5 =32=5
S-3
T-4
E-5
N-5
———
24=6

इस नाम में एकल अंक और यौगिक अंक दोनों ही भाग्यशाली हैं, विशेषताः यदि अलग-अलग प्रयोग हों तो। जैसा कि मैं पिछले अध्याय में लिख चुका हूं, कि अंक 6 उन व्यक्तियों का सूचक है जो सत्ता में विशेषताः राजनीति के क्षेत्र में उच्चपद प्राप्त करते हैं।

यौगिक अंक 24 भी लाभदायक है, इस विद्या में यह अंक उच्च पद के व्यक्तियों के सहयोग और उनसे प्राप्त सहायता का संकेत देता है और उनके सहयोग से प्राप्त लाभ की ओर इशारा करता है।

चैम्बरलेन का अंक 5 एक लाभदायक अंक है। यह बात मैं पहले भी कह चुका हूं। जो व्यक्ति खतरों, परिवर्तनों और सट्टे आदि से सम्बन्धित जीवन बिताते हैं, उनके लिए यह अंक लाभदायक है। यौगिक अंक 32 भी इस विद्या में अद्भुत अंक माना गया है। इस अंक को बुद्धि, ज्ञान और विवेक-मार्गो का अंक कहा गया है।

इनका पद नाम 'सर' (SIR) 6 का अंक देता है, यदि हम इन तीनों अंकों को एक साथ जोड़ें तो हमें 6+6+5=17 का यौगिक अंक प्राप्त होगा। यह अंक 8 कोणों वाले शुक्र तारे का सूचक है। जो प्रेम और शंति का प्रतीक है। विशेष रूप से यह उस व्यक्ति के जीवन में बिल्कुल ठीक बैठता है, जिसने लोकार्नो में राष्ट्रों के मध्य शान्ति कायम करने के लिए अलौकिक, अद्भुत प्रयत्न किए। यदि उसे केवल आस्टिन चैम्बरलेन के नाम से पुकारा जाता तो 11 का मिश्रित अंक बनता। यह अंक, जैसा कि मेरे पाठक आगे आने वाले अध्यायों में पढ़ेंगे, दूसरों की ओर से मुकदमा व धोखा-धड़ी के अदृश्य संकट का सूचक होता है।

सर आस्टिन चेम्बरलेन का जन्म 16 अक्तूबर को हुआ, एकल अंक 7 और यौगिक अंक 16 में से किसी भी अंक का उसके नाम के अंक से मेल नहीं बैठता। यह उसके व्यवसाय या जीवन के सफल अन्त के लिए लाभदायक नहीं था।

रेम्जे मैक्डोनल्ड

अब हम इंग्लैंड के श्रमिक दल के प्रतिनिधि के रूप में बने उदाहरण लेते हैं। उसके नाम के अंक निम्न प्रकार हैं :

RAMSAY

2 1 4 3 1 1 = 12=3

MACDONALD

4 1 3 4 7 5 1 3 4=32=5

यहां हम देखते हैं कि रैम्जे से एकल अंक 3 और यौगिक अंक 12 प्राप्त होता है।

जैसा कि मैं पहले भी कह चुका हूं, 3 का अंक ऐसे व्यक्ति का होता है जो अपने साथियों की नजर में अन्दर-बाहर से एक-सा जाना जाता है। जब कि यौगिक अंक 12 जीवन की पृष्ठभूमि में काम कर रही अदृश्य शक्तियों का सूचक है।

यहां अंक 3 अधिक शक्तिशाली और प्रभावी है और ऐसे महत्त्वाकांक्षी लोगों का सूचक है जो सत्ता में विशेष रूप से सरकारी महकमों में उच्च पदों पर पहुंचते हैं।

यौगिक अंक 12 इस गूढ़ रहस्य विद्या में ऐसे व्यक्ति का सूचक है जो शिकार या बलिदान का द्योतक है।

मैक्डोनल्ड नाम से पांच का अंक प्राप्त होता है जो एक अद्भुत अंक है। यौगिक अंक 32, जैसा कि मैं सर आस्टिन चैम्बरलेन के संदर्भ में कह चुका हूं, एक अच्छा अंक है जो बुद्धि और विवेक का प्रतीक है।

रैम्जे मैक्डोनल्ड के अलग-अलग अंकों को जोड़ कर 5+3=8 का अंक बनता है। मेरी पूर्व व्याख्या के अनुसार यह अंक दो अलग-अलग भौतिक और अलौकिक पक्षों का सूचक है। एक पक्ष दार्शनिकता का है, जिसमें किसी उद्देश्य की प्राप्ति के प्रति पूरा ध्यान केन्द्रित रहता है, और दूसरा पक्ष उतार-चढ़ाव और क्रान्ति का प्रतीक है।

इस जोड़ को यदि हम उसके अंग्रेजी नाम के यौगिक अंक की दृष्टि से देखें तो यौगिक अंक बलिदान का सूचक है। इससे स्पष्ट पता चलता है कि रैम्जे मैक्डोनल्ड चाहे कितने ही महान् गुणों से सम्पन्न क्यों न हो, अंत में अपनी राजनैतिक पार्टी के क्षेत्र में बलि के बकरा ही बनेगा और उसके जीवन में उतार-चढ़ाव व क्रान्ति तो आएगी ही।

दोनों नामों से प्राप्त दो यौगिक अंकों 12 और 32 को जोड़ें तो 44 का अंक प्राप्त होता है। इस पुस्तक के चौथे अध्याय में बताया गया है कि

"यह अंक भविष्य के प्रति गम्भीर चेतावनी है। यह दूसरों के सहयोग या सान्निध्य से प्राप्त दुःखों का पूर्वाभास है।"

यह अंक निश्चय ही इंग्लैड के राजनीतिक दल के एक नेता के भविष्य के अपशकुन का सूचक था। उसका जन्म चूंकि 12 अक्तूबर को हुआ, अतः उसका जन्म का अंक 3 बना, जो उसके नाम के अंक 8 से बिल्कुल भी मेल नहीं खाता। परिणामतः उसके जीवन से जुड़ी गड़बड़ी और कुव्यवस्था की संभावना हो सकती थी।

यदि उस व्यक्ति को अपने नाम के वर्णों के आधार पर प्राप्त अपने अंक के अद्भुत अर्थ का पता होता तो वह जनता को कभी भी स्वयं को रैम्जे नाम से पुकारने न देता, उसने इस नाम को प्रचलित न बनने दिया होता, बल्कि वह अपने को मैक्डोनल्ड नाम से ही संबंधित करवाता। जिसका अद्भुत अंक 32 है।

इस पुस्तक के 22 वें अध्याय में हम अमेरिका के राष्ट्रपति के नामों के सम्बन्ध में पढ़ेंगे।

आगे के अध्याय में मैं उस लाक्षणिक अर्थ की व्याख्या करूंगा जो अर्थ प्राचीन काल में यौगिक अंकों का दिया गया था। इसी के साथ मैं उस पद्धति की भी व्याख्या करूंगा, जिसका संकेत मैं इस अध्याय के प्रारम्भ में कर चुका हूं। इससे पाठकों को यह समझने में सहायता मिलेगी कि कौन से भाग्यशाली दिन उनके लिए लाभदायक सिद्ध हो सकते हैं, ताकि वे आने वाले समय का लाभ उठा सकें।

यौगिक और आध्यात्मिक अंक एक विस्तृत व्याख्या

पिछले अध्यायों में मैंने, एकल अंक जो मुख्य अंक या 'मूल अंक' कहलाते हैं, 1 से 9 तक के अंकों की विस्तृत व्याख्या की है। अब मैं अंकज्योतिष में 'द्वि-अंक' अथवा 'यौगिक' अंकों के प्रतीक से सम्बन्धित ज्ञान की व्याख्या करूंगा और यह बताने का भी प्रयास करूंगा कि इस ज्ञान का मनुष्य अपने दिन-प्रतिदिन कि जीवन में क्या लाभ उठा सकता है।

यद्यपि अंकों से सम्बद्ध ज्ञान की यह अत्यधिक उन्नत और जटिल शाखा है, फिर भी मेरा यही प्रयास रहेगा कि मैं इसे इतना स्पष्ट बना दूं जिससे यह आसानी से समझ में आ सके। पिछले अध्यायों में एकल अंकों के सम्बन्ध में भी मेरा यही प्रयास रहा है।

इस विषय की व्याख्या से पूर्व मेरा विचार है, और इच्छा है कि मैं पाठकों को कुछ बातें स्पष्ट कर दूं कि आगे मैं क्या बताने जा रहा हूं।

मैं पहले कह चुका हूं कि एकल अंक मनुष्य की उस प्रकृति के प्रतीक हैं, जिसकी जानकारी उसके आसपास के व्यक्तियों को साधारणतया होती है। किन्तु यौगिक अंकों का अदृश्य प्रभाव रहता है और ये मनुष्य को अदृश्य रूप में ही प्रभावित करते हैं। प्रायः ये अंक उस व्यक्ति के भविष्य या भाग्य के अदृश्य प्रवाह की ओर आश्चर्यजनक रूप में संकेत भी देते हैं।

अंक 1 से 9 तक के मूल अंकों के बाद के अंक तब तक अधिक प्रभावी रहते हैं, जब तक कि 9 अंक का 5 बार गुणा न हो जाए या 45 का अंक प्राप्त न हो जाए। इस बिन्दु के आगे सबसे रहस्यमय अंक 7 का चक्र शुरू होता है। 45 में 7 जोड़ने पर 52 का अंक प्राप्त होता है। एक वर्ष में 52 सप्ताह होते हैं। 52 के अंक को 7 से गुणा करें तो 364 का अंक प्राप्त होता है जो कि सामान्यतः एक वर्ष के दिन माने गए हैं। बहुत प्राचीन काल में जब श्रमिक संघवाद का उदय नहीं हुआ था, तभी से वर्ष के 364 दिन माने गए हैं। उस काल के लोग 365 वें दिन को महान् उत्सव का दिन मानते थे, और उस दिन स्त्री, पुरुष या बच्चा कोई भी कार्य नहीं करता था। यह 365 दिन उस समय के सूचक हैं, जितने समय में सूर्य राशिचक्र के बारह राशियों में से गुजरता है और जहां से वर्ष की गिनती प्रारम्भ होती है। प्रत्येक सभ्यता में वर्ष की ऐसी ही गणना विद्यमान रही है।

जैसा कि मैं पहले भी कह चुका हूं, 1 से 9 तक के एकल अंक स्त्री अथवा पुरुष को वैसा ही दर्शाते हैं जैसा कि उन्हें उनके साथी लोग समझते है। ये अंक व्यक्तित्व और उसके व्यक्तिगत स्वभाव के अंक माने जाते है।

10 से ऊपर के सभी अंक इस विद्या में 'द्विअंक' या 'यौगिक' अंक कहलाते हैं। उदाहरण के लिए यदि हम 12 के अंक लें तो इसका मूल अंक या मुख्य अंक 3 है जो कि एकल अंक है, किन्तु उसी प्रकार 1 और 2 से मिलकर यौगिक अंक 12 बना, जिसका 3 से अलग एक अपना ही अर्थ है।

ये यौगिक अंक कब प्रतीक रूप में सामने आए, इसके बारे में हमें कुछ ज्ञान नहीं है और न ही हम कभी इसे जान सकते हैं। हम केवल यही कह सकते हैं कि ये अंक सदैव से ही अस्तित्व में थे।

प्रतीकों को हम प्रकृति की भाषा कह सकते हैं और हमें इसी रूप

में इनको मानना भी चाहिए।

अंक 1 से 9 तक के अंक वस्तुओं व जीव के शारीरिक अथवा भौतिक पक्ष के अंक है और 10 से ऊपर के यौगिक अंक गूढ़ हैं और जीवन के आध्यात्मिक पहलू को व्यजिंत करते हैं। 52 तक के यौगिक अंकों को निश्चित प्रतीक दिये गये हैं। मेरा प्रयास रहेगा कि मैं सरल भाषा में उनका वर्णन करूं, ताकि उनको लागू करने में आपको कठिनाई का सामना न करना पड़े। मैं पिछले अध्याय में कुछ प्रसिद्ध व्यक्तियों के नामों, लायड जार्ज, बाल्डविन, आस्टिन चैम्बरलेन, और रैम्जे मैक्डोनल्ड, के माध्यम से प्राप्त अंकों के यौगिकों अंकों के प्रभाव, और एकल अंक के उसमें मिलन से उत्पन्न प्रभाव का वर्णन कर चुका हूं। फिर भी यह मेरा सौभाग्य ही है कि मैं इस ज्ञान का अधिक प्रयोगात्मक रूप सामने रख सकूं, जिससे कोई भी व्यक्ति आसानी से यह जान पाएगा कि कौन-सा दिन भाग्यशाली है और कौन-सा दिन दुर्भाग्यपूर्ण। मेरे विचार में इससे पाठकों को अत्यधिक लाभ पहुंचेगा।

यौगिक अंकों का सर्वमान्य प्रतीक रूप बहुत प्राचीन काल से ही चित्रों के माध्यम से समक्ष रखा गया था। शायद आज भी वह चित्र रूप तारोटकार्ड में सुरक्षित मिल जाए। यही रूप हमें अपने पूर्वजों से विरासत में मिला है। इसका प्रारम्भ कब कैसे हुआ, यह अनन्त के गर्भ में छिपा है।

10 का अंक 'भाग्य चक्र' के रूप में जाना जाता है। यह अंक सम्मान, विश्वास और आत्मविश्वास तथा उत्थान एवं पतन का द्योतक है। इस अंक वाला व्यक्ति अपनी इच्छानुसार भला या बुरा कहला सकता है। ऐसे व्यक्ति अपनी योजनाओं को कार्य रूप देने में सदैव सक्षम रहते हैं, इस दृष्टि से यह अंक भाग्यशाली है।

11 का अंक गूढ़ रहस्यवादियों के द्वारा अशुभ अंक माना गया है। यह अंक अदृश्य खतरों की चेतावनी है। इस अंक वालों को दूसरों की

ओर से मुकदमा, धोखाधड़ी की आशंका रहती है। इस अंक को बन्द मुट्ठी या पालतू शेर का प्रतीक रूप माना गाया है। इस अंक वाले व्यक्ति को अनेकानेक बाधाओं का सामना करना पड़ता है।

12 का अंक दुःख, कष्ट एवं मनस्ताप का द्योतक अंक है। यह अंक षड्यन्त्र के शिकार व्यक्ति की बलि का सूचक है और दूसरे व्यक्तियों की योजनाओं और षड्यन्त्र की पूर्व सूचना है।

13 का अंक योजनाओं, स्थानों आदि में पतिवर्तन का सूचक है। यह अंक दुभार्ग्यशाली नहीं है, जैसा कि प्रायः माना जाता है। प्राचीन लेखों में कहा गया है, "जो व्यक्ति 13 के अंक को समझ पाएगा वह सत्ता और स्वामित्व का मालिक होगा।" इस अंक का प्रतीक मृत्यु अथवा अस्थिपंजर का चित्र है, जो हाथ मे हंसिया लिए सिरों को काट रहा है और उसके सामने व्यक्तियों का खेत उगा है,जिसमें वह हंसिया चला रहा है। यह अंक उत्थान-पतन और विनाश का अंक है। यह सत्ता का सूचक है, किन्तु यदि उसका दुरुपयोग किया जाए तो विनाश का कारण भी उपस्थित हो सकता है। यह अंक अनिश्चय और अप्रत्याशित घटनाओं की पूर्व सूचना है।

14 का अंक गतिशीलता और व्यक्तियों व वस्तुओं के संयोग का अंक है। इस अंक के व्यक्तियों को प्रकृतिक शक्तियों अर्थात तूफान, पानी, हवा और अग्नि आदि से खतरा बना रहता है। यह अंक धन, जुआ और व्यापार परिवर्तन के लिए शुभ है, किन्तु इसके साथ हमेशा खतरा और जोखिम बना रहता है। ऐसा प्रायः दूसरों की मूर्खता के परिणामस्वरूप ही होता है। यदि भविष्य की किसी गणना में यह अंक प्राप्त हो तो व्यक्ति को दूरदर्शिता एंव विवेक से काम लेना चाहिए।

15 का अंक गूढ़ अर्थ रखता है और जादू व रहस्य का अंक माना जाता है। यह अंक गूढ़ विद्या की उच्चावस्था को स्पर्श नहीं करता क्योंकि इस अंक का व्यक्ति अपने उद्देश्य की प्राप्ति के लिए किसी भी

प्रकार की जादूगरी इस्तेमाल कर सकता है। यदि इस अंक का किसी भाग्यशाली एकल अंक से योग हो तो यह अंक बहुत भाग्यशाली और शाक्तिशाली सिद्ध होगा। किन्तु यदि 4 और 8 जैसे विशिष्ट अंक मिलें तो ऐसा व्यक्ति किसी भी प्रकार के जादू को इस्तेमाल करने में संकोच नहीं करेगा। यहां तक की अपने उद्देश्य की प्राप्ति के लिए वह काले जादू तक को भी इस्तेमाल कर सकता है।

ऐसे व्यक्ति प्रत्येक क्षेत्र में सफलता प्राप्त करते हैं। प्रायः ये व्यक्ति व्याख्यान कला, संगीत व कला की ईश्वरीय देने से युक्त होते हैं। ये व्यक्ति नाटक कला में निपुण होते हैं। ये व्यक्ति विलासी प्रकृति और आकर्षक व्यक्तित्व के स्वामी होते है। दूसरे लोगों से धन, उपहार और सहयेग प्राप्त करने के लिए यह अंक भाग्यशाली अंक सिद्ध होता है।

16 के अंक को भी इस विद्या में रहस्यमय अंक माना गया है। इसके प्रतीक चित्र में बिजली गिरने पर ढहती हुई मीनार से एक व्यक्ति गिरता हुआ दिखाया गया है, जिसने सिर पर मुकुट धारण किया हुआ है। इसको ध्वस्त किले की संज्ञा भी दी गई है।

यह अंक किसी दुर्भाग्य का सूचक अंक है। किसी दुर्घटना या योजना की असफलता का द्योतक है। यदि भविष्य की किसी गणना में यह अंक प्राप्त हो तो उस व्यक्ति को इसे चेतावनी समझना चाहिए और अपनी योजनाओं पर अमल करते हुए सावधान रहना चाहिए। कहीं ऐसा न हों कि किसी प्रकार के दुर्भाग्य का सामना करना पड़े। इसलिए इससे बचने का प्रयास करना चाहिए।

17 का अंक बहुत आध्यात्मिक अंक माना गया है। इसका प्रतीक चित्र 8 सिरों वाली शुक्रतारा है, जो 'शान्ति और प्रेम' का प्रतीक है। यह 'मैगी स्टार' भी कहलाता है। ऐसा व्यक्ति अध्यात्म की दृष्टि से ऊंचाई को छूता है किंतु जीवन और व्यवसाय में कठिनाइयों का सामना

करता है। यह अंक 'अनश्वरता का अंक' है। इस अंक के व्यक्ति मृत्यु के बाद भी याद किये जाते हैं। भविष्य को गणनाओं में यह एक भाग्यशाली अंक है, बशर्ते कि यह 4 या 8 के एकल अंक के संसर्ग में न आये।

18 के अंक की व्याख्या एक कठिन कार्य है। इसका प्रतीक चित्र एक ऐसा चन्द्रमा है, जिसमें से खून की बूंदें टपक रही हैं और नीचे भूखा कुत्ता और भेड़िया मुंह खोले उन बूंदों को लपकने की कोशिश कर रहे हैं, इनके बीच में एक केकड़ा भी घुसने का प्रयत्न कर रहा है। यह भौतिकता का प्रतीक है, जो प्रकृति के आध्यात्मिक पक्ष को नष्ट करने के प्रयास में है। ऐसा व्यक्ति झगड़ों में, यहां तक कि अपने ही परिवार में, युद्ध में, सामाजिक उतार-चढ़ाव, क्रान्ति आदि में लिप्त रहता है, कुछ प्रकरणों में तो यह युद्ध द्वारा धनोपार्जन का भी संकेत देता है। यह अंक धोखाधड़ी, दूसरे व्यक्तियों द्वारा धोखा, अन्य तत्त्वों से अर्थात् तूफान, आग, पानी या विस्फोट आदि से खतरे का पूर्व संकेत है। यदि भविष्य की गणना में कोई तिथि ऐसी निकले तो व्यक्ति को बहुत सावधान, पूरी तरह चौकन्ना और सतर्क हो जाना चाहिए।

19 अंक का बहुत भाग्यशाली और लाभप्रद माना गया है। इसका प्रतीक चिह्न सूर्य है, जो 'स्वर्ण का राजा' कहलाता है। यह अंक प्रसन्नता, सफलता, सम्मान, प्रतिष्ठा तथा भविष्य की योजनाओं की सफलता का सूचक है।

20 का अंक 'जागृति' का अंक है। इसे निर्णयात्मक अंक भी माना गया है। यह अंक पंखों से युक्त देवदूत का प्रतीक है, जो तुरही बजा रहा है और नीचे स्त्री, पुरुष एवं बच्चे पर्वत पर चढ़ रहे हैं जिनके हाथ प्रार्थना के लिए जुड़े हुए हैं।

इस अंक की व्याख्या बहुत अद्‌भुत है। नये उद्देश्य की जागृति, नई महत्वाकांक्षाएं, क्रियाशीलता, किसी अच्छे कार्य या उद्देश्य के लिए

कार्यरत होना आदि इसकी विशेषताएं हैं। यह अंक भौतिकवादी नहीं है, अतः ऐसे व्यक्तियों की सांसारिक सफलता में संदेह ही बना रहता है।

भविष्य की गणना में यह देरी, योजनाओं में रुकावट का सूचक है। इनसे पार तभी पाया जा सकता है, जब व्यक्ति आध्यत्मिक रूप से उन्नति के मार्ग पर अग्रसर हो।

21 अंक का प्रतीक चित्र 'सृष्टि का चित्र' है। इसे 'क्राउन आफ द मैगी' भी कहा जाता है। यह अंक उन्नति, प्रतिष्ठा, जीवन के उतार-चढ़ाव और सामान्य सफलता का सूचक है। इस अंक के व्यक्ति कठिन परिश्रम के बाद ही विजयी होते हैं। 'क्राउन आफ द मैगी' का सम्मान व्यक्ति कठिन उपक्रम से और दृढ़ प्रतिज्ञ कार्य करके ही प्राप्त कर सकता है। यदि भविष्य की गणना हेतु यह अंक प्राप्त हो तो इसे शुभ अंक मानना चाहिए।

22 का अंक भद्र व्यक्ति का द्योतक है, जो दूसरों के अपराधों या गलतियों से हानि उठाता है। उसकी पीठ पर गलतियों का भरा बोरा या थैला लदा रहता है। इसके प्रतीक चित्र में ऐसा व्यक्ति खूंखार शेर से भी बचने का कोई उपाय नहीं करता। यह अंक गलतफहमी और कपट से बचने की चेतावनी देता है। यह अंक एक ऐसे व्यक्ति का सूचक है जो काल्पनिक आनन्द में खोया रहता है, सपनों में डूबा रहता है और उसकी आंख तभी खुलती है, जब वह चारों ओर से खतरों से घिर जाता है। ऐसे व्यक्ति दूसरों के प्रभाव में आकर प्रायः गलत निर्णय भी लेते हैं।

भविष्य की गणनाओं में यह अंक प्राप्त होने पर व्यक्ति को सचेत और सतर्क हो जाना चाहिए।

23 का अंक 'द रायल स्टार आफ दि लायन' कहलाता है। यह

सफलता का प्रतीक है, उच्चाधिकारियों द्वारा सहायता और सरंक्षण का द्योतक है। भविष्य की गणनाओं के सम्बन्ध में यह भाग्यशाली अंक है और व्यक्ति की योजनाओं की सफलता का सूचक भी है।

24 का अंक भी भाग्यशाली अंक है और व्यक्ति की योजनाओं को कार्य रूप में परिणत करने में उच्चाधिकारियों द्वारा हर प्रकार की सहायता मिलने का संकेत देता है। यह प्रेम और विपरीत सेक्स द्वारा लाभ का सूचक है। भविष्यगत गणनाओं में लाभदायक सिद्ध होगा।

25 का अंक अनुभव के आधार पर शक्ति-प्राप्ति का सूचक है। व्यक्तियों व वस्तुओं के द्वारा लाभ प्राप्ति का द्योतक है। इसे प्रायः लाभदायक अंक नहीं माना जाता क्योंकि यह प्रारम्भिक जीवन में कठिनाइयां व कष्ट उठाने के बाद सफलता का सूचक है। भविष्य की गणनाओं के लिए यह अंक लाभप्रद है।

26 का अंक भविष्य में दुर्भाग्य की चेतावनी देता है। यह अंक अन्य व्यक्तियों के सहयोग के परिणामस्वरूप विनाश, जुए के जाल में फंसने और बुरी संगत में पड़ने तथा बुरी सलाह का सूचक है। यदि यह अंक भविष्य की योजनाओं को लागू करने के लिए मिलता है, तो सावधान हो जाइए और आने वाले कुसमय से बचने के उपाय कीजिए।

27 का अंक अच्छा अंक है जो सत्ता का सूचक है। यह आधिपत्य, शक्ति और प्रभुत्व का प्रतीक है। यह इस बात का भी सूचक है कि व्यक्ति को उत्पादक बुद्धि से लाभ होगा और कार्यदक्षता के लाभदायक परिणाम प्राप्त होंगे। इस अंक के व्यक्तियों को अपनी योजनाओं और विचारों को स्वयं ही कार्यरूप देना चाहिए। भविष्य के लिए यह एक अच्छा अंक है।

28 का अंक विरोधाभास का अंक है। यह एक सक्षम और सम्पन्न व्यक्ति का सूचक है, किन्तु यदि वह व्यक्ति इन गुणों को भविष्य के

लिए संभाले रखने के विषय में सावधान नहीं रहा तो इन्हें खो भी सकता है। यह दूसरों के विश्वास से, व्यापार में प्रतिस्पर्धा और सत्ता से हानि का संकेत देता है और ऐसे व्यक्ति को अपना जीवन बार-बार प्रारम्भ से ही शुरू करना पड़ता है।

भविष्य की घटनाओं की दृष्टि से यह कोई शुभ अंक नहीं है।

29 का अंक अनिश्चय, धोखाधड़ी, दूसरों के साथ धोखेबाजी का सूचक है। यह अंक मुकदमेबाजी, क्लेश और असंभावित खतरों, अविश्वासनीय मित्रों तथा दुःखों और विपरीत सेक्स के व्यक्ति द्वारा धोखे का पूर्वाभास देता है। भविष्य के घटनाक्रम के सम्बन्ध में इस अंक को एक खतरनाक अंक मानना चाहिए।

30 का अंक विचार-संतुलन, पुनरावलोकन तथा अपने सहयोगियों से मानसिक स्तर में ऊंचा होन का सूचक है। इस अंक के मानसिक पक्ष से संबद्ध होने के कारण ऐसे व्यक्ति भौतिकता के प्रति लगाव रखते हैं। इस दृष्टि से यह अंक भाग्यशाली या भाग्यहीन कुछ भी नहीं माना जा सकता। क्योंकि इसका दायित्व व्यक्ति-विशेष की सोचने की क्षमता पर है। यह शक्तिशाली अंक है, किन्तु इसकी शक्ति व्यक्ति की इच्छा और आकांक्षा पर निर्भर करती है।

31 का अंक भी 30 के अंक जैसे गुणों का स्वामी है, किन्तु इस अंक के व्यक्ति आत्म-केन्द्रित, एकाकी और अपने साथियों से बिलग रहने की प्रवृत्ति वाले होते हैं। यह अंक भौतिक और सांसारिक दृष्टि से बहुत भाग्यशाली अंक नहीं माना जा सकता।

32 के अंक को जादुई शक्ति प्राप्त है। ठीक उसी प्रकार जैसे कि एकल अंक 5 और मिश्रित अंक 14 और 23 की है। यह अंक व्यक्तियों और राष्ट्रों के मिश्रण का अंक है। इस अंक का व्यक्ति यदि अपनी एक राय कायम रखे या स्वयं निर्णय ले तो वह सफलता प्राप्त कर सकता

है। यदि ऐसा नहीं करेगा तो उसकी योजनाओं को कार्य रूप देने में दूसरों की जिद और मूर्खता के कारण रुकावट उत्पन्न होगी। भविष्य की योजनाओं की गणना हेतु यह एक भाग्यशाली अंक है।

33 के अंक की अपनी स्वयं की कुछ भी क्षमता नहीं है। इसका महत्त्व 24 के अंक या 6 के अंक से मिलता-जुलता या अपनी श्रेणी के अन्य यौगिक अंकों जैसा ही है।

34 का अंक भी 25 के अंक के समान ही है क्योंकि यह उसी श्रेणी का अगला यौगिक अंक है और इसका प्रभाव भी 25 के अंक के समान ही है।

35 के अंक का प्रभाव 26 के अंक के समान है। उसी की शृंखला में अगला यौगिक अंक होने के कारण यह तदनुरूप ही क्रियाशील है।

36 के अंक का अर्थ 27 अंक से मेल खाता है यह अंक उसी के यौगिक अंकों की शृंखला में आता है।

37 के अंक की अपनी विशिष्ट क्षमता है। यह प्रेम में भाग्यशाली और विपरीत सेक्स के व्यक्तियों से अभिन्न मैत्री का सूचक अंक है। सभी प्रकार के सहयोग हेतु यह अंक लाभकारी है। भविष्य की गणनाओं हेतु इसे एक भाग्यशाली अंक माना जाना चाहिए।

38 का अंक 29 के अंक की ही भांति प्रभावशाली है, क्योंकि यह उसी शृंखला का यौगिक अंक है।

39 और 30 का अंक एक-सा प्रभाव रखते हैं। क्योंकि दोनों अंक यौगिक अंकों की एक ही कड़ी के अंक हैं।

40 और 31 के अंक समानार्थक अंक हैं। दोनों एक ही यौगिक अंक शृंखला की कड़ियां हैं।

41 और 32 के अंक एक जैसे प्रभावशाली अंक हैं। क्योंकि दोनों यौगिक अंकों की समान शृंखला की कड़ी हैं।

42 और 24 अंक समानार्थक हैं।

43 का अंक भाग्यहीनता-दुर्भाग्य का द्योतक है। यह क्रान्ति, उतार-चढ़ाव, असफलता, प्रतिरोध का सूचक है। भविष्य की गणनाओं में यह अंक प्राप्त होने पर व्यक्ति को सावधान हो जाना चाहिए।

44 और 26 अंक सम प्रभावी हैं।
45 और 27 " " "
46 और 37 " " "
47 और 29 " " "
48 और 30 " " "
49 और 31 " " "
50 और 32 " " "

51 के अंक की क्षमता शक्तिशाली और प्रभावोत्पादक है। यह योद्धा प्रकृति का द्योतक है। ऐसे व्यक्ति जो भी कार्य हाथ में लेते हैं, उसमें अचानक उन्नति करते हैं। सेना, नौसेना या राजनीति के व्यक्तियों के लिए यह अंक बहुत लाभप्रद अंक हैं। इसके साथ ही यह अंक शत्रुओं, खतरो और हत्या होने का भी सूचक है।

52 के अंक का अर्थ 43 के अंक के समान ही है।

अब हम 52 अंकों की प्रकृति के बारे में पढ़ चुके हैं, जो एक वर्ष में भी 52 सप्ताहों के प्रतिनधि हैं। इससे आगे बढ़ने की कोई उपयोगिता नहीं है। अतः अब मैं अपने पाठकों को वह विधि बताऊंगा जिसमें यौगिक और एकल अंकों को मिलाने पर प्राप्त अंक का क्या प्रभाव या परिणाम होता है।

इसका नियम यह है कि अपने नाम के अक्षरों से प्राप्त यौगिक अंक में उस तिथि के अंक को जोड़ें जिसके बारे में आप जानना चाहते हैं। अब देखें कि आपको क्या अंक प्राप्त हुआ। अब इसका अर्थ उन अंकों में खोजें जिनका वर्णन मैंने यौगिक अंकों में किया है।

उदाहरण

मैं यह कल्पना करता हूं कि आप यह जानना चाहेंगे कि 26 अपैल सोमवार का दिन आपके लिए भाग्यशाली है या नहीं? अर्थात् इस दिन आप अपनी योजनाओं को कार्यरूप दे सकते हैं या भविष्य में उन्नति के मार्ग में यह दिन बाधक या साधक है? अपने नाम के प्रत्येक वर्ण का अंक चुनें। इसको जोड़कर यौगिक अंक या एकल अंक निकलें। इसमें 26 अप्रैल का 2+ 6=8 जोड़ें और इसमें अपनी जन्म तिथि भी जोड़ें और प्राप्त अंक की व्याख्या, जो मैंने पहले की है, उसे देखें। अब आपको तुरन्त पता चल जाएगा कि सोमवार 26 तारीख आपके लिए लाभप्रद है अथवा नहीं। यदि आप देखें कि यह दिन भाग्यशाली नहीं है तो आगे की तिथि लें। इसी प्रकार आगे की और उससे भी आगे की तिथि लेते रहें जब तक कि भाग्यशाली दिन न निकल आए। उस दिन अपनी योजनाओं को कार्यरूप दें तो आप पाएंगे कि वह दिन आपके लिए बहुत भाग्यशाली सिद्ध होगा।

मान लीजिए कि आपका नाम जॉन स्मिथ है और 8 जनवरी आपकी जन्म तिथि है, तो इसका अंक इस प्रकार होगा :

J–1   S M I T H
O–7   3 4 1 4 5 = 17 = 8
H–5
N–5
———
18=9

अब आप 8 और 9 का जोड़ निकालें इससे आपको 17 का यौगिक अंक प्राप्त होगा। इनको जोड़ कर 8 का अंक प्राप्त होगा। इसी प्रकार इसमें 26 अप्रैल का अंक जोड़ें। इससे आपको 16 का अंक मिश्रित रूप में और एकल अंक 7 मिलेगा। अब जन्म के अंक 8 जनवरी को 7 में जोड़ें। इस प्रकार 15 का अंक प्राप्त होगा। इसे जोड़ने पर 6 का एकल अंक मिलेगा।

अब आप यौगिक अंक 15 की व्याख्या जो मैं पहले भी कर चुका हूं देखें। इससे आप देखेंगे कि यह धन, उपहार और दूसरों की कृपा की दृष्टि से भाग्यशाली अंक है। इस प्रकार जान स्मिथ जो 8 जनवरी को पैदा हुए, उनके लिए 26 अप्रैल लाभदायक दिन होगा। अतः इस दिन यदि वह अपनी योजनाओं को कार्य रूप देगा तो निश्चय ही लाभान्वित होगा। यदि यह अंक लाभदायक नहीं हो तो जान स्मिथ को 27 अप्रैल की गणना करनी चाहिए, यदि अभी भी संतोषजनक परिणाम प्राप्त न हो तो 28, 29, 30 अप्रैल आदि की गणना तब तक करते जाइए जब तक शक्तिशाली दिन न मिल जाए।

यही नियम प्रत्येक नाम और प्रत्येक जन्म-तिथि के सम्बन्ध में लागू होता है।

एकल अंकों और यौगिक अंकों का प्रयोग : कुछ अधिक जानकारी

लन्दन के एक प्रमुख अखबार में प्रकाशित मेरे कुछ लेखों पर प्रतिक्रिया-स्वरूप मुझे कई हजार पत्र प्राप्त हुए जिनमें जन्मांक और नामांक के जोड़ने के बारे में जानकारी मांगी गई थी। इस जिज्ञासा को शांत करने के लिए निम्नलिखित उदाहरण पेश कर रहा हूं।

यदि सम्भव हो तो जन्मांक और नामांक एक ही हों, जिससे कि समन्वय और अनुरूपता रहे। सफलता की सम्भावनाएं तब और भी बढ़ जाती हैं यदि यह अंक शुभ हो या अनुकूल हो।

उदाहरण के तौर पर हम फिर जान स्मिथ को लें, जिसका वर्णन मैं पिछले अध्याय में भी कर चुका हूं :

J O H N
1 7 5 5 = 18 1+8 = 9
S M I T H
3 4 1 4 5 = 17 1+7 = 8

जान नाम का एकल अंक 9 है और स्मिथ से एकल अंक 8 मिला। इन दोनों को जोड़ने पर कुल 17 अंक बना। फिर 1 और 7 को जोड़ने पर पुनः 8 बना। इस प्रकार पूरे नाम का एकल अंक 8 है। यदि जान स्मिथ का जन्म 8 के अंक के अन्तर्गत हुआ हो अर्थात् किसी माह की 8, 17 या 26 तारीख में तो नामांक और जन्मांक में समन्वय

रहेगा। यद्यपि 8 का अंक बहुत शुभ अंक नहीं हैं, फिर भी इस मामले में इन अंकों में कोई विरोध भी नहीं होगा, और यदि जान स्मिथ इस बात को जानते हुए अपने महत्त्वपूर्ण कार्यो के लिए 8 अंक वाली तिथियों अर्थात् महीने की 8, 17 या 26 तारीखों का प्रयोग करें तो वह इन दिनों को अधिक भाग्यशाली पायेंगे।

इसके विपरीत यदि उनका जन्मांक 2 है या वे किसी महीने की 2, 11, 20 या 29 तारीख को जन्मे हैं तो उनके नामांक और जन्मांक में कोई समन्वय नहीं रहेगा। उसके कार्यों में सदा बाधा बनी रहेंगी। वह यह भी निश्चय नहीं कर पायेंगे कि किस अंक पर या किस दिन कार्य प्रारम्भ करें।

वह अपना जन्मांक तो बदल नहीं सकते। अतः एक ही रास्ता है कि वे अपने नामांक को बदल लें। यदि वे अपने नाम में 3 अंक का एक वर्ण, अर्थात् C या G, L या S, जैसा मैं पिछले अध्याय में बता चुका हूं,इन वर्णो के अंक, जोड़ लें तो, और अपना नाम जान सी.स्मिथ (JOHN C. SHITH) या जान जी. स्मिथ (JOHN G. SHITH) कर लें और इसी नाम से पुकारे जाएं तो उनके पहले नामांक 17 में 3 जुटने पर नया अंक 20 बन जाएगा या एकल अंक 2 प्राप्त होगा। इस प्रकार नामांक और जन्मांक में समन्वय स्थापित हो जाएगा। अब उन्हें इस बात का विश्वास रहेगा कि ये 2 अंक तिथि जैसे कि 2, 11, 20 या 29 उनके लिए शुभ हैं और इन तिथियों में वे अपने महत्त्वपूर्ण कार्य कर सकते हैं।

यदि जान स्मिथ का जन्म 8 के अंक के अन्तर्गत अर्थात् किसी माह की 8, 17, 26 तारीख में हुआ हो तो उनका जन्मांक और नामांक 8 ही होगा। इस स्थिति में उन्हें अपने नाम में कोई वर्ण नहीं जोड़ना चाहिए, बल्कि 8 के अंक के अनुसार ही कार्य करना चाहिए।

यदि कोई व्यक्ति 4 या 8 के विशिष्ट अंक के अन्तर्गत पैदा हुआ

है और नाम का अंक 8 बनता हैं जबकि जन्मांक 4 है या नामांक 4 है और जन्मांक 8 है तो ऐसे व्यक्ति को भौतिक सफलता मिलने की सम्भावना बढ़ जाती है बशर्ते कि वह अपने नाम के वर्णों में एक और वर्ण जोड़ लें। जैसा कि जान स्मिथ के सन्दर्भ में मैं यह बात बता चुका हूं। ऐसा करने पर आपका नामांक 4 या 8 नहीं रह जाएगा और 1, 3, 6 या 9 जैसे अधिक समन्वयकारी अंक बन जाएंगे। इस प्रकार का परिवर्तन अधिकतर लाभदायी सिद्ध होगा। और नया स्पन्दन पैदा होने से एकाकी और नीरस जीवन में प्रसन्नता और सफलता भर जाएगी।

मेरी तो यही राय है कि 4 या 8 अंक के संयोग वाले व्यक्तियों को अपने नाम में थोड़-सा परिवर्तन कर लेना चाहिए, जिससे भाग्यशाली समन्वय वाले अंक अर्थात् 1, 3, 6 या 9 प्राप्त हो सकें। इस प्रकार के परिवर्तन से अधिकाधिक लोगों को लाभ ही होगा। उन्हें इन अंको के लिए शुभ रंग और रत्न पहनने चाहिए जिनका वर्णन मैं पहले ही कर चुका हूं। मुझे पूरा विश्वास है कि मेरा राय मानने पर उन्हें दुःखी नहीं होना पड़ेगा।

अधिक लाभान्वित होने के लिए व्यक्ति को चाहिए कि शहर या गांव में वह उसी अंक के घर को निवास-स्थान बनाए जो अंक उसके जन्मांक और नामांक से मेल खाता हो। यदि वह गांव में रहता है तो उसे अपने घर को अपने नामांक और जन्मांक के अनुकूलन अंक दे देना चाहिए। विशेष रूप से 8 नामांक और 4 जन्मांक वाले या 8 जन्मांक और 4 नामांक वाले व्यक्ति को तो यही करना चाहिए। उन्हें किसी भी दशा में ऐसे घर में नहीं रहना चाहिए जिसका एकल अंक 4 या 8 प्राप्त होता हो।

जन्मांक का महत्त्व इतना अधिक क्यों ?

दिन-प्रतिदिन की गणनाओं में जन्मांक का उपयोग सबसे सरल और आसान है। जो लोग इस गूढ़ रहस्यवादी प्रतीकात्मक ज्ञान के विद्यार्थी नहीं हैं वे भी इससे लाभ उठा सकते हैं। इसके द्वारा हमें अपनी योजनाओं को कार्यरूप देने की सही तिथि और दिन का पता चलता है बशर्ते कि उस दिन की तारीख जन्मांक से मेल खाती हो। इसके नियमों को समझना बहुत ही आसान है।

व्यक्ति जिसका जन्म किसी महीने की 1, 10, 19 या 26 तारीख को हुआ है तो उसके लिए सबसे सुविधाजनक है कि वह इन्हीं में से किसी तारीख को अपनी योजनाओं को कार्यरूप देने के लिए चुने।

अंक 4 अंक एक का विपक्षी अंक है। अतः 1 अंक वाले स्त्री या पुरुष इसे सहयोगी अंक का तो मान सकते हैं, किन्तु सांसारिक या भौतिक विषयों में इस अंक उपयोग करने की राय मैं नहीं दे सकता। जन्मांक 1 के व्यक्तियों के जीवन में जन्मांक 4 अपने-आप ही आएगा और यदि मैं इसकी व्याख्या करूं तो मेरे विचार में भाग्यवादी अंक होने के कारण यह अंक उन व्यक्तियों के जीवन में ऐसा प्रभाव डालेगा, जिस पर उनका कोई नियन्त्रण नहीं रहेगा और निश्चय ही यह प्रमाण सुखदायी नहीं होगा। जहां तक मुझे याद है 'एक' जन्मांक वाले व्यक्तियों के जीवन में चार का अंक अर्थात् किसी माह की 4, 13, 22

या 31 तारीख, दुर्घटना, मृत्यु और कष्ट की सूचक है। इन तिथियों का उसके जीवन में एक महत्त्वपूर्ण योग रहता है।

'एक' जन्मांक वाले व्यक्ति प्रायः अनजाने में ही 4 अंक वाले मकान में या गली न. 4, 13, 22, 31, 40, 49 आदि में निवास करते हैं। यद्यपि ये मकान उनके जीवन की कुछ मुख्य घटनाओं से सम्बद्ध होते हैं, फिर भी इतना स्पष्ट है कि यहां उन्हें भौतिक सुख या प्रसन्नता प्राप्त नहीं हो पाती।

8 जन्मांक वाले व्यक्ति को भूले से भी ऐसे मकान में निवास नहीं करना चाहिए जिसका अंक 4, 13, 22, 31, 40 आदि हो और 4 जन्मांक वाले व्यक्ति को 8, 17, 26, 35 या 44 अंक के मकान में नहीं रहना चाहिए। ऐसा करने से वे दुःख-कष्ट, दुर्भाग्य और दुर्घटनाओं से बचने में सफल रहेंगे।

'एक' जन्मांक वाले व्यक्ति के लिए दूसरा विनिमशील अंक 2 या 7 है। इन अंकों की तिथियां 2, 7, 11, 16, 20, 25, 29, 34 आदि या मकानों की संख्या 2, 7, 11, 16, 20, 25, 24, 39 उस व्यक्ति के लिए भाग्यप्रद नहीं है। किन्तु यह अंक परिवर्तन वाले या अस्थिर अंक माने जाते हैं, इसलिए 2-7 के अंक वाले मकान में जन्मांक 'एक' वाले व्यक्ति कभी स्थाई रूप में नहीं रह सकते। इन अंकों की तिथियां जीवन के महत्त्वपूर्ण मामलों में निर्णायक सिद्ध होती हैं।

समन्वय और स्पन्दन के नियम के अन्तर्गत 1 जन्मांक वाले व्यक्ति को प्रयत्न करना चाहिए कि वह 2 के अंक या इसकी श्रृंखला के अंक वाली तिथियों में ही कार्य करें। 3 के अंक वाले व्यक्तियों को अंक 3 और उसकी श्रृंखला वाले अंकों से समन्वय रखना चाहिए। इसी प्रकार सभी अंकों वाले व्यक्तियों को भी अपने अंक ही चुनने चाहिए। किन्तु 4 और 8 अंक वाले व्यक्ति को कभी भी अपना अंक नहीं चुनना चाहिए। 4 और 8 वाले जन्मांक के व्यक्तियों को इनके विशिष्ट प्रभाव

से बचना चाहिए। बल्कि किसी और अधिक समन्वय वाले अंक को खोजना चाहिए।

यही वह क्षेत्र है जहां नामांक की शक्ति और ज्ञान का प्रयोग उपयोगी सिद्ध होगा। 4 और 8 के जन्मांक वाले व्यक्ति अपना जन्मांक नहीं बदल सकते और उन्हें भाग्यशाली नामांक खोजना है तो वे अपने नाम में कुछ अन्तर कर सकते हैं और उतने ही भाग्यशाली बन सकते हैं जितना कि शुभ जन्मांक वाले व्यक्ति होते हैं।

मैं जो कहना चाह रहा हूं उसे स्पष्ट करने के लिए एक उदाहरण

देता हूं :

मान लीजिए कि कोई स्त्री या पुरुष जनवरी महीने के 8, 17 या 26 तारीख में जन्मा है और उसका नामांक 1, 3, 5 और 6 है। (यहां मैंने जानबुझकर शक्तिशाली और लाभप्रद अंक लिए हैं) अब मेरी 8 जन्मांक वाले व्यक्तियों को यही सलाह है कि वे 8 अंक से बचे और उसके स्थान पर 1, 3, 5 और 6 अंक जैसे शक्तिशाली अंकों से समन्वय करें। यही बात 4 जन्मांक वाले व्यक्तियों के लिए भी लागू होती है।

आपने ध्यान दिया होगा कि मैंने इस नियम की स्थापना करते समय 9 के अंक का जिक्र नहीं किया। इसका कारण यही है कि 4 अंक, जो वरुण नक्षत्र का अंक है और 8 अंक, जो शनि नक्षत्र का सूचक अंक है, दोनों ही गुणों की दृष्टि से अंक 9 के विरोधी अंक हैं जो मंगल ग्रह का सूचक अंक है। इसलिए इन अंकों को दूर-दूर रखना ही लाभप्रद है।

यह बात उन लोगों को कुछ अजीब-सी लग सकती है जिन्होंने इस रहस्यमयी विद्या का अध्ययन नहीं किया है, किन्तु मैं विश्वास दिलाता हूं कि यह नियम यों ही, अचानक नहीं बना दिया गया, किसी कल्पना पर आधारित नहीं है। बल्कि नक्षत्र विज्ञान में इसका ठोस आधार

मिलता है और ज्योतिष विज्ञान का ज्ञाता मेरी इस बात से सहमत भी होगा कि मंगल (9), शनि (8) और वरुण (4) ग्रहों का सम्मिलन लाभप्रद नहीं है, बल्कि इनका योग सभी प्रकार के दुःख और कष्टों की पूर्व सूचना है।

नाम और अंकों के कुछ उदाहरण

इस छोटी-सी पुस्तक में 1 से 9 तक के मूल अंकों का क्या प्रभाव रहता है, इसकी विस्तृत व्याख्या करना असम्भव है। यहां मैं यह बताने के लिए कि नाम और अंकों से भाग्य कैसे जुड़ा है और यहूदी वर्णों को जो अंक प्रतीक रूप में दिये गये हैं, उनका प्रयोग किस प्रकार किया जाये, इसके कुछ उदाहरण पेश करता हूं।

महान् नेपोलियन अपना वास्तविक नाम Napoleon Buonaparte लिखता था। किन्तु बादमें उसने अपना नाम Napoleon Bonaparte लिखना शुरू कर दिया। इस परिवर्तन का आश्चर्यजनक प्रभाव पड़ा।

Napoleon का अंक 5 है।
Bunaparte का अंक भी 5 है।

अंक 5, जैसा कि मैं पहले कह भी चुका हूं, एक रहस्यमय अंक माना गया है और प्रचलित ग्रीकवासी जब युद्ध में जाते थे तो इसे सौभाग्यसूचक तावीज के रूप में ले जाते थे। यदि 5 और 5 को जोड़ें तो अंक 10 प्राप्त होता है, जो कि स्वयं एक महत्त्वपूर्ण अंक है, और इस विषय में आश्चर्यजनक रूप में प्रभावी भी रहा है।

जब नेपोलियन ने अपने नाम के वर्णो में परिवर्तन कर Bonaparte कर लिया तो यह अंक 8 बन गया, और यदि आपको याद हो कि मैंने इस अंक की व्याख्या में कहा था कि वह अंक नीच भाव में क्रान्ति, अराजकता, स्वेच्छाचार, आपवाद आदि का सूचक है और दुःखद अन्त

का सूचक है। नेपोलियन इतना महान् होने के बाद भी निम्न स्तर पर ही रहा, क्योंकि अंक 8 (शनि) और अंक 9 (मंगल) ने उसके जीवन की मुख्य घटनाओं को सदा प्रभावित किया Napoleon Bonaparte नाम से मिश्रित अंक 13 बनता है जो इस अंक और वर्णों की गूढ़ विद्या में एक ऐसे नरकंकाल का सूचक है जिसके हाथ में हंसिया है और वह नर-मादा की फसल की फसल काटे डाल रहा है। यह शक्ति का द्योतक अंक है, किन्तु इस शक्ति के दुरुपयोग का परिणाम स्वयं अपना नाश है। ऐसा नेपोलियन के जीवन में भी घटा; जिस पर कोई टिप्पणी करना निरर्थक होगा। जहाजों के अंक और नाम भी ऐसे ही कई अद्‌भुत उदाहरणों के लिए देखे जा सकते हैं।

अमेरिका का युद्धपोत 'मेने' (Maine) हवाना बंदरगाह पर रहस्यपूर्ण स्थितियों में विस्फोट का शिकार हुआ और उसमें सवार कोई भी व्यक्ति जीवित नहीं बचा। इस जहाज का नामांक (Maine) 16 है। यह अंक एक ऐसे मीनार का सूचक है जो बिजली के गिरने से ध्वस्त हो गयी है। इस युद्धपोत के विस्फोट के रहस्य अभी तक पता नहीं चल पाया है, किन्तु इसके कारण अमेरिका ने स्पेन से युद्ध की घोषाणा कर दी थी।

एक अन्य जहाज की दुर्घटना लें। 'वाराताह' (Waratah) नामक जहाज जब आस्ट्रेलिया से रवाना हुआ तो अपने सभी कर्मचारियों और यात्रियों सहित डूब गया, मानो समुद्र उसे निगल गया हो। 'Waratah' नाम का अंक 20 बनता है। इसके बारे में आप चौथे अध्याय में पढ़ चुके हैं कि इसका प्रतीक चित्र एक देवता है जिसके हाथ में तुरही है और नीचे स्त्री, पुरुष और बच्चे हाथ जोड़े प्रार्थना कर रहे हैं।

जीवन में अंकों की पुनरावृत्ति
कुछ उदाहरण

अंकों और घटनाओं के अद्भुत सामंजस्य के मुझे कुछ उदाहरण याद आ रहे हैं। मेरा विश्वास है कि ये उदाहरण निश्चय ही दिलचस्प सिद्ध होंगे।

निम्न उदाहरण लन्दन के कई समाचारपत्रों में प्रकाशित हुआ : सर अलमा-तदेमा, एक प्रसिद्ध कलाकार, का कहना है कि उनका प्रधान अंक 17 है। वे तब 17 वर्ष के थे जब पहले-पहल वे अपनी पत्नी से मिले। उनके प्रथम निवास-स्थान का अंक 17 था। 17 अगस्त को उनके निवास के पुनर्निर्माण का कार्य प्रारम्भ हुआ और 17 नवम्बर को वे अपने मकान में रहने के लिए गये। उनका पुनर्विवाह सन् 1871 में हुआ जिसे जोड़ने पर 17 का यौगिक अंक प्राप्त होता है। सर जान वुड के कलापूर्ण क्वार्टर मे उनके मकान का अंक 17 का गुणनांक था। सर अलमा-तदेमा का जन्म 8 जनवरी को हुआ, इसका यौगिक 17 अंक हुआ और एकल अंक 8 हुआ। यह अंक उनके जीवन का बहुत ही महत्त्वपूर्ण अंक सिद्ध हुआ।

किंग एडवर्ड सप्तम का जन्म 9 नवम्बर को हुआ। इस महीने को ज्योतिष विज्ञान में मंगल का द्वितीय घर माना जाता है। यह अवधि 9 अंक द्वारा शासित है जो मंगल ग्रह का अंक है।

उनकी शादी 1863 में हुई जिसे जोड़ने पर 9 का अंक प्राप्त होता

है। 27 जून को उन्हें राजा की पदवी मिली। इसका योग भी 9 है। वास्तव में 9 अगस्त को उनकी ताजपोशी हुई थी।

किंग एडवर्ड मुझे सम्बोधित करते समय प्रायः कहते थे कि "तुम मुझे 69 के बाद जीने नहीं दोगे।" सबसे पहली बार उनसे मेरी मुलाकात लेडी आर्थर पेगेट के घर पर हुई, जब वे प्रिंस आफ वेल्स थे। तब उन्होंने मुझसे कहा कि मैं उनका अंक बताऊं। मैंने उनका अंक निकाला और उन्हें बताया कि उनके मूल अंक 6 और 9 हैं। मैंने कहा कि जब ये दोनों अंक एक साथ आएंगे तो वह वर्ष उनके लिए सबसे भाग्यहीन होगा और 6 अंक के दिन कोई दुर्घटना घटेगी। वह घटना 6 अंक द्वारा शासित माह में होगी और वह महीना मई का होगा। उन्होंने मेरी इस भविष्यवाणी को सदा याद रखा। मुझे बड़े दुःख के साथ कहना पड़ रहा है कि उनकी मृत्यु से कुछ दिन पूर्व मुझे उनसे मिलने का सौभाग्य प्राप्त हुआ। वे उस समय विक्टोरिया में गाड़ी पकड़ने जा रहें थे, जब उन्होंने मुझे देखा। मैं भी उस समय विदेश जा रहा था। उन्होंने मुझे बुलवाया और मुस्कराते हुए कहा :

"अच्छी, कीरो, तुम देख ही रहे हो कि मैं आज भी जिंदा हूं, किन्तु तुम्हारी उस चेतावनी के अनुसार मैं अब 69 वर्ष में हूं और मुझे सावधान रहना चाहिए।" वास्तव मे उनके अंकों के हिसाब से उनका 69 वें वर्ष कष्टकर वर्ष है। तब उन्होंने अपने जीवन क्रम के बारे में संक्षिप्त रूप में बताया और अपनी बात यह बताते हुए समाप्त की कि मेरी सलाह का उन्होंने किस प्रकार का लाभ उठाया।

दुःख की बात है कि कुछ सप्ताह बाद ही वे बंकिघम पैलेस पहुंचे और लोगों ने ध्यानपूर्वक उनकी बीमारी के समाचार लगातार सुने जो बाद में दुःखदायी ही सिद्ध हुए। 6 मई को अपने 69वें वर्ष में उनकी मृत्यु हुई और मेरी भविष्यवाणी सच सिद्ध हुई।

राजा एडवर्ड अपने प्रिय मित्र लार्ड रैण्डोल्फ चर्चिल के बारे में

कहते हैं कि उसे अंक 13 के बारे में कई अंधविश्वासों ने घेर रखा था। उसका जन्म 13 फरवरी, 1849 ई. को हुआ, जिसका यौगिक अंक 22 और एकल अंक 4 था।

मैंने किंग एडवर्ड को समझाया कि अंक 13 वास्तव में इस गूढ़ रहस्य विद्या में बुरा नहीं माना जाता। वास्तव में यह 4, 13, 22 और 31 तारीख को जन्में व्यक्तियों के जीवन में एक महत्त्वपूर्ण अंक है। इसे साधारणतः अशुभ अंक माना गया लेकिन तंत्र विज्ञान में इस अंक को श्रद्धा की दृष्टि से देखा जाता है।

लन्दन में जनवरी 1895 में उनकी मृत्यु से कुछ वर्ष पूर्व मेरी एक राजपुरुष से भेट हुई और उन्होंने मुझे बताया कि मेरी अंक ज्योतिष विद्या में उनकी रुचि बहुत बढ़ गई है। राजा एडवर्ड से उन्हें यह ज्ञान हुआ कि 4 का अंक महत्त्वपूर्ण अंक है और मैंने भी इसकी पुष्टि की। इस अंक का प्रभाव उनके जीवन की मुख्य-मुख्य घटनाओं में स्पष्ट झलकता है।

अंकों से सम्बन्धित भविष्यवाणी का एक और किस्सा मुझे याद आ रहा है, जिसका सम्बन्ध सर चार्ल्स रसल से है। मैंने उन्हें बताया कि उनके मुख्य अंक 1 और 4 हैं और उसके विनिमयशील अंक 2 और 7 हैं अतः वे 1, 10, 19 या 28 तारीखों में किसी उच्च पद को प्राप्त करेंगें और सो भी उस वर्ष में जिसका कुल योग 4 होगा। मेरी यह बात उन्हें याद रही और जब वह इंगलैंड के लार्ड चीफ जस्टिस बने तो उन्होंने मुझे ला कोर्ट में आमंत्रित किया। जब उन्होंने शपथ ग्रहण कर ली तो वे मुझे अपने निजी कमरे मे ले गए और उन्होंने मुझे अपने हाथ की छाप दी और उस पर अपने हस्ताक्षर किये।

अंक 13 का निराधार भय

प्रायः सभी लोग 13 के अंक से असाधारण रूप में घबराते है, किन्तु यदि वे सत्य जान पाएं तो यह अंक उतना खतरनाक नहीं जितना कि वे सोचते हैं।

इस अंक को अशुभ मानने की शुरुआत तब हुई जब इसका सम्बन्ध गूढ़ रहस्यवादी विज्ञान से जोड़ा गया और बहुत प्राचीन काल से ही इसे शक्तिशाली अंक माना गया। हलांकि यह एक भाग्यवादी अंक है। जैसा कि मैं पिछले पृष्ठों में भी वर्णन कर चुका हूं, प्राचीनतम एवं प्रसिद्ध लेखों में कहा गया है, ''जिस व्यक्ति को 13 के अंक का ज्ञान हो गय; समझो कि उसे शक्ति एवं सत्ता की कुंजी ही प्राप्त हो गई।''

गूढ़ रहस्य विज्ञान का विरोध ईसाई धर्म की ओर से होने का मुख्य कारण यही था कि इसमें इस अंक को वर्जित अंक माना गया था। यह माना गया था कि यदि अन्तिम भोज में 13 व्यक्ति होंगे तो अशुभ है, यदि 13 व्यक्ति एक साथ खाना खाएंग तो अशुभ है और उनमें से एक-न-एक व्यक्ति एक वर्ष के अन्दर-अन्दर मर जायगा और बाकी भी इसी प्रकार वर्ष बाद मरते जाएंगे।

यहां मैं यह जरूर कहना चाहूंगा कि मुझे इस बात में कुछ तथ्य नहीं दीखता, क्योंकि यदि ईसा को सूली पर न चढ़या गया होता तो पवित्र लेख भी न लिखे जाते और ईसाई धर्म भी अस्तिव में न आता।

एक और भी कारण है, जिस वजह से यह 13 का अंक अशुभ माना गया। इस रहस्यवादी विज्ञान में 13 के अंक का एक रहस्यमय चित्र है, जिसमें एक नरकंकाल के हाथ में हंसिया है, और वह नीचे उगे हुए नरमुंडों को काट रहा है।

यह एक अजीब चित्र है, जिसे प्रत्येक व्यक्ति समझ नहीं पाता। इसके अलवा जो इसे समझ पाए उन्होंने इस ज्ञान को अपने तक ही सीमित रखा क्योंकि उस समय इस प्रकार की बात करने का अर्थ था कि वह व्यक्ति अपने जीवन को दांव पर लगा दे।

13 के अंक का प्रतीक चित्र यद्यपि कई विभिन्न तरीकों से चित्रित किया गया है, किन्तु उसका अर्थ एक ही है। नरकंकाल खेत में कटाई के लिए खड़ा है और खेत में हाथ-पांव वाले स्त्री-पुरुष उग रहें हैं, मुकुट पहने एक सिर हंसिए की धार के साथ लगा है और एक स्त्री का सिर, जिसके बाल खुले हैं, बीचोंबीच पीछे से झांक रहा है।

इस अद्‌भुद चित्र की व्याख्या करने के लिए पुनः एकल अंक 4 के प्रभाव का अवलोकन करना होगा, क्योंकि 13 का मिश्रित अंक से एकल 4 का अंक बनाता है।

अंक 4 एक अजीब अंक है। इस अंक से प्रभावित व्यक्ति प्रायः गलत समझे जाते हैं, जीवन-भर एकाकी रहते हैं और अदृश्य शुत्रओं से घिरे रहते हैं, जो हर समय उनका विरोध करते रहते हैं। ऐसे व्यक्ति समाज और सरकारी व्यवस्था में सब चीजों को उलटकर रख देते हैं, सामाजिक प्रश्नों व सुधारों के प्रति इनका झुकाव रहता है, सत्ता का विरोध करते हैं और नई व्यवस्था या संघ कायम करते हैं।

13 के अंक की यह विशेषताएं उच्चस्तर पर प्रभावी रहती है, किन्तु अधिक लाक्षणिक रूप में। यह सबको समाप्त कर देता है। घास

में उगते हुए स्त्री-पुरुष एवं हाथ-पांव तथा मुकुटधारी पुरुष का सिर इस बात का सूचक है कि ऐसा व्यक्ति सब कुछ समाप्त कर नए सिरे से उलट-फेर करना चाहता है। पार्श्व में स्त्री का मुंह इस बात का सूचक है कि यह सब सामाजिक रूप से सुधार लाने के लिए हुआ है जिससे एक नई व्यवस्था कायम होगी, स्त्रियों की दशा में सुधार होगा आदि-आदि।

शायद नये कंकाल के इस चित्र से ही, जिसके हाथ में हंसिया है, लोगों ने मृत्यु का चित्र खींच लिया और वे इसके लाक्षणिक अर्थ को नहीं समझ पाये। इसी कारण 13 के अंक को अशुभ माना जाने लगा।

यदि हम गहराई से सोचें तो हम देखेंगे कि 13 का अंक 4 की शृंखला की ही एक कड़ी है। जिससे किसी महीने की 4, 13, 22 या 31 तारीखों में उनके जीवन में कुछ घटनाएं घटी हैं और 13 की अंक या तारीख भी उसी प्रकार प्रभावी हुई है जैसे 4 का अंक या इसी शृंखला का कोई अंक अथवा तिथि।

कई होटलों में, यहां तक कि कुछ आधुनिक होटलों में भी 13 नंबर का कमरा नहीं होगा। ऐसे ही इटली के आपेरा हाउस में 13 अंक की सीट ही नहीं होगी।

13 के अंक का भय कुछ विशेष भौगोलिक सीमा तक ही देखने में आता है।

पूर्व और पश्चिम में इस अंक को सम्मान की दृष्टि से देखा जाता है। भारतीय बौद्ध विहारों में 13 बुद्ध हैं। चीन और भारत के गिर्द बौद्ध विहारों की जो रहस्यमय शृंखला है उनकी संख्या भी 13 है।

जापान में अतसुसा के मन्दिर में जो पवित्र तलवार है उसकी मूठ भी 13 रहस्यमयी चीजों से बनी है। पश्चिम की ओर चलें तो मेक्सिको

वासियों का पवित्र अंक 13 है। उनके 13 सर्प देवता हैं।

अमेरिका गणराज्य के मूल राज्यों की संख्या 13 थी। उसका चिह्न EPLURIBUS UNUM के 13 वर्ण हैं, अमेरिका ईगल के 13 पंख हैं। जब जार्ज वाशिंगटन ने रिपब्लिक की स्थापना की तो उसे 13 तोपों की सलामी दी गई।

संत लुई और लुई 16 के जीवन में अंकों के कुछ असाधारण उदाहरण

समान घटनाओं के समान तिथियों में घटने की एक अद्भुत समानता, जो अंकों के महत्त्व की ओर इंगित करता है, 500 वर्षों के अंतराल पर दो अगल व्यक्तियों के जीवन में मिलता है। इसको हम फ्रांस के सन्त लुई और राजा लुई सोलहवें के सम्बन्ध में पुनर्जन्म का साक्षी मान सकते हैं। यह सत्य 1852 में 'रिसर्च इनटू दि एफिकेसी आफ डेट्स' तथा 'नेम्स इन दि एनुअल्स आफ नेशन्स' नामक पुस्तकों में प्रकाशित हुआ था।

इतिहास साक्षी है कि सन्त लुई और लूई सोलहवें के जन्म में ठीक 539 वर्षों का अन्तर था।

यदि जन्म तिथि के इस अन्तर के अंकों को जोड़ा जाए और सन्त लुई के जीवन की मुख्य तिथियों के साथ मिलाया जाए तो हम देखेंगे कि लुई सोलहवें के जीवन में भी वही घटनाएं, उसी प्रकार से घटित हुई और उन्हीं नामों के लोगों से सम्बद्ध हैं।

सन्त लुई		लुई सोलहवां
सन्त लुई का जन्म 23 अप्रैल–	1215	लुई सोलहवें का जन्म 23 अगस्त
वर्षों का अन्तर	539	
योग	1754	1754

सेंन्ट लुई की बहन इसाबेल का जन्म	1225	लुई सोलहवें की बहन एलिजाबेथ का जन्म
वर्षों का अन्तर	539	
	1764	1764
सन्त लुई के पिता लुई अष्टम— का निधन	1226	लुई सोलहवें के पिता डाफिन का निधन
वर्षों का अन्तर	539	
	1765	1765
सन्त लुई द्वारा प्राप्त अल्पमत	1226	लुई सोलहवें द्वारा अल्पमत
वर्षों का अन्तर	539	
	1765	1765
सन्त लुई का विवाह		लुई सोलहवें का विवाह
वर्षों का अन्तर	1231	
	539	
	1770	1770
सन्त लुई (राजा) द्वारा बहुमत प्राप्त		लुई सोलहवें का फ्रांस के राजा के रूप में अभिषेक
	1235	
वर्षों का अन्तर	539	
	1774	1774
सन्त लुई द्वारा हेनरी तृतीय के साथ		लुई सोलहवें द्वारा जार्ज तृतीय के साथ सन्धि
	1243	
वर्षों का अन्तर	539	
	1782	1782

पुर्वोत्तर राज्य के राजकुमार द्वारा सन्त लुई के पास ईसाई धर्म अपनान के लिए दूत का भेजा जाना	1249	पूर्णोत्तर राज्य के राजकुमार द्वारा लुई सोलहवें के पास इसी उद्देश्य से दूत भेजा गया।	
वर्षों का अन्तर	539		
	1788		1788
सन्त लुई को कैद किया	1250	लुई 16वें की सत्ता छिन जाना	
वर्षों का अन्तर	539		
	1789		1789
सन्त लुई का परित्याग	1250	लुई सोलहवें का परित्याग	
वर्षों का अन्तर	539		
	1789		1789
ट्रिश्चियन का जन्म (दुःख)	1250	बैस्टिले के किले की पराजय और क्रान्ति की शुरूआत	
वर्षों का अन्तर	539		
	1789		1789
जैकब के प्रतिनिधित्व में दीक्षा की शुरूआत	1250	फ्रांस में प्रजातन्त्रवाद का प्रारम्भ	
वर्षों का अन्तर	539		
	1789		1789
इसाबेल डी. एंगोलेम का निधन	1250	फ्रांस में इसाबेल डी. एंगोलेम का जन्म	
वर्षों का अन्तर	539		
	1789		1789
सन्त लुई की माता रानी ब्लैंश का निधन	1253	फ्रांस में ह्वाइट लिली (रानी) का अन्त	
वर्षों का अन्तर	539		
	1792		1792

सन्त लुई द्वारा अवकाश लेकर प्रजातन्त्रवादी होने की इच्छा	1254	लुई सोलहवें की प्रजातन्त्रवादियों द्वारा हत्या
वर्षों का अन्तर	539	
	1793	1793
सन्त लुई का मैडेलीन राज्य में लौटना	1254	लुई सोलहवें का पेरिस में मैडेलीन के कब्रिस्तान में दफन होना
वर्षो का अन्तर	539	
	1793	1793

मेरे विचार में यह इस बात का एक अद्‍भुत उदारहण है कि इतिहास स्वयं को एक निश्चित अन्तराल के बाद दोहराता है। वर्षो के अन्तराल के अंकों, 539, का जोड़ 8 है और लुई सोलहवें के नाम के अक्षरों का जोड़ भी 8 ही है। जैसा मैं पहले भी बता चुका हूं, यह अंक न्याय का द्योतक है और मानवीय न्याय की क्रूरता पर दैवी प्रभाव का सूचक हैं।

अंकों में समय का अन्तराल

समय की पुनरावृत्ति का नियम मनुष्यों के जीवन में कुछ अद्भुत रूप में झलकता है। कुछ प्रकरणों में यह अन्तराल शताब्दियों का भी हो सकता है जैसा कि फ्रांस के दो राजाओं सन्त लुई और लुई सोलहवें के जीवनों में हुआ और घटनाओं की पुनरावृत्ति 539 वर्षो के अन्तराल से हुई। यदि हम इस पुनरावृत्ति अन्तराल को सन्त लुई के जीवन की कुछ मुख्य घटनाओं की तिथियों में जोड़ें तो हम देखेंगे कि ये ही घटनाएं लुई सोलहवें के जीवन में दोहराई गई हैं। इतिहास में इसे एक अद्भुत उदाहरण माना जाता है। आगे ध्यान देने की बात यह है कि सन्त लुई का जन्म 23 अप्रैल को हुआ, इस अंक को जोड़ें तो 5 का अंक प्राप्त होगा। लुई सोलहवें का जन्म 23 अगस्त को हुआ जिसे जोड़ने पर भी 5 का ही अंक प्राप्त होता है।

यहूदी वर्णमाना के अनुसार नामों का विवरण :

SAINT	LOUIS
3 1 1 5 4	3 7 6 13
14 = 5	20 = 2
	5 + 2 = 7
LOUIS	×VI
3 7 6 1 3	16
20=2	7
	2 +7= 9

सन्त लुई के नाम से प्राप्त अंक 7 है जो कि अध्यात्क का अंक है। लुई सोलहवें के नाम से प्राप्त अंक 9 है जो भौतिकता का सूचक है। इन दोनों अंकों को जोड़ें तो 16 का अंक प्राप्त होगा जो यौगिक अंक है, जिसका रहस्यमयी अर्थ, जैसा कि आपने पिछले किसी अध्याय में पढ़ा, यह है कि उच्च शिखर पर बिजली गिरती है और उस पर बैठा मुकुट धारी व्यक्ति अचानक पतन की ओर उन्मुख होता है। यह बात लुई सोलहवें के पतन पर अक्षरशः सत्य सिद्ध होती है।

लुई सोलहवें को सन् 1793 में मृत्युदंड दिया गया, उसके बाद से आज तक हमें पुनरावृत्ति के इस अद्‌भुत नियम का कोई चिह्न नहीं मिलता। किन्तु यदि हम 1793 में इस पुनरावृत्ति-काल के अंकों को जोड़ें तो हमें 2332 प्राप्त होता है। तब संभव है कि फ्रांस में सन्त लुई का पुनर्जन्म हो।

फ्रांस के राजा से सम्बद्ध अंकों का एक और दिलचस्प उदाहरण है :

फ्रांस के प्रथम राजा हेनरी को 14 मई, 1029 को राजा के रूप में प्रतिष्ठित किया गया तथा फ्रांस के अन्तिम राजा हेनरी का 14 मई, 1610 में हत्या कर दी गई।

फ्रांस और नवेरे के चौदहवें राजा के पूरे नाम हेनरी डी बोरबोन (Henride Bourbon) को लें तो हम देखते हैं कि इसके भी 14 अक्षर हैं।

14 दिसम्बर, 1553 अर्थात् ईसा के जन्म के बाद 14 सदियों, 14 दशाब्दियों और 14 साज बाद फ्रांस का हेनरी चतुर्थ पैदा हुआ। यदि 1553 को जोड़ें तो 14 का अंक प्राप्त होता है।

14 मई, 1554 में हेनरी द्वितीय ने र्‌यू डे ला फेरोनरी को बढ़ाने का फरमान जारी किया। इसी आदेश के कारण गली तंग होने के कारण

जो लागू नहीं हो पाया, हेनरी चतुर्थ की ठीक 14 साल बाद इसी गली में हत्या कर दी गई।

हेनरी चतुर्थ की प्रथम पत्नी वेलोइस का जन्म 14 मई, 1552 में हुआ।

गुइज के ड्यूक ने 14 मई, 1558 को हेनरी तृतीय के विरूध विद्रोह की शुरुआत की।

14 मार्च, 1590 में हेनरी चतुर्थ ने आइवरी का महत्त्वपूर्ण युद्ध जीती।

14 मई, 1590 में हेनरी चतुर्थ की मुख्य सेना पेरिस में फाक्सबर्ग में पराजित हुई।

14 नवम्बर, 1590 में 'सोलहों' ने कसम खाई कि हेनरी चतुर्थ की सेवा के बजाय मृत्यू को अंगीकार करेंगे।

14 नवम्बर, 1592 में फ्रांस की संसद ने पापल बिल पास किया जिसके द्वारा रोम को यह अधिकार मिला कि वह हेनरी चतुर्थ की जगह कोई अन्य राजा मनोनी करे।

14 दिसम्बर, 1599 में सेवोय के ड्यूक ने हेनरी चतुर्थ के समक्ष आत्म-समर्पण किया।

14 सितंबर को डाफिन को, जो आगे चलकर लुई तेरहवां बना, ईसाई बनाया गया।

14 मई, 1643 में हेनरी चतुर्थ के पुत्र लुई तेरहवें, की मृत्यु हुई। इसी दिन इसी माह को उसके पिता की भी मृत्यु हुई थी। यदि 1643 को जोड़ा जाए तो 14 का अंक प्राप्त होता है। इस अंक की उसके पिता के जीवन में महत्त्वपूर्ण भूमिका रही थी।

लुई चौदहवें ने 1643 में सत्ता प्राप्त की। 1643 का योग 14 है। 1715 में उसकी मृत्यू हुई। 1715 का योग भी 14 है। मृत्यु के समय उसकी आयु 77 वर्ष की थी और इसका योग भी 14 है।

लुई पंद्रहवें ने 1715 में सिंहासन पर बैठा। 1715 का योग भी 14

है।

लुई सोलहवें ने अपने शासन के 14 वें वर्ष में राज्यों के जरनलों को एकत्रित किया जिसके परिणामस्वरूप क्रान्ति हुई और उसका पतन हुआ।

14 का अंक और इसके योग का अंक 5 फ्रांस के भाग्य से इतना क्यों जुड़ा हुआ है, इसकी खोज करें तो यह तथ्य सामने आता है कि ज्योतिष विज्ञान के अन्तर्गत पेरिस का अंक 5 है क्योंकि यह हमेशा कन्या राशि से प्रभावित है जिसका स्वामी नीच का बुध नक्षत्र है और उस का अंक भी 5 है।

फ्रांसीसी इतिहास में पेरिस ही सत्ता का केन्द्र रहा है। जो पेरिस का शासक रहा है, उसने ही फ्रांस पर भी शासन किया है।

महत्त्वपूर्ण तिथियों का योग प्रायः उतने ही महत्त्व की बाद की अन्य तिथियों का योग प्रतीक होता है।

इस बात के फ्रंसीसी इतिहास में कुछ ज्वलंत उदाहरण हैं :

फ्रांस की क्रांति और रोबिस पेरी का पतन 1749
यदि इस अंक का योग करें तो 1+7+9+4 =21

नेपोलियन का पतन 1815
इन अंको का योग करें तो 1+8+1+5 15

चार्ल्स दशम का पतन व फ्रांस में क्रांति 1830
इन अंकों का योग 1+8+3 12

राजा लुई फिलिप की मृत्यु 1842
इसके अंकों का योग 1+8+4+2 15

क्रीमियाई संग्राम का अन्त		1857
इसके अंकों का योग	1+8+5+7	21
बर्लिन का सुप्रसिद्ध समझौता		1878
इसके अंकों का योग	1+8+7+8	24
फशोदा को लेकर इंग्लैंड से युद्ध का खतरा		1902
इसके अंकों का योग	1+9+0+2	12
प्रथम विश्व युद्ध		1914
इसके अंकों का योग	1+9+1+4	15
फ्रांसीसी इतिहास की एक अन्स दुःखद तिथि		1929

कुछ अतिरिक्त जानकारी

मुझे जो हजारों पत्र प्राप्त हुए हैं, उनमें से मैं कुछ ऐसे पत्रों का उत्तर देने का प्रयास करूगां, जो मुझे बहुत महत्त्वपूर्ण लगे हैं।

क्या नाम के अंक की गणना करते समय, हमें मिस्टर, मिसेज और मिस आदि अक्षरों की भी गणना करनी चाहिए?

जैसा पहले भी बता चुका हूं कि नाम का अंक निकालते समय वह नाम लेना चाहिए, जिसके द्वारा कि स्त्री या पुरुष अधिकतम जाना या पुकारा जाता है।

उदाहरण के लिए एक महिला अक्सर मिस जोन्स के नाम से जानी और पुकारी जाती है—ऐसा व्यापारिक संस्थाओं में होता है—ऐसी स्थिति में उसे अपने मिस जोन्स नाम की ही अंक निकालना चाहिए, किन्तु केवल व्यापारिक संस्था के सन्दर्भ में। यह उसका ट्रेड नाम हैं, किन्तु गृहस्थ जीवन में या निजी जीवन मे उसे वही नाम अपनाना चाहिए, जो उसका प्रमुख नाम है या प्यार से पुकारा जाने वाला नाम है। जब वह विवाहित जीवन में पर्दापण कर ले तो उसे मिसेज का अंक भी ले लेना चाहिए। लेकिन अपना प्रमुख नाम व घरेलू नाम अवश्य ले। किन्तु केवल गृहस्थ जीवन और निजी जीवन की गणनाओं के सन्दर्भ में ही ऐसा करे। यही नियम उन सभी महिलाओं पर लागू होता है, जिस नाम (यथा मिसेज जोन्स) से वे अपने मित्रों व साथियों द्वारा बराबर पुकारी व जानी जाती हैं।

व्यापार एवं बड़ी संस्थाओं से सम्बद्ध पुरुषों को भी, जो अपने नाम के आगे मिस्टर के रूप में जाने जाते हैं, यही नियम अपनाना चाहिए।

यदि किसी स्त्री अथवा पुरुष के बहुत-से प्रमुख नाम हैं तो उसे वही नाम चुनना चाहिए जो नाम अधिक प्रचलित है। यही नियम उपसर्ग अथवा पदवी के सम्बन्ध में भी लागू होता हैं।

इसका उपयुक्त उदाहरण प्रसिद्ध मेलबा का हैं

प्रसिद्ध दिवा के उपनाम से 15 का यौगिक अंक मिला जिसका योग 6 है। दोनों ही अंक सफलता के अंक हैं। अपने ही निबंध में 15 के अंक के बारे में मैंने लिखा था,"यदि यह अंक एक उत्कृष्ट और भाग्यशाली एकल अंक से जुड़ा हो तो यह बहुत लाभदायक और शक्तिशाली अंक हैं, यह अंक प्रायः अच्छे वक्ताओं से सम्बद्ध है तथा संगीत कला और आकर्षक व्यक्तित्व का सूचक है।" महान् कलाकार मेलबा में ये सभी गुण विद्यमान थे, जिनकी झांकी उसके सफल जीवन से मिलती है।

उसके हस्ताक्षर 'नेली मेलबा' (Nellie Melba) से 10 का अंक प्राप्त हुआ। यह अंक भाग्यशाली अंक है और 1 का अकं भी दृढ़ व्यक्तित्व व उच्च आकांक्षाओं का सूचक अंक है। इस अंक के व्यक्ति जो भी व्यवसाय या पेशा अपनाते हैं, उसमें उच्च स्थान को प्राप्त करने की आकांक्षा रखते हैं।

यदि उसकी पदवी डम (Dame) के अंक 5 को उसके नाम के अंक में जोड़ा जाए–Dame-5 Nellie-4 Melb-6 तो यौगिक अंक 15 प्राप्त होगा। जब तक यह महिला जिन्दा रही, भाग्य ने सदा इसका साथ दिया।

अब मैं एक पदवी का उदाहरण दूंगा जो भाग्यहीन अंक का सूचक है, इससे स्पषट है कि जहां तक भाग्य का सम्बन्ध है, वहां भी इसका

असर कितना अजीबो गरीब होता है। जिस पदवी के अंक 4 अथवा 8 हों वे ऐसा असर पैदा करते हैं कि नाम के अंक से जो भाग्य या शक्ति प्राप्त होने वाली हैं, उसे भी वे छीन लेते हैं। ऐसी स्थिति में वह सम्मान प्रसन्नता की बजाय उलटा हानिकारक सिद्ध होती है।

इस सम्बन्ध में हम नेपोलियन का उदाहरण ले सकते हैं। इस नाम का यौगिक अंक 41 आता है। जैसा कि मैं पहले भी कह चुका हूं, यह अंक जादुई अंक है, जिसका सम्बन्ध व्यक्तियों या राष्ट्रों से होता है। 41 को जोड़ने पर 5 का अंक मिलता है, जो भाग्यशाली अंक है। जब नेपोलियन फ्रांस का राजा बना तो उसका नाम नेपोलियन-1 हो गया। नेपोलियन-1 का यौगिक अंक 42 है और एकल अंक 6 हुआ। ये दोनों ही अंक शक्ति और भाग्य के अंक हैं अतः वह सम्पन्नता के शिखर तक पहुंचा और नेपोलियन महान् कहलाया।

नेपोलियन तृतीय का यौगिक अंक 44 बना, मैं अपने एक लेख में कह चुका हूं कि यह अंक भविष्य के लिए चेतावनी का अंक है। यह अन्य लोगों के सम्पर्क और कुसम्मति के बुरे परिणामों का पूर्व-सूचक अंक है। ठीक यही नेपोलियन तृतीय के जीवन में घटित हुआ। उसके नाम का एकल अंक 8 बनता है। इस प्रकार नेपोलियन नाम के अंक का सारा चमत्कार यहीं खत्म हो गया और नेपोलियन तृतीय ऐसा व्यक्ति कहलाया जिसने फ्रांस को ही खो दिया।

मेरे विचार में इन उदाहरणों द्वारा यह स्पष्ट हो गया होगा कि अंक ज्योतिष में नाम से पूर्व अन्य जोड़ने का कितना महत्त्व है। ऐसे ही नाम के साथ अन्य शब्द जुड़ने से मूल नाम के अंक में कुछ अंक और जुड़ जाते हैं जो भविष्य में अच्छे या बुरे भाग्य की सूचना देते हैं।

किसी राजा या रानी के पदासीन होने के पश्चात् जब उनको कोई पदवी दी जाती है और उसका अंक यदि उनके जन्मांक के साथ जुड़ता है तो अपने-आप में एक दिलचस्प उदाहरण बन जाता है।

किंग एडवर्ड सप्तम जब गद्दी पर बैठे तो उन्होंने अपना एल्बर्ट से बदल कर एडवर्ट रखा लिया। उसके अंक निम्न प्रकार हैं :

KING–11=2
EDWARD–22 = 4
VII = 7
13

पिछले अध्याय में मैं कह चुका हूं कि यह अंक चेतावनी देने वाला अंक है जिसका प्रतीक रूप कंकाल या मृत्यु है।

यह उन परिवर्तनों की चेतावनी थी जो इंग्लैंड में होने वाले थे, यदि हम उसके जन्मांक 9 नवम्बर में 13 यौगिक अंक से बने 4 को जोड़ें तो भी हमें 13 का अंक प्राप्त होगा। यह पुनः चेतावनी देता है और उसके साम्राज्य की अल्पकालीन अवधि को दर्शाता है।

भाग्यशाली दिन कैसे खोजें?

कई पत्रों के उत्तर रूप में मैं यहां अत्यधिक महत्त्वपूर्ण सूचना अपने पाठकों के सम्मुख रखना चाहता हूं कि वे 'भाग्यशाली' दिन किस प्रकार जानें।

मैं पहले भी बता चुका हूं कि यदि व्यक्ति अपनी योजनाओं का कार्य रूप देना चाहता है, तो उसके जन्मांक का बहुत महत्त्व है।

उदाहरण के तौर पर यदि कोई व्यक्ति किसी महीन की एक तारीख को पैदा हुआ है, तो सामान्य विषयों हेतु तो वह अपने अंक की शृंखला के किसी भी अंक को अर्थात् महीने की 1, 10, 19, 28 तारीख में से कोई चुना सकता है। विशेष रूप से वह समय जो 1 अंक का समय है अर्थात् 21 जुलाई से 20 अगस्त तक और 2 के अंक का समय, अर्थात् 21 जून से 20 जुलाई के मध्य का समय। यदि वह इस ज्ञान को इस्तेमाल नहीं करता और भाग्यशाली तारीख की खोज भी नहीं करता, तब भी ऊपर लिखी तिथियों में उसे आश्चर्यजनक परिणाम प्राप्त होंगे।

अन्य नियमों की अपेक्षा यह नियम बिल्कुल अगल और स्वतन्त्र है, और मैं इसे अपनाने की सलाह देता हूं।

अधिक शाक्तिशाली स्पंदन के लिए व्यक्ति को चाहिए कि वह अपने नाम के वर्णों के अंक खोज निकाले और फिर जन्मतिथि के अंक को भी निकाल लें। इसके अलावा मैं पिछले अध्यायों में यह भी बता

चुका हूं कि नाम में वर्ण जोड़ने से या निकाल लेने से भी लाभ होता है। यदि इन दोनों अंकों का आपस में मेल बैठ जाए तो उस अंक की तिथि में वह अपनी महत्त्वपूर्ण योजनाओं को कार्य रूप दे सकता है। इस बात का ध्यान निरंतर बनाए रखना चाहिए कि उसके अपने अंक की शृंखला के सभी अंक उसके लिए भाग्यशाली हैं।

उदाहरण

एक तारीख को जन्मा व्यक्ति देखेगा कि 10, 19 और 28 तारीखें उसके लिए उतनी ही महत्त्वपूर्ण हैं जितनी कि एक तारीख, जब वह जन्मा था। यही नियम अन्य तारीखों में जन्में व्यक्तियों के लिए भी है।

जब व्यक्ति इस विधि का प्रयोग करेंगे तो उन्हें यह आशा नहीं करनी चाहिए कि एकदम परिवर्तन आ जायेगा या कोई जादू हो जायेगा। मेरे सामने कई पत्र हैं, और उनके लेखक चाहते हैं कि 24 घंटे के अन्दर-अन्दर उनका भाग्य-परिवर्तन हो जाना चाहिए। एक व्यक्ति ने लिखा कि एक सप्ताह बीतने के उपरान्त भी उसके दुर्भाग्य में कोई परिवर्तन नहीं आया। किन्तु तीन माह बीतते-न-बीतते उस व्यक्ति का पत्र पुनः आया कि तीसरे महीने के मध्य में उसने सम्बन्ध में आश्चर्यजनक परिवर्तन पाये हैं।

कुछ पत्र-लेखक उस उदाहरण को ठीक-ठीक ग्रहण नहीं कर पाये, जिसमें मैंने जान स्मिथ नामक व्यक्ति का विवरण दिया था। पिछले अध्यायों में मैंने बताया है कि यदि श्री स्मिथ यह चाहते हैं कि वे अपने मालिक से वेतन-वृद्धि का अनुरोध करें तो उन्हे उस शुभ दिन की खोज के लिए अपने नाम का अंक और उस तिथि का एकल अंक जिसके बारे में वह जानना चाहते हैं, जोड़ना होगा, और अन्त में इसमे अपना जन्म-अंक भी जोड़ना होगा। वहां हमें 15 का अंक यौगिक अंक के रूप में और 6 का अंक एकल के रूप में मिला। अब 15 की व्याख्या देखें। यह अंक धन-प्राप्ति, उपहार-प्राप्ति और दूसरों का सहयोग प्राप्त करने

के लिए शुभ है। अतः श्री स्मिथ यदि उस दिन-उस तिथि में अपने मालिक से वेतन वृद्धि का अनुरोध करेंगे तो अवश्य लाभ होगा।

यह उदाहरण केवल इसलिए दिया गया कि किसी विशेष उद्देश्य के लिए यह विशेष तिथि उपयोगी सिद्ध होगी अथवा नहीं। यह कहकर मैं यह नहीं बताना चाहता कि अन्य निश्चित नियमों को ताक पर उठाकर रख दें जो उन सब बातों पर लागू होता है जो कार्य पूरे वर्ष-भर में सम्पन्न करने हों। व्यक्ति के लिए उसके जन्म अंक की शृंखला की सभी विधियां लाभदायक सिद्ध होती हैं, जैसे कि 1 तारीख को जन्मे व्यक्ति के लिए 1 या 10 तारीख आदि।

इस दूसरे नियम में यह बात व्यक्तिगत स्तर पर ही लागू होती है जबकि जान स्मिथ के सन्दर्भ में दो व्यक्ति थे, एक तो जान स्मिथ और दूसरा उसका मालिक अतः यह नियम उतनी ही सुनिचितता के साथ यहो लागू नहीं हो पायेगा।

रंग और अंक

किसी भी व्यक्ति को, महीने के अंक को दिये गये रंगों और दिनों को दिये रंगों की उलझन में नहीं पड़ना चाहिए। क्योंकि हमे हमेशा यह याद रखना चाहिए कि महीने का अंक इतना प्रभावी नहीं होता, जितना कि व्यक्ति का जन्मांक होता है।

उदाहरण के लिए जनवरी का महीना लें। पिछले अध्याय में बताया गया है कि अंक 8 का समय 21 दिसम्बर से 20 जनवरी तक (अनुकूल पक्ष) और 21 जनवरी से 21 फरवरी तक (प्रतिकूल पक्ष) है। जैसा कि मैं पहले भी बता चुका हूं, आठ अंक के व्यक्तियों को गहरे ग्रे रंग के सभी शेड्स, गहरा नीला और जामुनी रंग लाभकारी सिद्ध होंगे। इस पुस्तक के ज्योतिष-सम्बन्धी भाग में मैंने 8 के अंक के रंगों में बैंगनी रंग भी जोड़ दिया है और उसके ही एक भाग में ग्रे रंग के सभी शेड्स, नीला, भूरा और मटमैला रंग भी बढ़ा दिये हैं। शुभ रत्नों में मैंने गहरे रंग के सभी रत्न, अर्थात् माणिक, याकूत और गहरा नीलम बताये हैं। नीलम तो 8 अंक के व्यक्तियों का महत्त्वपूर्ण रत्न है। इस अध्याय में मैंने 4 अंक के व्यक्तियों के लिए ग्रे रंग के सभी शेड्स, बादामी रंग, चमकीले रंग और पीले और नीले रंग का पुट लिए सभी रंग बताये हैं। किन्तु इस अंक ज्योतिष में मैंने 4 अंक के व्यक्तियों को सुझाव दिया है कि वे मिश्रित रंग और चमकीले रंग पहनें। चमकीला तथा ग्रे रंग उनके लिए अति उत्तम रहेगा। यहां किसी प्रकार का विरोधाभास नहीं है, जैसा कि कुछ पाठकों के पत्रों से मुझे महसूस हुआ। अंक ज्योतिष का रहस्य बहुत विस्तृत है और इस छोटी-सी

पुस्तक में उस सम्पूर्ण ज्ञान को समेट पाना कठिन कार्य भी है।

नीचे दी गई सूचना मेरे विचार में लाभदायक सिद्ध होगी और मैं यह सूचना इसलिए दे रहा हूं, क्योंकि मेरे कुछ पाठकों के पत्रों से मुझे पता चला कि कहीं कुछ गलतफहमियां हैं। मैं उन्हें दूर करना चाहता हूं।

मान लीजिये कि एक व्यक्ति का जन्म 6 जनवरी को हुआ। वह मेरी इस पुस्तक के ज्योतिष-सम्बन्धी भाग में पढ़ेगा कि जनवरी 8 के अंक का समय है और 8 अंक वाले व्यक्ति को ग्रे रंग के सभी शेड्स और जामुनी और बैंगनी रंग के सभी शेड़स और काला रंग लाभकारी होगा। जो पत्र मुझे प्राप्त हुए हैं उनमें अधिकतर लोगों ने मुझसे पूछा है कि इस दशा में व्यक्ति को अंक 8 के रंग पहनने चाहिए या अंक 6 के। यहां मेरा उत्तर है कि व्यक्ति को इस दिशा में निश्चित रूप से 6 के अंक अनुकूल रंग ही पहनने चाहिए, क्योंकि यही उसके मुख्य अंक के रंग हैं। पर चुंकि व्यक्ति अंक 8 के समय में पैदा हुआ है, इसलिए वह अंक 8 के उपयुक्त रंगों को द्वितीय रंगों के रूप मे प्रयोग में ला सकते है।

दूसरा उदाहरण उन व्यक्तियों का है जो अंक 9 की अवधि में पैदा हुए हैं, अर्थात् 21 मार्च से 27 अप्रैल के मध्य जो अंक 9 का अनुकूल पक्ष माना जाता है या फिर 21 अक्तूबर से 27 नवम्बर के मध्य जो अंक 9 का प्रतिकुल पक्ष माना जाता है।

आप देखेगें कि मैंने अंक 9 के व्यक्ति के लिए जो रंग बताये हैं वे हैं—भूरे और लाल रंग के सभी शेड्स, गुलाबी रंग का आभास देते रंग अनुकूल पक्ष में और प्रतिकूल पक्ष अर्थात् अक्तूबर, नवम्बर में भूरे और नीले रंग के सभी शेड्स।

आप पूछ सकते हैं कि नीला रंग कहां से आ गयी?

शुक्र नक्षत्र की अवधि 21 अक्तूबर से 27 नवम्बर तक मानी गया है और यह अवधि शुक्र नक्षत्र का अनुकूल पक्ष है और इसका अंक 6 है। इसके अनुसार नीला रंग लाभदायक सिद्ध होता है, क्योंकि इस अवधि में नीला रंग राशिचक्र के एक कोने से दूसरे कोने तक अपनी किरणें फेंकता है। इसी कारण 9 अंक के प्रतिकूल पक्ष में जन्मे व्यक्तियों के लिए लाभदायक सिद्ध होता है। नीले के साथ ही भूरे रंग के सभी शेड्स भी इनके लिए उपयोगी हैं।

अंक 9 के समय की ओर एक बार पुनः लौटते हुए हम देखेंगे कि दोनों ही अवधियों में इनके मूल रंग लाल, भूरा और गूलाबी हैं, किन्तु जो नियम मैंने 8 के अंक की व्याख्या करते समय बताया, वही यहां भी लागू होता है। 6 तारीख या अंक के अन्तर्गत जन्मे व्यक्ति अर्थात् 6, 15 और 24 तारीखों में और 9 अंक की अवधि के मध्य जन्मे व्यक्ति के मूल रंग–नीले के सभी शेड्स, लाल आदि उसके मूल रंग हैं; भूरा और गुलाबी रंग द्वितीय रंग हैं।

यही नियम हर वर्ष और हर जन्मतिथि पर लागू होता है। इस नियम को समझना बहुत सरल और आसान है, और इसे समझ लेने के उपरान्त ही व्यक्ति इस विशाल विश्व की अद्भुत एक रूपता ही प्रशंसा कर सकेगा।

एकाग्रता का मूल्य व्यक्ति के अंकों के सन्दर्भ में

अपने पाठकों को अंकों द्वारा कितना अधिक से अधिक लाभ हो सकता है, इसका ज्ञान करवाना ही मेरा उद्देश्य है। मेरा विश्वास है कि मेरी सलाह से उन्हें जीवन में सफलता प्राप्त करने में सहायता ही मिलेगी।

एक बार यदि मूल या प्रभावपूर्ण अंक ढूंढ़ लिया जाय तो दूसरा कार्य उसकी क्षमता को जितना संभव हो, उतना विस्तार करने का ही होता है। किन्तु यह नियम 8 जन्मांक वाले व्यक्तियों, अर्थात् जो किसी माह की 8, 17 या 26 तारीख में जन्मे हैं, पर लागू नहीं होता। उन्हें मैं अलग से सलाह दूंगा।

अंक की शक्ति या उसके प्रभाव को बढ़ाने के लिए मनुष्य को अपनी एकाग्रता-शक्ति का उपयोग करना होगा, जो उसे ईश्वर की अद्भुत देन है।

एकाग्रता की इस शक्ति का ज्ञान रखने वाले व्यक्ति इस संसार में अल्पसंख्या में ही हैं।

सभी सफल स्त्री एवं पुरुष इस प्रतिभा से सम्पन्न होते हैं, चाहे वे इस शक्ति का प्रयोग अनजाने में ही करते हैं। कुछ व्यक्तियों को यह जन्म से ही प्राप्त होती है, कुछ इसका विकास कर लेते हैं; किन्तु

अधिकतर व्यक्ति इसका उपयोग करते ही नहीं।

शायद आपने ध्यान दिया हो कि अधिकतर व्यक्ति अस्पष्ट और नीरस बातें करते हैं। उनकी असंगत बातों को समझाना कठिन हो जाता है, बाद में पता चलता है कि यह बात किस विषय से सम्बद्ध थी। प्रायः ऐसा भी होता है कि कोई व्यक्ति आपको प्रभावित करने का प्रयत्न तो करता है, किन्तु कर नहीं पाता। ऐसा इसी कारण होता है कि उस व्यक्ति के पास मन को एकाग्र करने की क्षमता नहीं है। परिणाम यह होता है कि उसके बोलने का प्रवाह शक्तिहीन रह जाता है।

इसी प्रकार जब कुछ व्यक्ति पत्र लिखते हैं तब ऐसा होता है कि पत्र तो काफी लम्बा लिख गया, विचाराभिव्यक्ति भी ठीक प्रकार होती है, वाक्य भी संतुलित होता हैं, फिर भी, वह पत्र आपको प्रभावित नहीं कर पाता। आप उस पत्र को यों ही एक ओर डाल देते हैं और उसके बारे में कुछ सोचते तक नहीं।

इसके विपरीत दूसरा व्यक्ति, चाहे दो शब्द ही बोले, किन्तु वे अधिक प्रभाव डालते हैं। ऐसे व्यक्ति जो लिखते हैं वह भी अत्यधिक प्रभाव डालता है इसका रहस्य मन की एकाग्रत ही है।

इस शक्ति के विकास का सबसे सरल उपाय अंकों का प्रयोग है। मैं यहां इसकी व्याख्या करता हूं :

सबसे पहले व्यक्ति को अपना अंक ढूंढ़ निकालना चाहिए, जन्मांक निकालना सबसे सरल और निश्चयात्मक है। उसके पश्चात् उस अंक के अर्थ को समझने का प्रयत्न करें। फिर वह अंक जिस व्यक्ति से सम्बन्धित है, उसके बारे में बिचार करें कि क्या वह अंक उस व्यक्ति का सही चित्र खींचता है, और क्या वे दोनों, अर्थात् अंक

और व्यक्ति, उस व्यक्ति के उद्देश्यों और योजनाओं के प्रतिपूरक हैं ?

इस ज्ञान का मूल आधार यही है।

अब हम एक कदम आगे चलते हैं। जो व्यक्ति एक बार अपना अंक खोज लेता है, उसे चाहिए कि वह दृढ़ निश्चय के साथ उस अंक को जीवन के हर पहलू में अपनाए।

उस व्यक्ति को मन एकाग्र करके देखना चाहिए कि उसके अंक का सहयोगी दिन या तिथि कब आने वाला है, उसी दिन उसे अपनी योजनाओं को कार्य रूप देना चाहिए। वह दिन या तिथि आने पर उसे बेहिचक और बिना किसी दुविधा के अपना कार्य शुरू कर लेना चाहिए।

अंकों से सम्बन्धित पिछले अध्यायों को पढ़ने के पश्चात् अब तक पाठक उन व्यक्यिों के गुण-अवगुणों से भली भांति परिचित हो गये होंगे जो उन्हीं के अंकों या किन्हीं अन्य अंकों के अन्तर्गत जन्में हैं। किसी व्यक्ति से बातचीत करने से पहले यह जान लेना बहुत सरल है कि वह किस दिन, किस माह में पैदा हुआ था। यदि आप वर्ष न पूछें तो, वे महिलाएं भी जो अपनी आयु प्रकट नहीं करना चाहती, अपनी जन्म-तिथि बता देंगी।

'एक' जन्मांक वाला व्यक्ति यह समझ जाएगा कि अंक 3 के अन्तर्गत जन्में व्यक्ति पर शासन करने की कोशिश निरर्थक हैं। इसके विपरीत अपने उद्देश्यों की ओर ध्यान देना अपने कर्तव्यों का ईमानदारी से निर्वाह व्यवस्था और अनुशासन के प्रति प्रेम, स्वतन्त्रा, स्वाभिमान और सम्मान की रक्षा आदि विशिष्ट गुण हैं, जो अंक तीन के व्यक्तियों में होते हैं।

यदि इन बातों को ध्यान में रखते हुए और अपनी योजना पर

चित्तवृत्ति केन्द्रित रखें जिसके कारण उन्हें उस व्यक्ति से साक्षात्कार करना है, तो वे देखेंगे कि अंक तीन वाले जिस व्यक्ति तक पहुंच पाना कठिन था, वही व्यक्ति न केवल उनकी सहायता कर रहा है, बल्कि कुछ उपयोगी विचार और सुझाव भी दे रहा है।

यदि आप साक्षात्कार के लिए वह तिथि या दिन चुनें जो आपके अपने अंक का है, और मन को एकाग्र रखें तो आप पायेंगे कि आप साक्षात्कार करने वाले व्यक्ति को अत्यधिक प्रभावित कर पाते हैं।

जन्मांक 1-4 के व्यक्तियों और अंक 4 व 8 का समन्वय

पिछले अध्याय में व्यक्ति द्वारा अपने अंकों की एकाग्रता द्वारा उसकी शक्ति बढ़ाने के विभिन्न उदाहरणों के पश्चात् अब मैं एक ऐसा उदाहरण दूंगा, जिसमें एक अंक वाला व्यक्ति जब अपने ही अंक के किसी अन्य व्यक्ति से मिलता है, तो क्या प्रभाव उत्पन्न होता है। पिछले अध्यायों में मेरे पाठक जान चुके हैं कि एक ही अंक में या उसी शृंखला के अंक में जन्में व्यक्तियों का एक-दूसरे के प्रति सहानुभतिपूर्ण रवैया रहता है। इस बात का पता रहने से यह भावना भी बनी रहती है कि एक अंक का जो व्यक्ति उसके सामने है, वह स्वयं उसी के अंक का व्यक्ति है। यह भाव सारे विक्षोभ को खत्म कर देता है और मानव से आकर्षण को एक-दूसरे के प्रति बढ़ा देने में सहायक सिद्ध होता है।

आइए हम कल्पना करें कि अंक एक के व्यक्ति ने जन्मांक 2 वाले व्यक्ति शृंखला में जन्में किसी व्यक्ति से साक्षात्कार करना या मिलना निश्चित किया है। इस दशा में वह व्यक्ति 1, 2, 10, 11, 19, 20, 28, या 29 में से कोई भी तिथि चुन सकता है। एक अंक वाले व्यक्ति पढ़ चुके हैं कि अंक 2 के व्यक्ति में अंक एक के कोमल गुण विद्यमान रहते हैं और एक-दूसरे के विरुद्ध आचरण होने के बावजूद उनके सम्बन्ध मधुर होते हैं और एक अच्छा सामंजस्य पैदा करते हैं। इस ज्ञान के रहते एक संख्या वाले व्यक्तियों का यही प्रयास रहेगा कि वे अंक 2 के व्यक्तियों की ओर मैत्री का हाथ बढ़ाएं जिससे प्रसन्नता और अच्छे

परिणामों की प्राप्ति हो।

अंक एक और अंक 4 के व्यक्तियों के भी सम्बन्ध अच्छे रहेंगे, क्योंकि 1 अंक का 4 से सम्बन्ध रहता है और यह अंक सदा 1-4 या 4-1 की भांति ही लिखे जाते हैं, अंक 4 के व्यक्तियों का व्यक्तित्व पृथक् और सुदृढ़ होता है। अतः वे व्यक्ति एक के व्यक्तियों के वशीभूत नहीं होते। इसलिए उन्हें अपनी कुछ विशिष्ट चारित्रिक विशेषताएं रखनी चाहिए और अपने दृष्टिकोण से वस्तुओं को देखना चाहिए। यदि अंक एक के व्यक्ति अंक 4 के व्यक्तियों की खास प्रकृति को ध्यान में रखेंगे तो वे सफलता के शिखर पर पहुंच सकते हैं।

इस सारी सफलता के पीछे, जैसा कि मैं पहले भी कह चुका हूं, व्यक्ति को अपने ही अंक पर एकाग्रता को विकसित करना है, जिससे उसकी अधिक प्रभावशाली बनाने में सहायता मिलती है। यह बात सभी अंकों के लिए उपयोगी है, किन्तु जन्मांक 4 और 8 के व्यक्तियों के लिए नहीं।

पिछले अध्यायों में मैंने 4 और 8 जन्मांक वाले व्यक्तियों (अर्थात् 4, 8, 13, 17, 22, 26, और 31 तारीखो में जन्मे) को चेतावनी दी है 8 और 4 के अंक से यथा शक्ति बचने का प्रयत्न करें और इन अंकों की शृंखला से मेल खाते मकान नं. में भी न रहें और इन तिथियों में कोई विशेष कार्य हाथ में न लें।

अगले पृष्ठों में मैंने 4 और 8 अंक और इनकी शृंखला के अन्य अंकों का विस्तृत विवरण दिया है किन्तु संक्षिप्त में इन व्यक्तियों को जिस नियम का पालन करना है, वह यह है–इन अंकों की शक्ति को अधिक बढ़ाने का प्रयत्न कदापि न करें। अर्थात् अन्य अंकों के अन्तर्गत जन्मे व्यक्तियों के लिए जो नियम बनाए गए हैं, उनका पालन न करें, बल्कि उनके विपरीत आचरण करें।

जन्मांक बदला नहीं जा सकता, अतः वे अपना नामांक बदल सकते हैं। जिससे भाग्यशाली अंक की शृंखला बन सके। विशेष रूप से 1, 3, 5 और 6 के अंक की शृंखला बनाने का प्रयास करना चाहिए। ऐसा करने से उनके अंक शक्तिशाली हो जाएंगे। उन्हें अपने अंक से मेल खाती तिथियों व अंकों में ही अपने कार्य करने चाहिए, जैसा कि मैं पहले भी कई बार बता चुका हूं। यदि वे ऐसा करते हैं और आग्रहपूर्वक ऐसा कर पाते हैं, तो 4 और 8 अंक वाले व्यक्ति ये अनुभव करेंगे कि दुर्भाग्य ने उनका साथ छोड़ दिया है और अब वे अन्य व्यक्तियों की ही भांति भाग्यशाली हो गए हैं।

किन्तु उन्हें यह आशा नहीं करनी चाहिए कि यह परिवर्तन कुछ दिनों में ही हो जाएगा, जैसा कि कई व्यक्ति अधीरतावश करते हैं। कुछ समय के अन्तराल पर वे देखेंगे कि उनके अनुकूल परिवर्तन होने शुरू हो गए हैं।

4 और 8 जन्मांक वाले व्यक्तियों के बारे में कुछ और जानकारी

4 और 8 जन्मांक वाले कई व्यक्तियों ने मुझे पत्र लिखे हैं और मुझसे सलाह मांगी है। मैं सोचता हूं कि इस विषय पर एक पूरा अध्याय लिख देना ही ठीक रहेगा।

मुझे प्राप्त होने वाले पत्रों में से प्रति सौ पत्रौं के पीछे 80 पत्र ऐसे हैं, जिन्होंने अंकों की इस ज्योतिष विद्या की यथार्थता को माना है। विशेष रूप से जहां तक दुर्भाग्य का सम्बन्ध है 4 और 8 जन्मांक से जुड़े व्यक्तियों के जीवन में लगातार कठिनाइयां ही आई हैं।

वास्तव में 4 जन्मांक अपने-आप में इतना खतरनाक नहीं हैं। 4, 13, 22 और 31 तारीखों में जन्मे व्यक्तियों के जीवन में से तिथियां बहुत महत्त्वपूर्ण सिद्ध होती हैं। किन्तु अंक ज्योतिष में 4 का अंक एक के अंक के साथ जोड़ा जाता है और लिखने में 1-4 या 4-1 लिखा जाता है। अंक 1 शक्तिशाली अंक है और अंक 4 वाले व्यक्तियों को मेरी सलाह है कि वे इस शक्तिशाली अंक का सदुपयोग करें और जहां तक संभव हो, अपने शुभकार्य 1, 10, 19 या 28 तारीखों में करें। इसी प्रकार अंक 1 की शृंखला के अंकों के मकान न. में रहने का प्रयत्न करें। अंक 1-4 के विनियमशील अंक 2-7 हैं या इनकी शृंखला के अंक हैं, अतः उन्हें 2, 6, 11, 16, 20, 25, 29 आदि अंकों या तिथियों से घबराने की आवश्यकता नहीं है।

जब 4 और 8 के अंकों का बार-बार सम्मिलन होता है तभी यह चिन्ता का विषय है, अतः उन्हें इस स्थिति से बचने की हर संभव कोशिश करनी चाहिए।

उदाहरण

4, 13, 22, और 31 तारीखों में जन्मा व्यक्ति यदि 8, 17 और 26 तारीखों में जन्मी स्त्री से विवाह करता है, तो ऐसा व्यक्ति देखेगा कि उसके जीवन को 4 और 8 अंक ने अन्य अंकों की अपेक्षा अधिक प्रभावित किया है। यह प्रभाव उदासीनता, दुर्भाग्य, भाग्यहीनता आदि ही उत्पन्न करेगा। इस 4 अंक वाले स्त्री या पुरुष को चाहिए कि वह 4 और 8 अंक का प्रयोग करने से बचे और अक एक या उसकी शृंखला के अंक का प्रयोग करे। इससे भी अधिक लाभ तब होगा जब वह 2-7 अंकों की शृंखला के अंकों का प्रयोग करेगा।

किन्हीं कारणों या शायद किसी चुम्बकीय नियम की वजह से यह देखने में आया है कि 4 और 8 जन्मांक वाले व्यक्ति एक-दूसरे को आकर्षित करते हैं। किन्तु भौतिक दृष्टि से यह समन्वय कभी भी भाग्यशाली नहीं माना जा सकता। बीमारी या दुर्भाग्य जैसे मौकों पर इन दोनों अंकों के व्यक्ति एक-दूसरे के प्रति अत्यधिक प्रेम प्रदर्शित करते हैं। कुछ उदाहरण तो ऐसे भी मिलते हैं, जिनमें 4 और 8 जन्मांक वाले व्यक्तियों ने विवाह किए और आत्म बलिदान तक दिया।

8 जन्मांक वाले व्यक्ति अधिक भाग्यवादी होते हैं और किसी अन्य अंक की अपेक्षा इन्हें हम भाग्यहीन व्यक्ति भी कह सकते हैं।

ये व्यक्ति अपने अन्य साथियों की अपेक्षा अधिक सच्चरित्र, दूसरों के प्रति समर्पित और स्वयं को बलिदान करने की प्रवृत्ति वाले होते हैं, किन्तु जो पारितोषिक इन्हें मिलना चाहिए, वह इन्हें मिलता नहीं। यदि जीवन में ये किसी उच्च पद पर आसीन होते हैं तो इन्हें आकुलता और

जिम्मेदारी का पद ही प्राप्त होता है। ऐसे व्यक्ति धन अर्जित कर सकते हैं, किंतु उस धन से भी इन्हें प्रसन्नता प्राप्त नहीं होती, प्रेम के लिए इन्हें बहुत भारी कीमत चुकानी पड़ती है।

ऐसे व्यक्तियों को मेरी सलाह है कि यदि वे ऐसा अनुभव करें कि उनके जीवन में बार-बार 4 और 8 का अंक दुःख, निराशा, दुर्भाग्य और विपत्ति लाता है तो इन्हें हर संभव कोशिश करनी चाहिए कि वे इन अंकों व इनकी श्रृंखला के अंकों से बचें। ऐसा करने का सबसे सरल उपाय है कि वे अपना नामांक बदले लें और ऐसा अंक बनाएं जो एक हो या इसी की श्रृंखला अर्थात् 1, 3, 5 और 6 हों। इसके साथ ही उन्हें अपने सभी महत्त्वपूर्ण कार्य इन्हीं अंकों से सम्बद्ध दिनों या तिथियों में करने चाहिए। यदि वे ऐसा कर लेते हैं तो वे अपने दुर्भाग्य को पूर्ण रूप से बदल लेते हैं, और आने वाले दुर्दिनों से लड़ने के लिए तैयार रह सकते हैं।

किन्तु यदि जन्मांक 8 के व्यक्ति चाहते हैं, जैसा प्रायः लोग करते भी हैं, कि वे 8 के अंक की पूर्ण शक्ति और प्रभाव को इस्तेमाल करें और उसके परिणामों की चिन्ता न करें तो उन्हें भी वही करना चाहिए जो मैंने अन्य अंकों के व्यक्तियों को बताया है। वे व्यक्ति अपने अंक की मुख्य तिथियों, अर्थात् 8, 17, 27 या 4, 13, 22 और 31 में ही अपनी योजनाओं को कार्य रूप दें।

यदि वे ऐसा करते हैं तो वे निश्चय ही सफल होंगे, किन्तु भाग्य के भरोसे जीवन जिएंगे। यदि मैं स्पष्ट कहूं तो ऐसे व्यक्ति जीवन के जिस मार्ग पर भी जाएंगे, भाग्य द्वारा ही शासित रहेंगे।

कई व्यक्तियों ने मुझसे पूछा है कि इस दुर्भाग्यपूर्ण या भाग्यवादी अंकों को भाग्यशाली अंकों में बदलने की विधि क्या है। यह प्रश्न प्रायः उन्हीं व्यक्तियों ने पूछा है जिनका जन्मांक 4 या 8 है। मैं पहले भी लिख चुका हूं ये अंक जीवन को भाग्यवादी बनाते हैं अर्थात् इन अंकों वाले

व्यक्तियों के सभी कार्य भाग्य द्वारा शासित होते हैं। इस दशा में जो व्यक्ति महीने की 4, 13, 22 और 31 तारीख में जन्मा है, उसे चाहिए कि वह किसी माह की 8 तारीख को कोई महत्त्वपूर्ण कार्य न करे। इसी प्रकार 8 अंक की शृंखला के अन्य अंकों अर्थात् 8, 17, 26 आदि से भी बचने का प्रयास करें। बल्कि अंक एक या इसी की शृंखला के अंकों या जिस माह में वे पैदा हुए हैं, उस माह की राशि के अंक का अधिकाधिक प्रयोग करें। उदाहरणार्थ, एक व्यक्ति अंक 3 की अवधि अर्थात् 19 फरवरी और 20 मार्च के मध्य या 22 अथवा 26 फरवरी या मार्च महीने को 4, 8, 13, 17 और 22 तारीखों में से किसी एक में जन्मा है, तो उसके लिए अंक तीन या उसकी शृंखला के अन्य अंक, उसके अपने जन्मांक 4 और 8 से अधिक लाभदारी सिद्ध होंगे। वास्तव में ऐसी दशा में तो यहीं बेहतर रहेगा कि वे अपने जन्मांक को छोड़ ही दें।

यही नियम वर्ष-भर के महीनों के समय पर भी लागू होता है। केवल 21 दिसम्बर से 20 जनवरी तक का समय जो अंक 8 का अनुकूल पक्ष है और 21 जनवरी से 19 फरवरी तक जो 8 अंक के प्रतिकूल पक्ष का समय माना गया है, को छोड़कार। इन दोनों अवधियो में जन्मे व्यक्ति जिनका जन्मांक 4 या 8 है, उन्हें चाहिए कि वे अपने महीने का अंक न लें क्योंकि ऐसा करने पर वे अपने अंकों को और अधिक प्रभावी एवं शक्तिशाली बना देंगे। इस दशा में उन्हें चाहिए कि वे अपने राशि चक्र के महीने के बिल्कुल विपरीत माह का अंक लें, जैसे कि दिसम्बर 21 से 20 जनवरी का विपरीत माह 21 जून से 20 जुलाई है। यदि इसी पुस्तक के दूसरे अध्याय को ध्यान से पढ़ें तो आप देखेंगे कि यह माह 2-7 अंक महीना माना गया है। 21 जनवरी से 19 फरवरी का विपरीत समय 21 जुलाई से 20 अगस्त है और इसका अंक 1-4 है। ऐसा करने से 4 और 8 जन्मांक वाले व्यक्ति अपने अंक से अलग नया अंक प्राप्त करेंगे और यह नया अंक बहुत कम समय में ही अपना प्रभाव डालना

प्रारम्भ कर देगा। ऐसा होने से उनका जीवन भाग्यशाली हो जाएगा।

इन व्यक्तियों को 4 और 8 अंक के रंगों के विपरीत नए प्राप्त अंक के ही रंग और रत्न धारण करने चाहिए।

मेरे विचार में मेरी इस सूचना द्वारा उन लोगों को अत्यधिक लाभ होगा, जिन्होंने यह महत्त्वपूर्ण प्रश्न मुझसे पूछा है।

मुझे जन्मांक 2 वाले कई लोगों ने पत्र लिखे हैं और पूछा है कि ऐसा क्यों होता है कि न केवल उनका अपना अंक बल्कि अंक 8 और 2, 11, 20 और 29 तारीखें उनके जीवन में महत्त्वपूर्ण सिद्ध होती हैं? इसका कारण यही है कि अंक 8 एक शक्तिशाली और भाग्यवादी अंक है, अतः अपने से कमजोर अंक 2 पर अपना प्रभुत्व जमाता है। इन दोनों का आपस में भी सम्बन्ध है क्योंकि 2 को 4 से गुणा करें तो 8 का अंक प्राप्त होता है। किन्तु अंक 2 के व्यक्तियों के साथ जब अंक 8 के व्यक्तियों का संपर्क होता है तो वह बहुत भाग्यशाली नहीं होता, बल्कि इसे दुःख, निराशा और भाग्यवादी अनुभवों का द्योतक मानना चाहिए।

4 का अंक भी अंक 2 पर अपना प्रभाव डालता है, किन्तु यह सिर्फ इसलिए ही नहीं है कि 2 और 2 जोड़ें तो 4 होते हैं, बल्कि यह 2 का विनियमशील अंक भी है। और 4 अंक 2 और 7 के विनियमशील अंक हैं।

रंगों और अंकों का मेल तथा अंकों और संगीत का आपस में सम्बन्ध

जन्मांक एक के व्यक्ति जो किसी भी महीने की 1, 10, 19 और 28 (जिन अंको को जोड़ने पर एक आए) तारीखों में जन्मे हैं उन्हें जहां तक संभव हो भूरे रंग के सभी शेड्स, पीले और सुनहरी रंग के सभी शेड्स पहनने चाहिए। यदि यह संभव न हो तो इन रंगों का कुछ-न-कुछ सामान अपने साथ अवश्य रखें। यदि वे अपने सोने के कमरे के रंग का चुनाव करने में स्वतन्त्र हैं, तो भी उन्हें यही रंग चुनने चाहिए।

वे लोग अनुभव करेंगे कि रंगों के चुनाव से सम्बनधित इस नियम का पालन करने पर उन्हें मानसिक शान्ति प्राप्त हुई है, और इन रंगों के कमरों में उन्हें बढ़िया नींद भी आएगी।

2 जन्मांक वाले व्यक्तियों अर्थात् 2, 11, 20 और 29 तारीख में जन्में, को हरे रंग के गहरे से गहरे और हल्के से हल्के सभी शेड्स पहनने चाहिए। हल्का क्रीम कलर और सफेद रंग भी बहुत लाभप्रद हैं।

उन्हें गहरे रंगों,अर्थात् काला, जामुनी और लाल, से बचना चाहिए।

अंक 3 वाले व्यक्ति (जो व्यक्ति किसी माह को 3, 12, 21 या 30 तारीख में जन्मा है) को बैंगनी, जामुनी, अथवा पीला या नीला रंग पहनना चाहिए। किन्तु सामान्यतः पुरूष ऐसे रंग पहन नहीं सकेत

इसलिए उन्हें अपनी नेटकाई, कमीज या रूमाल में इस रंग का इस्तेमाल करना चाहिए।

4 अंक के व्यक्ति (जो किसी माह की 4, 13, 22 और 31 तारीख में जन्मा है) को भड़कीले रंग नीला, ग्रे, चमकीला नीला या इन रंगों का पुट लिए रंग ही पहनने चाहिए। उन्हें सभी प्रकार के गहरे और अनुकूल रंगों से बचना चाहिए।

5 जन्मांक वाले व्यक्ति (जो 5, 14 या 23 तारीख में जन्मे हैं) को हल्के रंग पहनने चाहिए, जैसे हल्का ग्रे या सफेद और चमकते धातु के जेवर आदि।

यदि सम्भव हो तो इन व्यक्तियों को गहरे रंग नहीं पहनने चाहिए।

6 अंक के व्यक्ति जो 6, 15 या 24 तारीख में पैदा हुए हैं, उन्हें नीला रंग या इसके गहरे अथवा हल्के शेड्स पहनने चाहिए। चमकीला नीला रंग पहनना भी लाभदायक होगा। द्वितीय रंगों के रूप में ये गुलाबी रंगों के शेड (लाल नहीं), भुरा या मटमैला रंग इस्तेमाल कर सकते हैं। बशर्ते कि वे 28 मार्च से 24 अप्रैल अथवा 21 अक्तूबर से 24 नवम्बर के मध्य पैदा हुए हों।

7, 16 और 25 तारीखों में जन्में 7 अंक वाले व्यक्ति अंक 2 के व्यक्तियों की ही भांति पीला, हरा, सफेद, गहरा पीला और सुनहरा रंग पहन सकते हैं। पीले रंग के शेड्स अधिक उपयुक्त हैं। चाक मिट्टी के रंग से मेल खाते रंग लाभदायक हैं।

8, 17 और 26 तारीख में जन्मे 8 जन्मांक वाले व्यक्ति को गहरे ग्रे, गहरे नीले और जामुनी, काले और भड़कीले रंग नहीं पहनने चाहिए, बल्कि जहां तक संभव हो, इनसे बचने का प्रयत्न करना चाहिए।

9, 18 और 27 तारीख में जन्मे 9 जन्मांक वाले व्यक्तियों को लाल, गुलाबी, भूरे और गुलाबी बैंगनी रंग के सभी शेड्स पहनने चाहिए। इन रंगों के गहरे शेड्स अधिक लाभदायक सिद्ध होंगे।

लाल रंग फौजी का रंग है जो स्फूर्ति, अस्थिरता और क्रांति का द्योतक है। क्रांतिकारी और अराजकता फैलाने वाले व्यक्तियों का प्रिय रंग लाल है। इसी से प्रेरित हो उन्होंने अपने झंड़े को लाल रंग दिया है।

अंक 9 के व्यक्तियों द्वार चुम्बकीय तरंगें प्रेषित होती हैं, जिस कारण उनकी उपस्थिति से अन्य अंकों के लोग चिड़चिड़े हो जाते हैं। किन्तु ऐसा 1, 3, 5 और 6 अंक वाले व्यक्तियों के साथ नहीं होता। अन्य अंकों वाले व्यक्ति अंक 9 के व्यक्तियों की उपस्थिति में स्वयं को असहज और असंतुलित अनुभव करते हैं।

अंकों और संगीत का अद्भुत मेल बैठता है। 1, 3 और 9 अंकों के व्यक्तियों को उत्तेजित करने वाला, भड़काने वाला या प्रोत्साहित करने वाला संगीत अत्यधिक प्रिय होता है। अंक 2 और 7 के व्यक्तियों को तारवाद्य सा हवा वाले वाद्ययंत्र अधिक मोहित करते हैं जैसे कि वायलिन, सैलो, बीन, बांसुरी आदि-आदि। 6 अंक वाले व्यक्तियों को रोमांटिक और मधुर संगीत प्रिय होता है जिसमें ताल और लय का सामंजस्य हो। 5 अंक के व्यक्ति असाधारण और मौलिक संगीत, जो कि लोक से हटकर हो, पसन्द होता है। 4 और 8 अंक वाले व्यक्तियों का झुकाव यदि संगीत की ओर हो तो वे समूह-गान की रचना करते हैं, किन्तु उनके संगीत में उदासी, धार्मिक उन्माद और भाग्यवादी स्वर विद्यमान रहता है।

नीचे कुछ देशों के उदाहरण हैं जिनके अपने स्वयं राष्ट्रीय संगीत हैं या संगीत से सम्बद्ध व्यक्तित्व हैं। उन देशों के संगीत और ग्रहों के अंको का अदभुत रूप में सामंजस्य दीखता है।

इंग्लेंड और जर्मनी मंगल ग्रह द्वारा अनुशासित हैं, जो अंक 9 से समबन्धित है, अतः इन देशों को संगीत सामरिक, प्रेरक या सहृदय है। अमेरिका बुध ग्रह द्वारा शासित है, उसका अंक 5 है अतः वह अपने अंक के गुण के आधार पर हर प्रकार के संगीत को अपना सकता है। फिर भी उसका झुकाव मौलिक, नए और अलग हटकर बने संगीत की ओर रहेगा। इसी कारण यह देश जाज संगीत का जन्म स्थान बना यानी कि अमेरिका वासियों ने ही विश्व को जाव संगीत दिया, जिसे स्वराघात परिवर्तन संगीत भी कहते हैं।

अंक और बीमारियां : जड़ी-बूटियों द्वारा इलाज का नक्षत्रीय महत्त्व

समाचारपत्रों व पत्रिकाओं में मेरे कुछ लेख छपे थे, जिनमें मैंने विभिन्न बीमारियों का सम्बन्ध व्यक्ति के जन्मांक के साथ जोड़ा था। इस विधि के सही होने के सम्बन्ध में मेरे पास कई पत्र आए हैं, जिनमें लोगों ने मुझसे अनुरोध किया है कि मैं इस विज्ञान द्वारा बीमारियों के संकेत और उनके इलाज का भी वर्णन करूं। मुझे प्रसन्नता है कि मैं इस अध्याय में कुछ ऐसी जड़ी-बूटियों का वर्णन करूंगा जो विभिन्न जन्मांक वाले व्यक्तियों के लिए लाभदायक सिद्ध हो सकती हैं।

यह सारी सूचना मैंने रहस्य विज्ञान के प्राचीनतम ज्ञान द्वारा और उन लोगों से प्राप्त की है, जिन्होंने इस विषय की खोज में अपना पूरा जीवन लगा दिया। इसमें मैंने अपने जीवन के कुछ अनुभव भी जोड़ दिए हैं। मेरा विश्वास है कि यदि हम प्रकृति को समझने की कोशिश करें तो हम प्रकृति के कुछ रहस्यों को जान पाएंगे।

1 जन्मांक वाले व्यक्तियों के (किसी माह की 1, 10, 19 और 28 तारीख में जन्मे) किसी न किसी प्रकार से ह्रदय रोग से पीड़ित होने की संभावना रहती हैं। उनमें से कुछ रोग हैं ह्रदय की धड़कन बढ़ना खून का अव्यवस्थित प्रवाह और उम्र बढ़ने पर उच्च्व रक्तचाप आदि की परेशानी भी हो सकती है। आंखें का रोग या एस्थिग्मैटिज्म होने की संभावना अधिक रहती है, अतः उन्हें अपनी आंखों प्रायः डाक्टर को

दिखाकर रहना चाहिए।

अंक 1 के व्यक्तियों या अंक 1 के अन्तर्गत पैदा हुए व्यक्तियों, अर्थात् किसी माह की 1, 10, 19 या 28 तारीख में पैदा हुए व्यक्तियों के लिए मुख्य फल और जड़ी-बूटियां हैं : मुनक्का, कर्पूर, आंखों के इलाज का विशेष पौधा, सेंट जान का पौधा, केसर, लौंग, जायफल खटमिट्ठा फल श्रीहस्तिनी कि रात की जड़, लेवेंडर, तेजपात, संतरा, नींबू, खजूर, अजवायन, लोबान, कस्तूरी, अदरक, जौ आदि। एक जन्मांक वाले व्यक्तियों को शहद का अधिक से अधिक प्रयोग करना चाहिए।

एक अंक वाले व्यक्ति के जीवन में 19 वां, 28 वां, 37 वां और 55 वां वर्ष स्वास्थ्य-परिवर्तन की दृष्टि से महत्त्वपूर्ण होगा।

इन व्यक्तियों को कठोर परिश्रम और अस्वास्थ्य की दृष्टि से अक्तूबर, दिसम्बर और जनवरी माह में सचेत रहना चाहिए।

अंक 2 के व्यक्तियों, या जो 2, 11, 20, 29 तिथियों में पैदा हुए हैं, के पेठ खराब रहते हैं या उनकी पाचन क्रिया ठीक काम नहीं करती। इन व्यक्तियों का पेट खराब रहने और पाचन-अंगों में गड़बड़ रहने की संभावना अधिक रहती है। इन व्यक्तियों को चुकन्दर, गोभी, शलजम, खीरा, खरबूजा, कासनी, तोरिया, करमकल्ला, कुमुदनी, अलसी, जलकदली आदि का अधिकाधिक उपयोग करना चाहिए।

इन व्यक्तियों के स्वास्थ्य की दृष्टि से 20, 25, 29, 43, 47, 52, और 65 वां वर्ष महत्त्वपूर्ण सिद्ध होगा। स्वास्थ्य और अधिक परिश्रम से बचने की दृष्टि से जनबरी, फरवरी और जुलाई माह में सचेत रहना चहिए।

किसी महीने की 3, 12, 21 और 30 तारीख में जन्मे व्यक्तियों का जन्मांक 3 है, और ऐसे व्यक्तियों की मानसिक तनाव और अधिक

परिश्रम के कारण बीमार होने की संभावना रहती है।

इस जन्मांक के व्यक्तियों में नाड़ीशोथ, कूल्हे की गठिया और कई प्रकार के चर्म रोग होने की संभावना अधिक रहती है।

3 अंक के व्यक्तियों कि लिए चुकन्दर, श्रीहस्तिनी, नीलबदरी (यूरोपीय जाति के बेर का पौधा), शतावरी (एक साग), कुकरौंधा, कासनी, स्वर्ण धान्य, सुगंधित वनस्पति, चेरी, झरबेरी, सेब, शहतूत, आड़, लौंग, मकोय, अनार, अनन्नास, अंगूर, पुदीना, कस्तुरी, जायफल, जैतून, सेंट जान का पौधा, बादाम, अंजीर, पिंगलफल और गेहूं अधिक लाभदायी हैं।

स्वास्थ्य का ख्याल रखने और कठोर परिश्रम से बचने की दृष्टि से दिसम्बर, फरवरी, जून और सितम्बर मास महत्त्वपूर्ण हैं। स्वास्थ्य में परिवर्तन की दृष्टि से 12, 21, 39, 48 और 57 वां वर्ष महत्त्वपूर्ण हैं।

किसी महीने की 4, 13, 22 और 31 तारीख में जन्में अंक 4 के व्यक्तियों में अजीब बीमारियां होने की संभावना रहती हैं, जिनको समझ पाना या निदान करना कठिन हो जाता है। ऐसे व्यक्ति खिन्नता, खून की कमी और सिर व पीठ के दर्द से पीड़ित रहते हैं।

इस अंक के व्यक्तियों को पालक, सुगंधित वनस्पति, पाइलवोर्ट, हेमंती मधुरकुठरा, हिमाच्छादित सेवार और चौलाई का प्रयोग अधिक से अधिक करना चाहिए। अंक चार के व्यक्तियों को बिजली के इलाज से लाभ पहूंचाता है। मानसिक चिकित्सा या हिप्नोटिज्म भी इनके लिए लाभकारी है। इन व्यक्तियों को नशीली दवाओं से, अधिक पकाई गई सब्जियां व मांस खाने से बचना चाहिए।

जनवरी, फरवरी, जुलाई अगस्त और सितम्बर में इन व्यक्यियों को कठोर परिश्रम और बीमार पड़ने से बचना चाहिए।

स्वास्थ्य की दृष्टि से इनके महत्त्वपूर्ण वर्ष इनके जीवन के 13, 22, 31, 40, 49 और 58 वें वर्ष हैं।

5, 14 और 23 तारीख में जन्मे 5 अंक वाले व्यक्तियों को मस्तिष्क पर अधिक तनाव नहीं डालना चाहिए। ये व्यक्ति प्रायः तनावपूर्ण जीवन जीते हैं और मानसिक रूप में परेशान रहते हैं। इन व्यक्तियों को नाड़ीशोथ की बीमारी होने की संभावना रहती है। ऐसे व्यक्तियों को नाड़ीशोथ की बीमारी होने की संभावना रहती है। ऐसे व्यक्ति उदासीनता व खिन्नता के शिकार रहते हैं। निद्रा, आराम और एकांत ऐसे व्यक्ति की सबसे अच्छी दवा है।

जन्मांक 5 के व्यक्तियों के लिए उपयोगी जड़ी-बूटियां अथवा सब्जीफल हैं—गाजर, चुकदर, समुद्री गोभी, जई, जई की रोटी, खुरासानी, मधुर कुठरा, अजमोदा, पुदीना और सभी प्रकार के नट विशेष रूप से पिगलफल और अखरोट आदि।

जुन, सितम्बर और दिसम्बर महीनों में इन्हें अधिक परिश्रम से बचन और स्वास्थ्य के प्रति सचेत रहना चाहिए। इनके जीवन के 14, 23, 41 और 50 वें वर्ष इनके स्वास्थ्य परिवर्तन के लिए महत्त्वपूर्ण वर्ष होते हैं।

किसी महीने की 6, 15 और 24 तारीख में जन्में व्यक्तियों का जन्मांक 6 है। इन व्यक्तियों में गले, नाक और फेफड़े से सम्बन्धित बीमारी होने की संभावना अधिक रहती है। ऐसे व्यक्तियों की शारीरिक बनावट सुदृढ़ होती है। यदि ये गांव में या खुले जलवायु वाले स्थान में रहे तो अधिक स्वरूप रहते हैं, क्योंकि वहां इन्हें खुली हवा और परिश्रम करने का मौका मिलता है। 6 अंक की महिलाओं को प्रायः स्तन-सम्बन्धी बीमारियां घेरे रहती हैं। बाद के वर्षों में इनका हृदय भी प्रभावित होता है, जिससे रक्त के प्रवाह में असमानता पैदा हो जाती है।

इस अंक के व्यक्तियों को सभी प्रकार की फलियां, चुकंदर, पालक, पुदीना, खरबुजा, अनार, सेब, आड़ू, अखरोट, अंजीर, बादाम और मेडन हेयर फर्न का जूस, पीला नरगिस, जंगली पुदीना, कस्तुरी, वरवेन और गुलाब की पत्तियों आदि का अधिकाधिक उपयोग करना चाहिए।

इन व्यक्तियों को मई, अक्तूबर और नवम्बर के महीनों में अस्वस्थ होने से और अधिक परिश्रम से बचना चाहिए।

इनके जीवन के 15, 24, 42, 51 और 60 वें वर्ष इनके स्वास्थय में परिवर्तन लाने वाले होते हैं।

किसी माह की 7, 16 और 25 तारीख में जन्मे व्यक्तियों का जन्मांक 7 है और ये व्यक्ति बहुत जल्दी नाराज और चिन्तित हो उठते हैं। जब तक सब कुछ सामान्य चलता है, तब तक से अधिकाधिक कार्य करते रहते हैं। किन्तु यदि किसी कारण या लोगों की वजह से ये चिन्तित हो उठें तो से सोचते हैं कि दशा बहुत खराब है, जब कि वास्तव में ऐसी बात होती नहीं। यही सोचकर ये लोग बहुत जल्दी उदास और खिन्न हो उठते हैं।

ये व्यक्ति अपने आसपास के घटनाओं के प्रति बहुत सचेत रहते हैं, और यदि इनकी प्रशंसा की जाए तो ये प्रसन्नता से उत्तरदायित्व उठाने को तत्पर रहते हैं। जो कार्य इन्हें दिलचस्प लगता है, उसे करने को ये उत्सुक रहते हैं। ये व्यक्ति शारीरिक की अपेक्षा मानसिक रूप में अधिक सक्षम होते है। शारीरिक रूप से कमजोर होने के बावजूद ये अपनी क्षमता से अधिक कार्य करते हैं। इस अंक के व्यक्तियों की चमड़ी बहुत कोमल होती है। या तो ये बहुत जल्दी चटकने वाली होती है या फिर इन्हें सांस की शिकायत होन की संभावना रहती है।

इन व्यक्तियों को प्रायः चुकन्दर, गोभी, चिकोरी, खीरा, कोलवर्ट,

अलसी, कुकरमुत्ता, सेप्स, खट मिट्ठा फल, सेब, अंगुर और सभी फलों का रस लेते रहने चाहिए। इन व्यक्तियों को जनवरी, फरवरी, जुलाई और अगस्त के महीनों में कठोर परिश्रम व बीमारी से बचने का प्रयास करना चाहिए।

इन व्यक्तियों के जीवन के 7, 16, 25, 34, 43, 52 और 61 वें वर्ष स्वास्थ्य परिवर्तन की दृष्टि से महत्त्वपूर्ण हैं।

किसी माह की 8, 17 और 26 तारीख को जन्मे व्यक्ति का जन्मांक 8 माना गया है। इन व्यक्तियों को जिगर, पित्त और आंतों से सम्बन्धित बीमारी होने की संभावना रहती है। इन व्यक्तियों को सिर दर्द और गठिया की शिकायत रहती है। इन व्यक्तियों को मांस-मछली खाने से बचना चाहिए और फल, जड़ी-बुटियों और सब्जियों का अधिकाधिक सेवन करना चाहिए।

8 जन्मांक व्यक्तियों के लिए लाभकारी फल, और सब्जियां हैः पालक, विण्टर ग्रीन, एंजलिका, जंगली गाजर,दलदल का पौधा, कदली फल, सुगंधित बनस्पति, पाइलवोर्ट, रैगवोर्ट, शेफर्डस पर्स, चौलाई, वरवेन, एल्डर फ्लावर, पथरी मूल, विषमूल और खुरासानी अजवायन आदि।

दिसम्बर, जनवरी, फरवरी और जुलाई के महीनों में इन्हें बीमारी और कठोर परिश्रम से बचने का प्रयास करना चाहिए। अपने जीवन के 17, 26, 35, 44, 53 और 62 वें वर्ष में ये अपने स्वास्थ्य में परिवर्तन महसूस कर सकते हैं।

9, 18 और 27 तारीख में जन्मे व्यक्तियों का जन्मांक 9 है। इन्हें हर प्रकार का बुखार हो सकता है। खसरा (मीजल), चिकनपौक्से (चेचक), स्कारलेटिना आदि बीमारियां होने की अधिक संभावना रहती है। इन्हें अधिक गरिष्ठ भोजन और अलकोहाल वाले पेय पदार्थ

इस्तेमाल नहीं करने चाहिए।

9 जन्मांक वाले व्यक्तियों के लिए प्याज, लहसुन, अश्वमूल, श्वेतचीनी, मूगफली, चिरायता, विटनी, तोरिया, मजीठा, स्पीयरवोर्ट, ह्वाइट है लिबोर, अदरख, पीपर, आड़ू, अमरबेल, डेनवोर्ट और बिच्छूबूटी का रस लाभदायक सिद्ध होगा।

इन व्यक्तियों को अप्रैल, मई, अक्तूबर और नवम्बर माह में बीमारी से सावधान रहना चाहिए और अधिक परिश्रम से बचना चाहिए।

इनके स्वास्थ्य में इनके जीवन के 9, 18, 27, 36, 45 और 65 वें वर्षो में सर्वाधिक महत्त्वपूर्ण परिवर्तन आते हैं।

इस अध्याय में मैंने जिन जड़ी-बुटियों का उल्लेख किया है, वे किसी भी देश के अच्छे पंसारी के यहां मिल जाती हैं। जड़ी-बूटियां प्रकृति के अपने ही रोग बचान वाले उपाय हैं।

निवास के लिए भाग्यशाली शहर, कस्बे व स्थान का चुनाव कैसे करें

इस अध्याय में मैं आपको बताऊंगा कि कोई भी व्यक्ति इस बात को कितनी आसानी से समझ सकता है कि कौन-सा शहर, कस्बा या स्थान उसके लिए अधिक उपयुक्त रहेगा। यह

सूचना उन व्यक्तियों के लिए बहुत उपयोगी सिद्ध होगी, जो यह महसूस करते हैं कि एक विशेष स्थान, शहर या कस्बा उनके लिए बहुत हानिकारक सिद्ध हुआ और वे स्थान परिवर्तन के इच्छुक हैं किन्तु उन्हें कोई भी बताने वाला नहीं है और न ही वे जानते हैं कि वे क्या करें, अतः वे किसी निर्णय पर नहीं पहुंच पाते। मेरा विश्वास है, ऐसे लोगों के लिए आगे दिए गए कई नियम बहुत उपयोगी सिद्ध होंगे।

अंक 1 से 9 तक को मूल अंक मानकर, इस पुस्तक को पढ़ने वाले पाठक जान ही गए होंगे कि यही अंक मूल अंक हैं, जिन पर सारी गणनाएं निर्भर हैं। यहां मैं कुछ उदाहरण दूंगा कि किस प्रकार विभिन्न अंकों के व्यक्ति अपने अनुकूल स्थान, शहर अथवा कस्बे का चुनाव कर सकते हैं।

तीसरे अध्याय में वर्णो को प्रदत्त अंकों के आधार पर आप शहर या कस्बे के नाम अंक निकाल लें। शहर के नाम के वर्णो के नीचे उनके अंक लिखें, फिर इन्हें जोड़ दें और तब तक जोड़ते रहें, जब तक कि एकल अंक प्राप्त न हो जाए। यदि यह अंक आपके जन्मांक से मेल खाने वाला अंक हो, तो उस शहर, कस्बे या स्थान में रहना उचित है।

यदि उस जिले का अंक भी उस व्यक्ति के जन्मांक से मेल खाने वाला हो तो वह स्थान उसके लिए भाग्यशाली सिद्ध होगा। इसका प्रभाव तब और भी अधिक बढ़ जाएगा जब उस व्यक्ति का नामांक भी उससे मेल खाता हो।

'एक' जन्मांक वाले व्यक्तियों के लिए, अर्थात् उन व्यक्तियों के लिए जो महीने की 1, 10, 19, 28 तारीखों में पैदा हुए हैं, निम्न शहर उपयोगी या लाभदायक सिद्ध होंगे।

उदाहरण के तौर पर हम मैनचेस्टर (Manchester) शहर को लेते हैं। इसके नाम के वर्णों के आधार पर :

M a n c h e s t e r
4 1 5 3 5 5 3 4 5 2 = 37
3+7 =10 अतः एकल अंक = 1
अन्य, शाहर जिकका अंक 1 है, ते हैं:
Birmingham–1
Boston–1
New York–1
Alexandria–1

इसी प्रकार कोई भी अन्य शहर या स्थान जो इस विधि से अंक 'एक' प्रदान करते हैं।

जन्मांक 1 और 4 तथा 2 और 7 अंक वाले व्यक्तियों के सम्मुख अन्य किसी भी अंक वाले व्यक्ति की अपेक्षा चुनाव कर सकने की गुंजाइश है। जैसा मैं पिछले अध्याय में बता चुका हूं, अंक 1 को 1-4 शृंखला के अंकों का विनिमयशील अंक है। इसलिए इन व्यक्तियों को ऐसा नगर चुनना चाहिए जिसका एकल अंक 1, 2, 4 या 7 हो या इनकी शृंखला में हो।

2 जन्मांक वाले व्यक्ति जो किसी माह की 2, 11, 20 और 29

तारीख में पैदा हुए हैं, इनमें से किसी भी अंक के शहर को चुन सकते हैं। उन्हें चुनाव करते समय यही प्रयत्न करना चाहिए कि वे अपने अंक 2 के स्थान को ही चुनें। हम एक उदाहरण लेते हैं:

L E E D S
3 5 5 4 3= 20 =2

इसके अतिरिक्त 2 अंक वाले शहर निम्नलिखित हैं :

Plymouth–2
Los Angeles–2
Norwich–2
Brighton–2

किसी माह की 3, 12, 21 और 30 तारीख में जन्मे व्यक्तियों का जन्मांक 3 है। उनके लिए निम्न उदाहरण हैं :

C R E W E
2 3 5 6 3 = 21 = 3

इसके अतिरिक्त 3 अंक वाले स्थान निम्नांकित हैं :
Dublin–3
Bath–3
Reading–3
Limerick–3
Moscow–3
Melbourne–3
York–3
Nottingham–3
Devonport–3
Bradford–3

जन्मांक चार वाले वे व्यक्ति हैं जो किसी महीने की 4, 13, 22

और 31 तारीखों में जन्मे हैं। उनके लिए रहने के भाग्यशाली उदाहरण हैं :

LONDON
3 7 5 4 7 5 =31=4

इसके अतिरिक्त अन्य शहर हैः
paisley–4
Bristol–4
Leicestrr–4
Quebec–4
Montreal–4
Stockport–4
Salisbury–4

इसके अतिरिक्त 1, 2, 4, और 7 के अंक वाले या इनकी श्रंखला के शहर इनके लिए लाभदायी सिद्ध होंगे।

किसी महीने की 5, 14 या 23 तारीख में जन्में व्यक्तियों का जन्मांक 5 हैं। उदाहरण के लिएः

TAUNTON
4 1 6 5 4 7 5=32=5

निम्नांकित शहरों का अंक भी 5 हैं :

Southprt–5
Portsmouth–5
Chicago–5
Cork–5
Vienna–5

5 का अंक एक ऐसा अंक है, जो किसी भी अंक के साथ मेल खाता है, अतः इस अंक के व्यक्तियों को शहर या स्थान के चुनाव में

अधिक चिन्ता करने की आवश्यकता नहीं है। जिस प्रकार ये अन्य अंको के अन्तर्गत जन्में व्यक्तियों के साथ मधुर सम्बन्ध स्थापित कर सकते हैं, उसी प्रकार ये किसी भी स्थान पर रह सकते हैं, चाहे उसका कोई भी अंक क्यों न हो।

6 अंक वाले व्यक्ति वे हैं, जो किसी महीने की 6, 15 या 24 तारीख में जन्में हैं। उनके रहने के लिए लाभप्रद नगर का उदाहरण हैः

L I V E R P O O L
3 1 6 5 2 8 7 7 3 = 42 = 6

निम्न शहरों का अंक भी 6 है जैसे :

Edinborgh–6
Swansea–6
Paris–6
Dover–6
Worthing–6
Halifax–6
Oxford–6
colonge–6
San Francisco–6
Cowes–6
Sheffield–6

7, 16 और 25 तारीखों में जन्मे व्यक्तियों का जन्मांक 7 है। उनके लिए 7 अंक वाले नगर लाभप्रद सिद्ध होंगे। उदाहरणतः

W I G A N
6 1 3 1 5 = 16 = 7

निम्नलिखित शहरों का अंक भी 7 है :

Doncaster–7
Hollwood–7
Whitehaven–7
Auckland–7
Calcutta–7
Tiverton–7
Grimby–7
Preston–7

इसके अतिरिक्त वे शहर भी जिनका अंक 1, 2, 4 या 7 की श्रृंखला का हो, जैसा कि पहले भी बता चुका हूं, 7 अंक वाले के लिए उपयोगी रहेंगे।

8, 17 और 26 तारीखों में जन्मे व्यक्ति का जन्मांक 8 है। इनके लिए लाभप्रद शहर है :

G LAS G O W
3 3 1 3 3 7 6 = 26 = 8

निम्न शहरों का अंक भी आठ है :

Belfast–8
Stoke-on&Trent–8
Hull–8
Bombay–8
Bournemouth–8

जैसा मैं पहले भी कह चुका हूं, 4 और 8 जन्मांक वाले व्यक्तियों को अपने अंक 8 के प्रभाव को बढ़ाने की कोशिश नहीं करनी चाहिए; अतः इस अंक वालों को, भाग्यवादी अंक के स्थान या शहर में नहीं रहना चाहिए। इसके विपरीत उन्हें अपना नामांक बदल कर कोई और उपयुक्त अंक ढूढ़ंना चाहिए। वह अंक 1, 3, 5 अथवा 6 की शृंखंला का हो तो बेहतर होगा।

9, 18 अथवा 27 तारीखों में जन्मे व्यक्तियों का जन्मांक 9 है। उनके लिए लाभप्रद शहर का उदाहरण है :

W O L V E R H A M P T O N
6 7 3 6 5 2 5 1 4 8 4 7 5 = 63 = 9

इसके अतिरिक्त निम्नलिखित शहरों का अंक भी 9 है :

Blackpool–9
whitehead–9
St.Louis–9
Berlin–9
Rome–9
Toronoto–9
Brussels–9

मैं पहले भी बता चुका हूं कि 3, 6, 9 की श्रृंखला को किसी भी दिशा में जोड़ें तो उनका अन्तिम अंक 9 ही आता है। इसलिए इनमें से किसी भी अंक के अन्तर्गत जन्मे व्यक्ति एक-दूसरे के प्रति उदार होते हैं। इसके साथ ही वे किसी भी ऐसे शहर को रहने के लिए चुन सकते हैं, जिसका अंतिम अंक 3, 6 या 9 हो।

अंत में, मैं कहना चाहूंगा कि शहर अथवा स्थान के अंक को हमें सामंजस्य के बृहद् अर्थ में लेना चाहिए। मकान का अंक अधिक करीब का अंक है, दिन और सप्ताह का अंक घटना क्रम का अंक है तथा व्यक्ति का जन्मांक व्यक्ति के निजी जीवन का अंक है, जिसका सम्बन्ध हमारी भावनाओं, सौहार्द और पारिवारिक जीवन से है।

यदि हम इस बात को मन में रखें तो हमें अंक ज्योतिष की इस तर्क-संगत विधि का ज्ञान आसानी से हो जाएगा तथा इससे उत्पन्न सामंजस्य मानवता के सभी विद्यार्थियों को समझ आ जाएगा।

घुड़दौड़ व अंक

मुझे अनेक पत्र आते रहते हैं जिनमें मुझसे यह जानना चाहा है कि घुड़दौड़ में दांव लगाने के लिए अंक ज्यातिष विद्या किस प्रकार सहायक सिद्ध हो सकती है। मैं इस विषय पर, जिसमें इतने अधिक लोगों की दिलचस्पी है, प्रकाश डाले बिना भला यह पुस्तक कैसे समाप्त कर सकता हूं।

इस बात में कोई संदेह नहीं कि अंकों की जानकारी घुड़दौड़ की सफलता में लाभदायक सिद्ध होगी, किन्तु साथ ही एक कहावत भी याद आतीं है—नीम हकीम खतरए जान।

मेरा अनुभव है कि अधिकतर लोग, यह सोचकर कि मेरी बताई हुई पद्धति ने व्यक्तियों के जीवन की कुछ मुख्य घटनाओं को बहुत प्रभावित किया है, बिना किसी तैयारी के घोड़े पर दांव लगाने को तैयार हो जाते हैं। वे केवल यही देखते हैं कि घोड़े के नाम का अंक उनके नामांक से मिलता है।

अधिकतर यह भूल जाते हैं कि घुड़-दौड़ एक अच्छा ही उलझा हुआ व्यवसाय है, इतना अधिक कि घोड़ों के मालिकों और सवारों द्वारा की गई भविष्यवाणियां भी उतनी ही अविश्वसीन होती हैं, जितनी कि दैनिक समाचारपत्रों में छपी भविष्यवाणियां।

कई प्रमुख घुड़दौड़ों ने पहली दौड़ के आधार पर की गई भाविष्यवाणी के सिद्धांत को गलत साबित किया। कई दौड़ों में बिना

किसी स्पष्ट कारण के, अत्यधिक लोकप्रिय सवारों को नए सवारों ने परास्त किया है।

क्या अंकों के अध्ययन द्वारा हम यह पता लगा सकते हैं कि कौन-कौन-से घोड़ प्रथम, द्वितीय और तृतीय स्थान प्राप्त करेंगे?

मैं जोर देकर कह सकता हूं कि हां, यह संभव है, किन्तु कठिनाई यह है कि ऐसे व्यक्तियों को खोज पाना कठिन है जो किसी प्रणाली, विशेष रूप से अंक ज्योतिष को संतुलित रूप में इस्तेमाल कर पाएं।

इन पृष्ठों में बताई गई अंकों से सम्बन्धित प्रणाली को यदि कोई व्यक्ति प्रयोग करना चाहे तो उसे निम्नलिखित विधि का अनुसरण करना होगा :

घुड़दौड़ के समय वह स्वयं उपस्थित रहे।

वह व्यक्ति ऐसे दिन का चुनाव करे जिसका अंक उसके अपने अंक से मेल खाता हो।

यदि संभव हो सके तो वह ऐसे सवार को खोजे जिसका जन्मांक उस दिन के अंक से मेल खाता हो।

जब ये सभी अंक मेल खाने वाले हों, उदाहरणार्थ–उन अंकों का योग 9 हो और घोड़ों का अंक 9, 18 या 27 हो और उस दिन का अंक भी 9 हो, तो ऐसे घोड़ों की अन्य घोड़ों की अपेक्षा प्रथम, द्वितीय या तृतीय स्थान पर रहने की अधिक संभावना है।

इस दशा में 9, 18 और 27 अंक के अन्तर्गत दौड़ने वाले घोड़ों पैसा लगाना चाहिए। यदि दौड़ में भाग लेने वाले घोड़ों की संख्या 36 से अधिक हो तो इस अंक के घोड़े पर भी विचार करना पड़ेगा। यदि चारों घोड़ों पर लगाई जाने वाली रकम बहुत अधिक हो रही हो तो उन चारों घोड़ों में से दो जवान घोड़े चुनने चाहिए और उन्हीं दो पर पैसा

लगाना चाहिए। यदि घोड़ों की उम्र में अधिक अन्तर न हो तो कम उम्र की घोड़ी की अपेक्षा का उम्र के घोड़े का चुनाव करना चाहिए।

कुछ अमेरिकी राष्ट्रपतियों के नामों का उदाहरण जार्ज वाशिंगटन

यहां मैं अमेरिका के कुछ राष्ट्रपतियों के नामों के उदाहरण दूंगा। सर्वप्रथम मैं जार्ज वाशिंगटन का उदाहरण देता हूं :

GEORGE	WASHINGTON
3 5 7 2 3 5	6 1 3 5 1 5 3 4 7 5
= 25	= 40
= 7	= 4

7 + 4 = 11 = 2

अमेरिका के प्रथम राष्ट्रपति के नाम को यदि यहूदियों द्वारा बताए गए वर्णों के अंकों के आधार पर देखें तो जार्ज शब्द के वर्णों से हमें 25 का यौगिक अंक मिलता है और इससे एकल अंक बनाएं तो वह 7 बनता है। अध्याय 4 में अंक 25 की व्याख्या के अनुसार :

यह अंक अनुभवों द्वारा शक्ति प्राप्ति का और व्यक्तियों एवं वस्तुओ की परख द्वारा लाभ का सूचक अंक है। इसे बहुत भाग्यशाली अंक नहीं माना जा सकता क्योंकि इस अंक के व्यक्तियों को प्रारम्भिक जीवन में अत्यधिक संघर्ष करना पड़ता है। सफलता उसके बाद ही प्राप्त होती है। यह अंक तभी लाभदायी सिद्ध होता है जब भविष्य की गणना करते समय भी यही अंक प्राप्त हो। वाशिंगटन शब्द से यौगिक अंक 40 और एकल अंक 4 मिलता है।

इस यौगिक अंक का अध्याय 4 में विवरण इस प्रकार है : दिया गया है यह अंक बुद्धि द्वारा निर्णय लेने, पुनरावलोकन और अपने साथियों की अपेक्षा मानसिक उच्चता का प्रतीक अंक है।

यह अंक व्यक्ति की मानसिकता से सम्बद्ध है, इसलिए इस अंक का व्यक्ति भौतिक साधनों का ताक पर उठाकर रख देता है। ऐसा वह अवश होकर नहीं, बल्कि अपनी इच्छा से करता है।

जार्ज वाशिंगटन ने अमेरिकन सेना से कमांडर-इन-चीफ के पद से इस्तीफा दिया। उस समय जब कि उसके सारे जनरल एक स्थान पर अंतिम बार एकत्र हुए थे। उसके अपने शब्द में, "मेरा हृदय प्रेम और कृतज्ञता से परिपूर्ण है, और अब मैं आपसे विदा लेता हूं।" कांग्रेस के प्रेजीडेंट को सम्बोधित करते हुए वाशिंगटन ने कहा :

"मेरा त्यागपत्र जिन मुख्य घटनाओं पर आधारित था, वे घट चुकीं हैं। कांग्रेस ने मुझ पर जो विश्वास किया मैं उसके समक्ष सिर नवाता हूं और अपने देश की सेवा से अवकाश ग्रहण करता हूं। मुझे जो कार्य सौंपा गया था वह मैंने पूरा किया, अतः अब मैं अपना त्यागपत्र देता हूं।"

इस महान् व्यक्ति ने, जो अमेरिका का पिता कहलाता था, अपने कठोर परिश्रम और सेवा के एवज में किसी भी प्रकार का इनाम लेने से इन्कार कर दिया और अवकाश ग्रहण कर अपने निवास-स्थान माउंट वर्नन चला गया। जार्ज वाशिंगटन के अद्‌भुद नाम में इस रहस्यमयी विद्या के अंकों के अर्थ आश्चर्यजनक रूप में सही उतरे हैं।

यदि जार्ज शब्द का अंक 7 और वाशिंगटन शब्द का अंक 4 जोड़ा जाए तो 11 का अंक प्राप्त 'होगा जिसका एकल अंक 2 बनेगा। इस 11 के अंक की व्याख्या यदि हम चौथे अध्याय में देखें तो इस अंक को जागृति या न्याय का अंक माना गया है।

किसी बड़े उद्देश्य, कारण अथवा कर्तव्य के प्रति नया उद्देश्य, नई योजना, नई आकांश और कर्तव्य-बोध ही इस अंक की विशेषता है। इस उदाहरण से स्पष्ट है कि अंक ज्योतिष की यह पद्धति जार्ज वाशिंगटन के चरित्र की कितनी सही व पूर्ण व्याख्या करती है।

किसी व्यक्ति के जन्मांक का पता हो और उसका जन्मांक यदि उसके नामांक से मेल खाता हो तो उस व्यक्ति के चरित्र की कुछ सामान्य विशेषताओं का अनुमान बहुत सरलता से लगाया जा सकता है। और यदि जन्मांक और नामांक मेल न खाते हों तो उस स्त्री अथवा पुरुष के जीवन का सही अनुमान लगा पाना कठिन हो जाता है।

उदाहरण के लिए पुनः जार्ज वाशिंगटन का ही नाम लें तो अंतिम अंक 7 और 4 के योग से 2 बनता है। वाशिंगटन का जन्मदिन 22 फरवरी को मनाया जाता है। इसको इस पद्धति में 4-1 लिखा जाता हैं जो 2-7 के अंक से विनिमयशील अंक है। (द्वितीय अध्याय देखें) कुछ व्यक्तियों का दावा है कि प्राचीन कैलेंडर के मुताबिक उसका जन्मदिन 11 फरवरी था। यदि इसे सत्य मान भी लें तो भी कोई अन्तर नहीं पड़ता क्योंकि उसके नामांक का अन्तिम अंक 2 प्राप्त होता है। यदि उसका जन्मदिन 22 फरवरी था तो 4 अंक बनता है और 11 फरवरी के द्वारा 2 अंक बनता है। ये दोनों ही अंक आपस में विनियशील अंक हैं। इस प्रकार जन्मांक और नामांक का आपस में सम्बन्ध मधुर है। यदि नामांक और जन्मांक आपस में मेल न खायें तो ऐसे व्यक्ति के जीवन मे अस्थिरता और उतार-चढ़ाव बना रहेगा और ऐसे स्त्री या पुरुष का जीवन सदैव अस्थिर और उथल-पुथल वाला होगा।

अब्राहम लिंकन

अब्राहम लिंकन का जन्म 12 फरवरी, 1809 को हुआ। उन्हें शुक्रवार 14, अप्रैल, 1865 में गोली मारी गई और वे 15 अप्रैल को मर गए। उनके नाम का अंक है :

ABRAHAM	LINCOLN	
1221514 =	3153735 =	
16 =	27	
7	+ 9	= 16 = 7

इस उदाहरण में जन्मांक 3 है और नामांक 7 है, दोनों ही अंक आपस में मेल नहीं खाते।

एकल अंक 3 जन्मांक के रूप में शक्तिशाली अंक है, यह बृहस्पति नक्षत्र का अंक है जो महत्त्वाकांक्षी का सुचक हैं। इन व्यक्तियों की व्याखा मैंन इस प्रकार की है :

जन्मांक 3 के व्यक्ति निश्चय ही महत्त्वाक्षी होते हैं। ऐसे व्यक्ति नीचे पदों पर कार्य करके संतुष्ट नहीं रहते। इन व्यक्तियों का आदर्श विश्व में ऊंचाई को छूना और अन्य व्यक्तियों पर नियंत्रण एवं प्रभुता कायम करना है। ऐसे व्यक्ति आदेश देने में सर्वोत्तम होते हैं। सब चीजों में व्यवस्था और अनुशासन इन्हें प्रिय होता है। ये स्वयं भी आदेशों का पालन शीघ्रता से करते हैं किन्तु अपने आदेशों का पालन करवाना भी जानते हैं। अंक तीन के व्यक्ति किसी व्यवसाय, पेशे अथवा जीवन के किसी भी क्षेत्र में उच्चतम पदों पर पहुंचते हैं। सेना, नौसेना, सरकारी संस्थाओं या जीवन के क्षेत्र में ये उच्च पद प्राप्त करते हैं। विश्वास और उत्तरदायित्व वाले पदों को ये बखूबी निभाते हैं, क्योंकि ये अपने कर्तव्यों के प्रति सदैव सचेत रहते हैं।

अब्राहम लिंकन के नाम से प्राप्त होने वाले अन्तिम अंक 7 है जो वास्तव में एक कमजोर और अपनी विशेषताओं में एक उदार अंक है। इसकी व्याख्या मैं अध्याय 2 में भी कर चुका हूं।

नामांक 7 के व्यक्ति स्वतंत्र, मौलिक और सूदृढ़ व्यक्तित्व के स्वामी होते हैं। किन्तु ये जो भी कार्य करते हैं, उसमें एक विशेष

दार्शनिक पुट रहता है—जिसकी झलक हमें इनके कार्यो में भी स्पष्ट दीखती है। मेरे विचार में तो 7 नामांक वाले व्यक्तियें में एक विशेष आकर्षण होता है, जिससे ये दूसरों को प्रभावित करते हैं।

अंक ज्योतिष की इस पद्धति की व्याख्या से यह मानना चाहिए कि अब्राहम लिंकन के चरित्र को समझना आसान था। उसके जीवन और अंकों में अद्भुत सामंजस्य प्रतीत होता है। यौगिक अंकों के अद्भुत और अदृश्य प्रभाव की ओर मुड़ते हुए, यदि हम जन्मांक में नामांक अर्थात् 3 में 7 जोड़ें तो हमें यौगिक अंक 10 प्राप्त होगा। चौथे अध्याय में हमने पढ़ा कि

अंक दस का भाग्य चक्र का अंक माना गया है। यह अंक सम्मान, विश्वास और आत्मविश्वास, उतार-चढ़ाव का सूचक है। इस अंक के व्यक्ति का नाम अच्छाई या बुराई के लिए जाना जाता है। ऐसा व्यक्ति अपनी इच्छानुसार कार्य करता है। यह अंक भाग्यशाली माना गया है, क्योंकि इस अंक के व्यक्ति की योजनाएं आसानी से कार्य रूप ले लेती हैं। जन्मांक का यौगिक अंक लें तो 12 फरवरी का अंक ज्योतिष की दृष्टि से जीवन पर क्या प्रभाव पड़ता है, यह भी हम चौथे अध्याय में पढ़ चुके हैं कि :

इस अंक का प्रतीक अर्थ दुःख, कष्ट और मनस्ताप है। यह अंक किसी प्रकार के कांड का शिकार अथवा बलिदान का सूचक है। ऐसा व्यक्ति प्रायः दूसरे व्यक्तियों के कुचक्र और योजनाओं का शिकार होता है, अतः इस अंक को इस बात की पूर्वसूचना मानना चाहिए।

अब हम नामांक 16 को लें जो कि एक यौगिक अंक है। इसके बारे में भी हम पढ़ चुके हैं :

16 अंक का एक विशिष्ट रहस्यवादी अर्थ है। इस अंक का प्रतीक चित्र एक मीनार है जो बिजली गिरने से ढह रही है और उसमें से एक

मुकुटधारी व्यक्ति गिर रहा है। इसे ध्वस्त किले की संज्ञा भी दी गई है।

यह अंक किसी दुर्घटना की पूर्वसूचना देता है।

जब हम लिंकन की हत्या पर विचार करते हैं, तो हम इस पद्धति के यौगिक अंक के रहस्यपूर्ण प्रभाव को मानने से इंकार नहीं कर सकते। उस दिन शुक्रवार 14 अप्रैल की रात लिंकन थियेटर में बॉक्स में बैठा था, जब उसकी हत्या की गई।

इसके अतिरिक्त लिंकन अमेरिका का सोहलवां राष्ट्रपति था, उसका एकल अंक 7 बनता है जो उसके नामांक से मेल खाता है।

फ्रैंकलिन डेलानो रूजवेल्ट (Franklin Delano Roosevelt)

अमेरिका के 32वें प्रेजीडेंट रूजवेल्ट 30 जनवरी, 1882 में न्यूयार्क के हाइड पार्क में रात को आठ बजकर अठारह मिनट पर पैदा हुए थे।

उनके नामांक इस प्रकार हैं :

FRANKLIN	DELANO
8215 2 315	4 53157
=27	= 25
=9	= 7

बाइबल और अंक

इस पुस्तक के पिछले अध्यायों में मैंने यहूदी जाति के कथनानुसार अंक 7 व कुछ अन्य अंकों के प्रभाव का वर्णन किया है।

दुनिया के आश्चर्यों में एक आश्चर्यजनक तथ्य यह भी है कि किसी भी अन्य जाति की अपेक्षा अधिक उत्पीड़ित और दरिद्र यहूदी जाति अपने सेक्रेंड ला (पवित्र कानून) के पृष्ठों में वर्णित धर्म की पाबंद रही है। यही नहीं, यह सेक्रड ला (पवित्र कानून) जिस भूमि तक भी पहुंची है, वहां ही यह आधारभूत धर्म बनता गया है।

इस पुस्तक में, जो बाइबल के नाम से प्रसिद्ध है, प्रायः ज्ञान को सामान्य पाठकों के सामने प्रकट होने देने की अपेक्षा छुपाने का यत्न अधिक रहा है।

जिन व्यक्तियों ने प्रारम्भ से अन्त तक बाइबल पढ़ी है, शायद उन्होंने भी इस बात पर गौर न किया हो कि इस पुस्तक का सबसे छोटा और सबसे बड़ा अध्याय एक-दुसरे के कितने समीप हैं। छोटे-से-छोटे अध्याय 117 वां है और बड़ा-से-बड़ा 119 वां है। इन छोटे और बड़े अध्यायों के बीच का 118 वां अध्याय स्वयं में संयोगवश एक ऐसा अंक है जो हमें इस निर्णय पर पहुंचने को विवश करता है कि इन तीनों स्तोत्रों (अध्यायों) को जान-बूझकर, किसी विशेष उद्देश्य से, साथ-साथ

---

1. वास्तव में अपनी-अपनी शिक्षा-दिक्षा के अनुसार विभिन्न विद्वानों ने अलग-अलग समय में और अलग-अलग देशों में बाइबिल को विभिन्न अध्यायों में विभाजित किया है। इसलिए बाइबिल का वत्तमान में जैसा अध्याय-विभाजन किया हुआ मिलता है, उससे किसी प्रकार की वैचाारिक टकराहट या दुर्भावना का प्रशन ही पैदा नहीं होता

रखा गया है। इसका कारण शायद यह हो कि इस संयोग का सम्बन्ध, जल्दी या देर से कभी-न-कभी तो, सत्य के खोजी व्यक्तियों की समझ में आयेगा ही। यह एक दैवी योग या दैवी प्रेरणा थी, जिसने न केवल इसके लेखक को अपितु हजारों वर्ष बाद इस पुस्तक का अन्य भाषाओं में अनुवाद करने वाले अनुवादकों को भी प्रेरित किया।

118 वां अध्याय, जो बाइबल के छोटे और बड़े अध्यायों के बीच का अध्याय है, वास्तव में बाइबल का मध्य और केन्द्रीय पद्य भी है।

इस पवित्र पुस्तक का केन्द्रीय पद्य 118 वें अध्याय का 8 वां पद्य-भाग हैं।[1]

इस पद्य के शब्दों के अर्थ का अपना महत्त्व है। उस ध्रुव सत्य का सारांश है जो बाकी के अध्यायों में बताया गया है। वे शब्द हैं, "बेहतर है कि हम मनुष्य में विश्वास करने की अपेक्षा प्रभु में विश्वास रखें।"

यदि हम अध्याय या स्तोत्र 118 के पद्य 8 को लें और इसके साथ-साथ इसके अंक भी लिखें, तो यह 1188 बनता है, यह संख्या वास्तव में बाइबल के कुल अध्यायों की संख्या है। यही संख्या उपर्युक्त पद्य की भी है, जिसे मैंने पहले भी इस पुस्तक का केन्द्रीय पद्य कहा है।

118 वें स्वोत्र या पद्य के अतिरिक्त 117 वां अध्याय बाइबल का सबसे छोटा अध्याय है और यह केवल अद्भुत तथ्य ही नहीं, बल्कि आश्चर्य और पुनरावृत्ति का विषय है कि मध्य का अध्याय है और इस पहले और बाद के अध्यायों की संख्या में भी अद्भुत समानता है।

इस बात की खोज करने का, कि क्या 117 वां अध्याय वास्तव में ही मध्य का या केन्द्रीय अध्याय है, सबसे सरल उपाय यह है कि इस पवित्र पुस्तक के अधिकृत कथन के प्रारम्भ में दी गई तालिका को पढ़ा जाय।

इस तालिका में 6 कालम या 39 पुस्तकें हैं जो ओल्ड टेस्टामेंट कहलाती हैं ओर 27 पुस्तकें न्यू टेस्टामेंट की है। इन छः कालमों में दिए गए अध्यायों की संख्या जोड़ें तो 1189 बनती है जो कि बाइबल के अध्यायों की भी है। इस प्रकार निश्चित है कि मध्य का अध्याय 595 वां होना चाहिए और इससे पहले 594 अध्याय हों और बाद में भी 594 अध्याय हों।

595 का अंक 117 वें भजन, स्तोत्र या अध्याय का अंक है। बाइबल के अध्यायों की गणना के आधार पर यह पद्य या अध्याय पूर्ण सन्तुलन या समरूपता के विचार का सूचक है अर्थात् इसे चाहे दाएं से पढ़ना प्रारम्भ करें या बाएं से यह एक ही अर्थ देता है। यह अपने-आप में पूर्ण सन्तुलन का सूचक है और केन्द्र से दो बराबर भागों या संतुलित विन्यास का द्योतक है।

बाइबल का यह सबसे छोटा अध्याय पूरी पुस्तक का केन्द्रीय अध्याय है और इसका अद्भुत महत्त्व है। इसमें कहा गया है :

"सभी राष्ट्रो! प्रभु की प्रशंसा करो, सभी मनुष्यों! ईश्वर की पूजा करो। उसकी दया हमारे लिए महान् कृपा है। ईश्वर एक ऐसा सत्य है, जो शाश्वत रूप से विद्यमान रहता है।"

यह जो उदाहरण मैंने यहां दिया है, उसे हमें केवल संयोग ही नहीं मान लेना चाहिए। क्योंकि जब हम इसे समग्र रूप में देखें, जैसा कि किया भी गया है, तो यह बाइबल की रचना की कुंजी मानी जानी चाहिए। जिसे हम दैवी प्रेरणा भी कह सकते हैं। इससे पता चलता है कि ये तीनों अध्याय इस अद्भुत संयोग को बनाने के लिए ही रचे गए और बाइबल का विभाजन या उसकी गणना अपने-आप में इतनी पूर्ण है कि इसके एक महत्त्वपूर्ण हिस्से के लिखे जाने से पूर्व ही इसकी योजना बन चुकी थी, जबकि वह भाग बहुत बाद में लिखा गया।

नक्षत्र विद्या और नक्षत्र विद्या के अंक

अधिकतर लोग सोचते है कि नक्षत्र विद्या भी वर्षों से चले आ रहे अंधविश्बासों में से एक है। किन्तु वास्तव में जयोतिष विद्या निर्धारित नियमों का गणनात्मक प्रयोग है। इसके नियम भी हस्तरेखा शास्त्र और अंक ज्योतिष विज्ञान के नियमों से किसी भी प्रकार कम नहीं हैं।

सभी विज्ञान एक साधारण आधार से प्रारम्भ होते हैं। तथ्यों को सूक्ष्मता से एकत्रित कर, उनके आधार पर प्रयोग किए जाते हैं और उन प्रयोगों से निष्कर्ष निकाले जाते हैं। यही नियम रसायन विज्ञान, भौतिकी, जीव विज्ञान और अन्य विज्ञानों पर भी लागू होता है। एक नियम के निर्धारण के उपरांत हम किसी अन्य स्थिति को उस नियम पर लागू करें तो उस परिस्थिति के क्या परिणाम मिलेंगे, इसका ज्ञान हमें हो सकता हैं। खगोल शास्त्री की कार्यप्रणाली भी यही है। इस विद्या में यह स्थापित हो चुका है कि यदि किसी व्यक्ति के जन्म के समय और स्थान के निकट मंगल ग्रह पूर्व दिशा में हो तो वह व्यक्ति ताकतवर, जिद्दी और स्फूर्तिमय होगा। दूसरे शब्दों में अंतरिक्ष में होने वाले कुछ घटना-क्रम पृथ्वी पर होने वाले कुछ घटना-क्रमों से मेल खाते हैं।

ऐसा क्यों और कैसे होता है, यह कोई नहीं जानता। साधारण तथ्य वही रहते हैं और कोई भी व्यक्ति जो गणित की और नक्षत्र विद्या

की समझ रखता है, इस तथ्य की पुष्टि कर सकता है। नक्षत्र विद्या के आधार-भूत तथ्यों को आज तक कोई झुठला नहीं पाया है। यह याद नखना चाहिए कि ज्योतिषियों द्वारा की गई भविष्यवणियां भी वैज्ञानिकों द्वारा किए गए प्रयोगों की तरह ही रहस्यमय नहीं हैं। दोनों विद्याएं सृष्टि के नियंत्रक तथ्यों और नियमों पर आधारित हैं।

ज्योतिष विद्या शास्त्रियों का मानना है कि व्यक्ति के जन्म के समय आकाश में नक्षत्रों की स्थिति से व्यक्ति के बारे में बहुत कुछ जाना जा सकता है।

सभी मनुष्यों का उनके जन्म के महीने के आधार पर 12 श्रेणियों में वर्गीकरण किया जा सकता है। यह सत्य है कि एक माह में कई लोग जन्म लेते हैं किन्तु यदि 1 से 20 जनवरी के मध्य जन्मे बीस लोगों का ध्यान-पूर्वक विश्लेषण किया जाय तो हम देखेंगे कि उनका ऊपरी चरित्र कितना भी भिन्न क्यों न हो, शिक्षा, परिवेश, सामाजिक पद, मानसिक बिकास आदि के कारण कुछ विशेषताएं इन लोगों में समान होंगी।

इस कारण मैंने बहुत निरीक्षण और अनुभव के आधार पर कुछ परिणाम निकाले हैं और अगले पृष्ठों में विभिन्न महीनों के साथ उनका सम्बन्ध स्थापित किया है। चरित्र और भाग्य की ये सामान्य विशेषताएं आश्चर्यजनक रूप से सही निकलेंगी। इस विवरण में प्रत्येक व्यक्ति के सभी गुणों का वर्णन कर पाना कठिन है, और सम्भव है कि इनमें से कुछ गलत भी सिद्ध हों। यदि हम किसी व्यक्ति के बारे में कुछ गलत वर्णनों का छोड़ दें तो ये विवरण निश्चय ही हमारे मार्ग-दर्शक होगे।

किसी व्यक्ति के चरित्र की सूक्ष्मताएं, उसकी बुद्धि की परख, उसके विशेष गुण, उसकी सामान्य व असामान्य भावनाओं का पता उसकी जन्म पत्री देखकर ही लगाया जा सकता है। यह व्यक्ति के जन्म-स्थान, तिथि और समय पर निर्भर करता है। जन्म-पत्री बनाने के

लिए किसी व्यावसायिक ज्योतिषी से बात करना आवश्यक है।

चन्द्रमा से संबंधित

इतिहास के प्रारम्भ से ही चन्द्रमा ने मानव जीवन में एक महत्त्वपूर्ण भमिका अदा की है। चन्द्र-मण्डल को मनुष्य ने सदा से समय-गणना का माप माना है।

बाइबल तथा अन्य सभी देशों के धार्मिक ग्रन्थों में चान्द्र मास को सभी धार्मिक अनुष्ठानों से जोड़ा गया है। चर्च का वार्षिक उत्सव भी प्रति वर्ष चान्द्रमास पर आधारित होता है।

हम यह जानते हैं कि सभी पशुपक्षी और सभी जीव चन्द्रमा की अन्य अवस्थाओं की अपेक्षा पूर्णिमा पर अधिक गतिशील हो जाते हैं।

हम जानते हैं कि समुद्र में ज्वार-भाटा भी चन्द्रमा के आकर्षण पर निर्भर करता है। इसलिए जब मनुष्य समुद्री यात्रा पर जाए तो उसे चंद्रमा के समय और अवस्था को ध्यान में रखना चाहिए।

अव्यवस्थित मस्तिक वाले व्यक्तियों और चंद्रमा की अवस्थाओं के बीच स्थापित सबंध को भी हम भली भांति जानते हैं।

हम उन विशेष मतिभ्रमों को भी जानते हैं जो सोते समय चंद्रमा कें प्रकाश से उत्पन्न होते हैं।

हम 28 दिवसीय चंद्रमा के क्रम और स्त्रियों के मासिक धर्म के अटूट और स्पष्ट सम्बन्ध को भी जानते हैं।

हर युग में जिन लोगों ने भी प्रकृति का अध्ययन किया उन्होंने पाया कि वनस्पति, जीव व्यवहार और मनुष्य की मानसिक चेष्टाओं पर चंद्रमा का स्पष्ट प्रभाव है।

युग-युग से रसायनविदों द्वारा निष्पादित सिद्धांत ही प्रचलित थे।

उन्हें आधुनिक वैज्ञानिकों ने भी पुनः खोजा और सत्य साबित किया है। इसी प्रकार चंद्रमा के प्रभाव से सम्बन्धित प्रचीन काल के ज्योतिषयों के सिद्धांत भी (यद्यपि ये असंगत हैं परन्तु विचारणीय सामग्री से युक्त हैं) आने वाले समय में वैज्ञानिकों द्वारा सत्य साबित किए जा सकते हैं।

यहां हम प्रतिदिन के जीवन में चंद्रमा के और चांद्रमास के प्रभाव की चर्चा करेंगे।

आइए हम ज्योतिषशास्त्र की परम्पराओं को एक बार समझ लें।

पूरी प्रकृति स्पंदन, परिवर्तन और गति की अवस्था में मानी गई है। मनुष्य के शरीर में हृदय की मांसपेशियां हर समय सिकुड़ती और फैलती रहती हैं जिससे धमनियों में रक्त-संचार होता है। फेफड़े वायु खींचते और छोड़ते हैं। आदमी सोता, जागता, काम करता और आराम करता है। गर्मी के बाद सर्दी आती है। ध्रुवों का घूमना भी युग-युगों से निर्धारित चक्र के अनुसार होता है।

एक प्रकार से हम कह सकते हैं कि परिवर्तनशील चंद्रमा पृथ्वी पर हो रही जीवन की गतिविधियों को प्रभावित भी करता है और इसका सूचक भी है।

पृथ्वी पर जीवन की गति में हर 30 वें दिन परिवर्तन आता है। जीवन का विस्तार उन 14 या 15 दिनों में होता है, जब चंद्रमा बढ़ रहा होता है अर्थात् प्रतिपदा से पूर्निमा तक। गतिविधि में आने वाला धीमापन चंद्रमा के घटने के कारण होता है अर्थात् पूर्णिमा से अमावस तक।

चंदमा के परिवर्तन का प्रभाव

जिस अवधि में चंद्रमा बढ़ता है, अर्थात् चांद्रमास के प्रथम दो सप्ताह, आध्यात्मिक और भौतिक साधनों के विकास के लिए लाभदायक

हैं। जिन दिनों चंद्रमा घटता है, वह अवधि हर गतिविधि में शिथिलता लाती है। प्राचीन ज्योतिषियों के कथनानुसार दोनों अवधियों का मनुष्य के जीवन में अपना अलग महत्त्व है।

इसलिए किसी कार्य के अधिकतम विकास और विस्तार के लिए यह आवश्यक है कि उसकी शुरुआत चंद्रमा के बढ़ने के दिनों में की जाय, जैसे बीच बोना या पौधा लगाना, यात्रा करना, किसी कार्य को हाथ में लेना, धन लगाना, और नए संबंध स्थापित करना आदि।

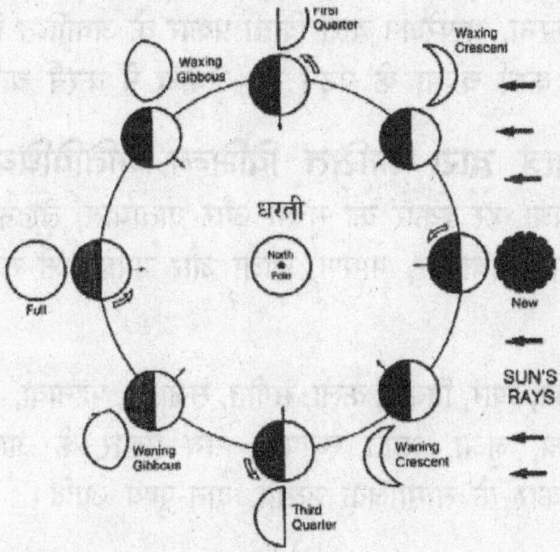

चित्र—4

यहां चंद्रमा के परिवर्तन के कारण की व्याख्या करना लाभदायक रहेगा। जिस प्रकार पृथ्वी एक वर्ष में सूर्य के गिर्द चलकर काटती है, उसी प्रकार चंद्रमा 28 दिन में पृथ्वी के गिर्द एक चक्कर काटता है। इस बीच पृथ्वी थोड़ा-सा घूम चुकी होती है। इसलिए पूर्णिमाओं के बीच 30 दिन हो जाते हैं। सूर्य की किरणें चंद्रमा के उस भाग को प्रकाशित करती हैं जो सूर्य की ओर होता है। इस प्रकार जब चंद्रमा

'क' की स्थिति में होता है, तब वह पृथ्वी से दिखाई नहीं देता अतः हम इसका एक कोना देख पाते है : 1, जब अमावस्या के बाद, चंद्रमा एक चौथाई यात्रा कर लेता है तब वह 'ख' की स्थिति में पहुंचता है और तब वह 2 के आकार का दीखता है। एक सप्ताह बाद यह 'ग' की स्थिति में आता है तब इसका 3 का आकार (पूर्णिमा) दिखाई देता है। अंत में 'घ' की स्थिति आती है। इस प्रकार यह परिवर्तन सात दिन का प्राकृतिक आधार है।

इसी प्रकार फसल काटना, कीटाणुओं और हानिकारक जीव-जन्तुओं का सफाया करना, आपरेशन द्वारा किसी प्रकार के अवांछित विकास को हटाना आदि कार्य चंद्रमा के घटने की अवधि में करने चाहिए।

प्रत्येक नक्षत्र द्वारा शासित विभिन्न गतिविधियां

बुध—यात्रा, हर प्रकार का संचार और यातायात, लेखन, दूरदर्शन, रेडियो, विज्ञापन, पत्राकार, भाषण, शिक्षा और युवाओं से सम्बद्ध सभी गतिविधियां।

शुक्र—प्रेम, प्यार, विवाह, कला, संगीत, सजावट, पहनावा, मनोरंजन, अवकाश, नृत्य, जुआ, शांति स्थापना, सब प्रकार के आनन्द, घाव भरना, हर प्रकार के सामाजिक उत्सव, दान-पुण्य आदि।

मंगल—खेलकूद, शिकार, युद्ध, कुश्ती, सभी कार्य जिनमें शक्ति, ताकत और साहस की आवश्यता हो, यांत्रिक कार्य, स्टंटबाजी, सर्जरी, सार्वजनिक आंदोलन आदि।

बृहस्पति—हर प्रकार का व्यवसाय, धन लगाना, बैंक के कार्य, धार्मिक अनुष्ठान, दूसरों से पक्ष की अपेक्षा, मुकदमों के निर्णय, हर प्रकार के उत्सव जिसमें दूसरों की सहायता करने की इच्छा हो और अपना भी लाभ हो।

शनि—गहन अध्ययन, ध्यान योग, सही तर्क-वितर्क, खदान से

सम्बद्ध कार्य, जमीन-जायदाद और सम्पत्ति से सम्बद्ध कार्य, खेती-बाड़ी, चित्रकला, गणित तथा वे कार्य जिनमें स्थिर चिंतन आवश्यक हो।

अरुण (यूरेनस)—प्रत्येक विकसित कार्य, अन्वेषण, आविष्कार, रहस्य विद्या, ज्योतिष विद्या, दूरानुभूति, आदर्शवादी गतिविधियां, फोटोग्राफी, वायरलेस, हवाई यात्रा, बिजली से सम्बन्धित खोज और अध्ययन, मानसिक कार्य जो एकाग्रचित्त होकर किए जाएं।

वरुण(नेप्चून)—समुद्री यात्रा, स्नान, ऐन्द्रिक सुख, आध्यात्मिक अनुभव, पूर्वानुभव, आध्यात्मिक सत्संग, संगीत और कला के उच्च स्तर, हर प्रकार का दिव्यीकरण।

जनवरी में जन्मे व्यक्तियों के चरित्र की मुख्य विशेषताएं

मकर राशि का चक्र 21 दिसम्बर से प्रारम्भ होता है किन्तु 7 दिन तक पिछली राशि के संक्रांति काल से प्रभावित रहने के कारण यह 28 दिसम्बर तक अपनी पूर्ण गति में नहीं आ पाता। इसी प्रकार 20 जनवरी तक यह अपनी पूर्ण गति में रहता है और अगले सात दिन तक इसकी गति धीमी पड़ जाती है, क्योंकि अगली आने वाली राशि कुम्भ का संक्रांति काल इस पर प्रभावी होने लगता है।

20 से 27 जनवरी के मध्य जन्मे लोगों में मकर और कुम्भ दोनों राशियों के गुण विद्यमान होते हैं। यह नियम उन सभी व्यक्तियों पर लागू होता है जो किसी भी राशि के संक्रांति-काल में पैदा होते हैं।

इस अवधि में जन्मे लोग मानसिक रूप से सबल होते हैं, किन्तु प्रायः अन्य व्यक्तियों द्वारा गलत समझे जाते हैं।

ये व्यक्ति विचारक एव तार्किक बुद्धि से सम्पन्न होते हैं और किसी संस्था या सरकारी प्रतिष्ठान में उच्च पर आसीन होते हैं।

ये लोग अपने कार्यों में स्वतन्त्र और उच्चकांक्षी होते हैं तथा इन्हें

दूसरों द्वारा किसी प्रकार का हस्तक्षेप पसंद नहीं। जो कार्य इन्हें सौंपा जाए, उसमें ये नेतृत्व करते हैं, यदि ऐसा न हो तो इनकी उस कार्य में दिलचस्पी नहीं रहती।

प्रेम, कर्त्तव्य और सामाजिक पद के प्रति इन व्यक्तियों के विचार अद्भुद होते हैं। इस कारण इन्हें अन्य व्यक्ति 'अजीब' समझते हैं और थे उनमें आसानी से घुलमिल नहीं पाते।

यद्यपि ये धार्मिक प्रकृति के नहीं होते, फिर भी इनमें गहरी भक्ति-भावना होती हैं और ये दूसरों को लाभ पहुंचाने के लिए यथाशक्ति प्रयत्न करते हैं।

इनका ध्येय गिने-चुने लोगों को नहीं बल्कि जन समुदाय को लाभान्वित करना होता है।

ये लोग अद्भुत वक्ता बन जाते हैं, किसी भाषण के आधार पर नहीं बल्कि सीधी-सच्ची बात कहने की वजह से। प्रायः ये इससे लाभन्वित भी होते हैं।

ये लोग प्रायः जनसमुदाय के विरोधी विषय को अपना लेते हैं जो इनकी गलती होती है। इस तरह ये अपने शत्रु पैदा कर लेते हैं, क्योंकि लोग इन्हें गलत समझते हैं।

अपने कर्त्तव्यों के प्रति अत्यधिक जागरूक होते हैं और इनका स्वास्थ्य चिन्ता के कारण खराब रहता है।

ये व्यक्ति लोगों और वस्तुओं के बारे में ज्ञान तो रखते हैं किन्तु शीघ्र ही हतोत्साह हो जाते हैं। इनमें आत्म-विश्वास की कमी होती है।

यद्यपि ये स्वाभाव से कठोर प्रतीत होते हैं किन्तु इनका हृदय दुखियों के प्रति नर्म होता है और ये खुले हाथ से दान-पुण्य करते हैं। दान-पुण्य करने में ये व्यक्ति की अपेक्षा संस्थाओं को चुनते हैं।

यदि इनका झुकाव धर्म के प्रति हो तो ये अतिवादी हो जाते हैं और धार्मिकता इनको कट्टरवादी बना देती है। ये लोग बुद्धिवादी और समझदार व्यक्तियों के समर्थक और स्वयं गहन चिन्तक होते हैं। दूसरों के कार्यों में ये हस्तक्षेप नहीं करते और अपने कामों में दूसरों के हस्तक्षेप भी इन्हें बर्दाश्त नहीं।

इन लोगों को सामाजिक जीवन को अपना लक्ष्य बनाना चाहिए क्योंकि इन क्षेत्रों में ये प्रायः सफल होते हैं। सरकारी संस्थाओं व उत्तरदायित्वपूर्ण पदों पर जहां इन्हें अन्य लोगों पर नियंत्रण रखना हो, वहां इन्हें सफलता मिलती है।

इन व्यक्तियों का अत्यधिक विरोध होता है किन्तु ये उसका सामना दार्शनिक भाव से करते हैं। इनका गृहस्थ जीवन प्रायः कष्टकारक ही रहता है। ये अपने-आप को अकेला और दूसरों द्वारा गलत समझा गया अनुभव करते हैं।

मित्र—इनकी मैत्री उन व्यक्तियों से बहुत प्रगाढ़ होती है जो इनके अपने समय में पैदा हुए हों। अर्थात् 21 दिसम्बर से जनवरी के अन्त तक और 20 अप्रैल से मई के अन्त तक और इनके केन्द्रीय आकर्षण 21 जून से 20-27 जुलाई व 21 अगस्त से 20-27 सितम्बर के बीच जन्में लोगों से होती है।

स्वास्थ्य—इन व्यक्तियों को प्रायः अपच, गठिया और पैरों में दर्द की शिकायत रहती है।

रंग—इनके लिए लाभदायी रंग ग्रे, बैंगनी, जामुनी और काले रंग के सभी शेड्स रहती है।

रत्न—इन व्यक्तियों के जन्म रत्न, चंद्रमणि, मोती और नीलम हैं।

वर्ष के इस भाग में पैदा हुए कुछ प्रसिद्ध व्यक्ति

द अर्ल आफ़ वेकन्सफील्ड	21	दिसम्बर
जोसेफ स्टालिन	21	"
मार्लिन डिट्रिच	27	"
वुडरो विल्सन	28	"
डब्लू ई. ग्लैडस्टोन	29	"
रुडयार्ड किपलिंग	30	"
प्रिंस चार्ली	31	"
क्लीमेंट एटली	3	जनवरी
हरबर्ट मौरिसन	3	"
जान आफ़ आर्क	6	"
सर लारेंस अलमा तादेमा	8	"
विकी कालिंस	8	"
लार्ड कर्जन आफ़ केडलस्टोन	11	जनवरी
हर्मन गोरिंग	12	"
गमाल नासिर	15	"
एडमिरल अर्ल बीटी	16	"
बेंजामिल फ्रैंकलिन	17	"
काम्पटन मेकैंजी	17	"
डेविड लायड जार्ज	17	"
कैसियस क्ल	18	"
लार्ड बायरन	22	"
फ्रांसिस वेकन	22	"
प्रशिया का फ्रेडरिक महान्	24	"
विल्हेम फर्टवेंगलर	25	"
डब्लू. समरसेट माम	25	"
जनरल मेकार्थर	26	"

फरवरी माह में जन्मे व्यक्ति के चरित्रा की मुख्य विशेषतायें

कुम्भ राशि का चक्र 21 जनवरी से प्रारंभ होता है किंतु सात दिनों तक पिछली राशि के संक्रांति-काल से प्रभावित रहने के कारण यह 28 जनवरी तक अपनी पूर्ण गति में नहीं आ पाता। 19 फरवरी तक यह अपनी पूर्ण गति में रहता है और अगले सात दिनों तक इसकी गति धीमी पड़ जाती है क्योंकि अगली आने वाली राशि 'मीन' का संक्रांति-काल प्रभावी होने लगता है। संक्रांति-काल में पैदा हुए व्यक्तियों में दोनों राशियों के गुण पाए जाते हैं।

ये लोग जीवन में एकाकी अनुभव करते हैं। ये अत्यधिक संवेदनशील होते हैं और इनकी भावनाओं को जल्दी ही ठेस लग जाती है। ये दूसरों के चरित्र को आसानी से समझ जाते हैं इसलिए ये उनके अन्तर्तम तक झांक लेते हैं जिसके कारण ये कभी प्रसन्नता का अनुभव नहीं कर पाते।

ये लोग प्रेम का प्रदर्शन नहीं करते किन्तु इनका प्रेम सच्चा होता है। यदि ये उचित समझें तो अपने मित्रों के लिए अन्त तक संघर्ष करते हैं किन्तु यदि इन्हें कोई बात अनुचित लगे तो ये उसका पूरा विरोध भी करते हैं। यदि ये असामाजिक तत्त्व हों तो ये किसी भी प्रकार की चोट या अन्याय का बदला लेने के लिए किसी भी सीमा तक जा सकते हैं।

ऐसे व्यक्ति तनाव में जीते हैं और अक्सर अपना आपा खो बैठेते हैं। ऐसी स्थिति में ये कुछ भी कह या कर देते हैं जिसके लिए बाद में पछताते भी हैं। लोक सेवा में ये बहुत कार्यशील रहते हैं और दूसरों के लाभ के लिए अपना सब कुछ देने को तत्पर रहते हैं।

तार्किक बुद्धि के व्यक्ति होने के कारण ये तर्क-वितर्क में सदा सफल रहते हैं और इनको अपनी बात से सहमत करवाना कठिन कार्य

है। इनका मस्तिषक वैज्ञानिक पद्धति पर कार्य करता है।

यदि ये व्यक्ति व्यापार और लेन-देन में अपना दिमाग लगाएं तो बहुत सफल होते हैं। किन्तु ये व्यक्ति अपने स्वयं की अपेक्षा दूसरों के लिए अधिक धनार्जन करते हैं।

इन व्यक्तियों को चाहिए कि अपनी भावुकता को कम करें और आत्मशक्ति को बढ़ावा दें ताकि जीवन के प्रत्येक लक्ष्य को प्राप्त करने में सफल हों। ऐसे व्यक्ति उन कार्यों में अधिक होते हैं, जहां ये दूसरों के प्रति उत्तरदायित्व का अनुभव करते हैं। इस राशि के जागृत चेतना वाले व्यक्ति अपने पीछे अपना नाम छोड़ जाते हैं। इनमें दूरदृष्टि, कल्पना और अन्वेषण शक्ति होती है।

जन-सभाओं और जनोत्सवों में इनकी गहरी रुचि होती है। यद्यपि ये संगीत सभाओं, थियेटरों और भीड़भाड़ वाले स्थानों में जाना पसंद करते हैं, फिर भी अपने को जीवन में अकेला अनुभव करते हैं।

परिस्थितियों का सामना करने पर जो इनकी विशेषताएं सामने आती हैं, उनमें विरोधाभास होता है। यद्यपि ये स्वयं तनावग्रस्त रहते हैं किन्तु ये अर्द्धविक्षिप्त और बेकाबू लोगों पर पूरा नियंत्रण रख पाते हैं। प्रायः इनका जीवन ऐसे लोगों को नियंत्रित करने में ही बीतता है।

इनके नेत्रों में नियंत्रण-शक्ति होती है, अतः ये सामने वाले को आसानी से नियंत्रित कर लेते हैं।

इनकी सबसे बड़ी कमी यही है कि जब तक इनके सामने परिस्थितियां अत्यन्त विकट रूप में न आ खड़ी हों, तब तक ये अपनी विशेषताओं का पूर्ण प्रयोग नहीं कर पाते।

यदि जन्म से ही इनके पास धन-दौलत हो तो ये अपनी विशेषताओं का प्रयोग नहीं करते जिससे अवसर इनके हाथ से निकल

जाते हैं, और बहुत देर होने पर ये अपनी गलती अनुभव करते हैं। यदि इस अवधि में पैदा हुए व्यक्ति असामाजिक तत्त्व हों तो ये आदर्श और सम्मान खो बैठते हैं। पूर्ण रूप से अविश्वसनीय हो जाते हैं। धन के मामले में धोखेबाज एवं बेईमान हो जाते हैं। जो ये चाहते हैं उसे प्राप्त करने के लिए ये कोई भी कदम उठा सकते हैं।

मित्र—प्रेम और मैत्री के मामले में इनकी 21 मई से 20 जून तक और संक्रांति-काल के 7 दिन जोड़कर जून के अन्त तक, 21 सितम्बर से 20-27 अक्तूबर और 20-27 नवम्बर तक और जीवन के त्रिकोण के मध्य पैदा हुए लोगों से घनिष्ठता होती है।

स्वास्थ्य—इन व्यक्तियों को पेट या पेट की नसों की बीमारियां अक्सर रहेंगी। ये बीमारियां साधारण इलाज से ठीक होने वाली नहीं होतीं। रक्त का प्रवाह गड़बड़ाया रहता है और नेत्र-रोग की भी संभावना रहती है।

रंग—इनके लिए भाग्यशाली रंग—नीला और ग्रे, तथा इनके चमकीले शेड्स। ये इनके मूल रंग हैं।

रत्न—इन व्यक्तियों का जन्म रत्न हैं—नीलम, पुखराज और चन्द्र-मणि।

वर्ष के इस भाग में जन्में कुछ प्रसिद्ध व्यक्ति

जनरल गार्डन	28	जनवरी
फ्रैंकलिन डी. रूजवेल्ट	30	,,
चार्ल्स लिडबर्ग	4	फरवरी
सर हार्टली शॉक्रौस	4	,,
सर हेनरी इरविंग	6	,,
चार्ल्स डिकेन्स	7	जनवरी
लार्ड कारसन	9	,,

एडिसन	11 "
अब्रहम लिंकन	12 "
डार्विन	12 "
जी. एम. ट्रेवलियन	16 "
एलिजाबेथ टेलर	17 "
आर्थर ब्रायंट	18 "
कापरनिकस	19 "
डेविड गैरिक	20 "
लार्ड बेडन-पावेल	22 "
जार्ज वाशिंगटन	22 "
सैमुअल पेपीज	23 "
हैंडल	23 "

मार्च माह में जन्मे व्यक्तियों के चरित्र की मुख्य विशेषताएं

मीन राशि का चक्र 20 फरवरी से प्रारम्भ होता है। किन्तु 7 दिन तक पिछली राशि के संक्रांति-काल से प्रभावित रहने के कारण यह 27 फरवरी तक अपनी पूर्ण गति में नहीं आ पाता। अतः 20 मार्च तक यह अपनी पूर्ण गति में रहता है। और अगले सात दिन तक इसकी गति धीमी पड़ जाती है क्योंकि अगली आने वाली राशि मेष का संक्रांति-काल इस पर प्रभावी होने लगता है।

इन व्यक्तियों में अद्‌भुत समझ होती है जो पुस्तकों या अध्ययन से ही प्राप्त नहीं की गई होती। ये व्यक्ति आसानी से ज्ञान प्राप्त कर लेते हैं, विशेष रूप से राष्ट्रों के इतिहास, यात्राओं और अन्वेषण जैसे विषयों का। यद्यति ये प्रकृति के उदार होते हैं किन्तु फिर भी ये धन के मामले में व्याकुल रहते हैं और भविष्य की चिन्ता इन्हें निरन्तर सताती रहती है। मेरे विचार में इनकी इस मनःस्थिति का कारण इनका

धन के प्रति झुकाव नहीं है बल्कि यह कारण है कि ये किसी पर निर्भर नहीं रहना चाहते।

इस विशेषता के कारण प्रायः लोग इन्हें गलत समझ बैठते हैं। अक्सर इन्हें कंजूस समझा जाता है जबकि यथार्थ में ये ऐसी नहीं होते।

इस माह में जन्मे लोग अपने वायदों पर पूरे नहीं उतरते। खासतौर पर धन के मामले में। एकाएक ये धन देने का वायदा तो कर बैठते हैं, किन्तु समय मिलने पर जब उस पर विचार करते हैं तो भविष्य में धन की तंगी की चिन्तावश ये अपना वायदा पूरा नहीं करते या जितना धन देने का वायदा किया होता है उसका आधा ही देते हैं।

ये व्यक्ति मानसिक रूप से अधिक महत्त्वाकांक्षी होते हैं। यद्यपि ये अपने बारे में पूर्ण विश्वस्त होते हैं, किन्तु यदि इन्हें उसका जनसमूह में परीक्षण करना पड़े तो ये झिझकते हैं और अपने व्यक्तित्व के प्रति सशंकित हो उठते हैं।

ये लोग अक्सर चिन्ताग्रस्त रहते हैं और उदास हो जाते हैं। ये सोचते है कि सब लोग इनके खिलाफ हैं और इनका शोषण करने पर तुले हैं।

यदि इन्हें पूर्ण विश्वास में लिया जाए तो ये पूर्ण ईमानदार और निष्ठावान् साबित होते हैं। जो भी कार्य इन्हें सौंपा जाता है, उसे ये निष्ठापूर्वक पूरा करते हैं। ये व्यक्ति दूसरों के प्रति निष्ठावान् और उत्तरदायित्व निभाने वाले होते हैं।

कई संगीतज्ञ, कलाकार और लेखक इस अवधि में जन्मे हैं। अपनी पूर्ण प्रतिभा का प्रदर्शन करने के लिए इनका उत्साह बढ़ाना आवश्यक है।

मित्रों और हाथ में लिए कार्य के प्रति ये पूर्ण रूप से ईमानदार होते

हैं बशर्ते कि इन पर पूरा विश्वास किया जाय। उत्तरदायित्व के पदों पर ये सदा सफल होते हैं। प्रायः ये लोग अपने-आप को सामने नहीं लाते और जब तक इनकी राय मांगी न जाए, ये राय नहीं देते।

कायदे-कानून की ये पूरी इज्जत करते हैं। जिस सामाजिक व्यवस्था में ये रहते हैं, उसके नियमों का पूरा-पूरा पालन करते हैं।

इस राशि में शक्तिशाली और कमजोर दोनों ही प्रकार के चरित्रों के व्यक्ति मिलते हैं। इनमें से कुछ लोग सुख-सुविधा भोगने में विश्वास रखने हैं और यदि इनकी इस प्रकृति पर नियंत्रण न हो पाए तो ये सुख-सुविधाओं में लिप्त होकर गलत मित्रों की संगत में पड़ जाते हैं। फिर किसी भी प्रकार के छल-कपट करने से हिचकते नहीं। कुछ दशाओं में तो ये नशीने पदार्थों और शराब का सेवन भी करने लग जाते हैं।

यदि इन व्यक्तियों को जीवन के लक्ष्य मिल जाएं तो ये किसी भी अन्य व्यक्ति की अपेक्षा विपत्तिपूर्ण स्थिति का मुकाबला अधिक दृढ़ता से करते हैं। इस प्रकार के लोग बहुत कम होते हैं और ये अपने चरित्र में परिवर्तन लाकर अपने मित्रों को आश्चर्यचकित कर ड़ालते हैं।

इस अवधि में जन्मे सभी व्यक्तियों की प्रकृति द्विपक्षीय होती है। उनकी जीवन-दशा इस बात पर निर्भर करती है कि उन्होनें कौन-सा रास्ता अपनाया है।

इस राशि के व्यक्ति अत्यधिक संवेदनशील होते हैं। यदि यह संवेदनशीलता अत्यधिक हो तो ये अपने सम्पर्क में आने वाले व्यक्तियों से आसानी से प्रभावित होते जाते हैं। किन्तु इनकी संवेदनाशीलता मजबूत हो तो ये किसी भी ऊंचाई तक पहुंच सकते हैं।

ये व्यक्ति समुद्र और अनन्त पानी द्वारा आकर्षित होते हैं। विदेशों से व्यापार और जहाजरानी में ये निपुण होते हैं। इस राशि के लोग प्रायः समुद्री जहाजों के कप्तान और हर किस्म के समुद्री यात्री होते हैं। इन

लोगों की प्रकृति का झुकाव रहस्मयता और व्याहारिकता की ओर रहता है। इन लोगों को प्रायः अन्धविश्वासियों की संज्ञा दी जाती है और रहस्यवाद की प्रत्येक शाखा इन्हें अपनी ओर आकर्षित करती है।

दार्शनिक, रहस्यमय और अज्ञात को जानने की जिज्ञासा रखते हैं और उसमें इन्हें आनन्द मिलता है। यद्यपि ये लोग प्रकृति से उदारचित होते हैं, किन्तु अपनी उदारहृदयता को अपने पर तब तक हावी नहीं होने देते, जब तक कि किसी ऐसे व्यक्ति का इन पर प्रभाव न हो जिसे ये प्रेम करते हैं। इस दिशा में ये आसानी से प्रभावित हो जाते हैं और अपना सब कुछ सौंपने को तत्पर हो जाता हैं।

इस राशि के व्यक्ति यदि अपनी संवेदनाशीलता पर नियंत्रण कर आत्म-शक्ति का विकास कर लें तो जीवन का कोई भी ऐसा लक्ष्य नहीं रह जाता जिसे ये प्राप्त न कर पाएं।

मित्र—इन व्यक्तियों की मैत्री उन व्यक्तियों से बहुत प्रगाढ़ होती है जो इनके अपने समय में पैदा हुए हों या 21 जून से 20 जुलाई के मध्य व संक्रांति काल के प्रभाव के कारण जुलाई के अन्त तक और इनके केन्द्रीय आकर्षण 21 अगस्त से 20-27 सितम्बर और 21 अक्तूबर से 20-27 नवम्बर के बीच जन्मे लोग होते हैं।

स्वास्थ्य—इन लोगों को प्रायः नसों की बीमारी, अनिद्रा, निराशा, रक्त प्रवाह की न्यूनता और खून की कमी आदि बीमारियां घेरे रहती हैं। इन्हें प्रायः आंतों का कष्ट भी रहता है। इन लोगों को खुले और शुष्क वातावरण में रहना चाहिए और ताजी हवा का सेवन करना चाहिए। इन्हें व्यायाम भी करना चाहिए। ये यात्रा करना पसन्द करते हैं। खाली बैठना इनके लिए कठिन है; अतः निरन्तर क्रियाशील रहना इन्हें पसन्द है।

रंग—इन लोगों के लिए जामुनी, बैंगनी, चमकीला गुलाबी रंग

लाभप्रद हैं। ये इनके मूल रंग हैं। विस्तार में जाने के लिए अध्याय 27 (शुभ रंगों को जानने की विधि) देखें।

रत्न—इन लोगों के जन्म रत्न—नीलम, बिल्लौर, सुलेमानी पत्थर और पन्ना हैं।

इस भाग में जन्मे कुछ प्रसिद्ध व्यक्ति

जोजेफ जैफर्सन	20	फरवरी
कार्डिनल न्यूमैन	21	"
जेम्स रसेल लावेल	22	"
शापिन	22	"
डब्ल्यू. डीन हावेल्स	1	मार्च
जार्ज पुलमैन	3	"
माइकेल एंजलो	6	"
ऐलिजाबेथ बैरेट ब्राउनिंग	6	"
एम. मोलोतोव	9	"
हेरल्ड विल्सन	11	"
अब्लर्ट आइनस्टीन	14	अगस्त
द प्रिंस इम्पीरियल(नेपोलियन)	16	"
रूडोल्फ न्युरीएव	17	"
राबर्ट डोनेट	18	"
डेविड लिविंगस्टोन	19	"
इबसेन	20	"
विलियम लैकी	20	"

अप्रैल माह में जन्मे व्यक्तियों के चरित्र की मुख्य विशेषताएं

मेष राशि का चक्र 21 मार्च से प्रारम्भ होता है किन्तु 7 दिन तक पिछली राशि का संक्रांति से प्रभावित रहने के कारण यह 27 मार्च तक

अपनी पूर्ण गति में नहीं आ पातां अतः 19 अप्रैल तक यह अपनी पूर्ण गति में रहता है और अगले 7 दिन तक इसकी गति धीमी पड़ जाती है क्योंकि अगली आने वाली राशि वृष का संक्रांतिकाल इस पर हावी होने लगता है।

इस राशि के व्यक्तियो में सुदृढ़ इच्छा-शक्ति होती है और उद्देश्य-प्राप्ति के प्रति थे समर्पित होते हैं।

ये लोग जन्मजात लड़ाकू होते हैं। इन व्यक्तियों में बड़े पैमाने में प्रबन्ध का गुण होता है जैसे कि बड़ी योजनाओं को लागू करना या बड़े व्यवसाय को संभालना या सेना का नेतृत्व अथवा राष्ट्र का विकास करना आदि।

ये व्यक्ति प्राकृतिक रूप से हर प्रकार की आलोचना का विरोध करते हैं, और किसी तर्क-वितर्क और सबूत के आधार पर ही वे ऐसा कर पाते हैं।

ये लोग अपने काम में पूर्ण रूप से स्वतन्त्र होते हैं। वे हर काम को अपने हिसाब से करना चाहते हैं। यदि कोई इनकी योजनाओं में हस्तक्षेप करे तो इनकी योजनाएं गड़बड़ा जाती हैं या ये फिर से पीछे हो जाते हैं और हस्तक्षेप करने वाले व्यक्ति को अपना स्थान सौंप देते हैं।

इनका गृहस्थ जीवन अधिक सुखमय नहीं होता क्योंकि इनका जीवन-साथी प्रायः इन्हें सही रूप में समझ नहीं पाता। यदि जीवन-साथी इन्हें समझ भी जाए तो बच्चों की ओर से इन्हें कष्ट मिलता है।

फिर भी इन लोंगो में स्त्री हो या पुरुष, प्रेम और सहानुभूति के लिए उत्कट लालसा रहती है। यदि इन्हें सही जीवन साथी न मिले तो यह उनके पतन का कारण भी बनता है।

जहां तक भौतिक शक्ति या सफलता का प्रशन है, ऐसी कोई ऊंचाई नहीं है, जहां तक इस राशि के व्यक्ति सावधानी बरतने पर पहुंच न सकें। सफलता ही इनके पतन का कारण भी बनती है, क्योंकि प्रशंसा और चापलूसी के कारण इनकी मति भ्रष्ट हो जाती है।

ये व्यक्ति प्रायः लापरावा कर जाते ने क्योंकि प्रकृति से ये संवगशील और जल्दबाज होते हैं।

ये हर बात में अतिवादी और स्पष्टवक्ता होते हैं। युक्ति पूर्ण न होने के कारण ये अपने दुश्मन पैदा कर लेते हैं। ये महत्त्वाकांक्षी होते हैं और जीवन में सफलता प्राप्त करते हैं तथा खूब धन और उच्चपद अर्जित करते हैं। इस राशि के असामाजिक तत्त्व अपने उद्देश्य की प्राप्ति में किसी बात को बाधक नहीं बनने देते। इस राशि के भले लोग अपना प्रभुत्व रखते हैं। किन्तु ये कठोर अनुशासनप्रिय होते हैं। ये व्यक्ति जैसे व्यवहार की अपेक्षा दूसरों से करते हैं, वैसा ही व्यवहार स्वयं भी करते हैं। दोनों ही प्रकार के व्यक्ति भविष्य में झांकने को लालायित रहते हैं, शायद इसलिए कि इनमें कार्य सम्पन्न होने तक इन्तजार करने का ध ैर्य नहीं होता। प्रायः ये भविष्यवाणियां करते हैं और अक्सर वे सही भी निकलती हैं।

वर्ष के इस भाग में जन्में व्यक्ति अपनी प्रेम भावनाओं के कारण कष्ट उठाते हैं। इस राशि के पुरुष स्त्रियों को समझ नहीं पाते, अतः उनसे संबंध स्थापित करने में हमेशा गलती करते हैं। इस राशि के लोग कार्य करके और बाधाओं पर विजय प्राप्त कर प्रसन्नता का अनुभव करते हैं। इस राशि में जन्मे लोगों को हिंसा या दुर्घटना द्वारा सिर पर चोट लगती है या जख्म अवश्य होता है।

मित्र—इन लोगों की मैत्री अपने समय में जन्मे लोगों से और 21 जुलाई से 20-27 अगस्त और 21 नवम्बर से 20-27 दिसम्बर तथा इनके त्रिकोण के मध्य भाग अथवा 21 सितम्बर से 20-27 अक्तूबर के

मध्य पैदा हुए लोगों से होती है।

स्वास्थ्य—इस राशि के लोगों को अन्य किसी भी राशि के लोगों की तुलना में अधिक नींद लेनी चाहिए। क्योंकि ये अपने मस्तिष्क पर बहुत जोर देते हैं इसलिए इन्हें सिर पीड़ा, नेत्र पीड़ा आदि बीमारियां होती हैं। इनके चेहरे और सिर पर दाने उभरने का भय भी रहता है। सिर में चोट लगने से जख्म का भय रहता है और अग्नि-भय भी है। जीवन में दवाई का प्रयोग इनके लिए आवश्यक हो जाता है।

रंग—इनके लिए उपयुक्त रंग—लाल, गुलाबी, भूरा और इनके सभी शेड्स हैं। ये इनके मुख्य रंग हैं। यदि ये लोग बीमार हो जाएं तो नीला और बैंगनी रंग इनके लिए लाभकारी और सुखदायक हैं।

रत्न—इस राशि के लोगों के लिए लाभदायकद रत्न, रूबी, गार्नेट और रक्तमणि हैं।

वर्ष के इस भाग में जन्मे कुछ प्रसिद्ध व्यक्ति

आरट्रो टसकैनिनी	25 मार्च
राबर्ट बुनसेन	31 ”
बिस्मार्क	1 अप्रैल
शार्लमैडने	2 ”
लार्ड लिस्टर	5 ”
डेविड फ्रास्ट	7 ”
एलबर्ट, किंग आफ़ द बेल्जियन्स	8 ”
जान गीलगुउ	14 अप्रैल
सर जान फ्रैंक्लिन	16 ”
अडोल्फ हिटलर	20 ”
बिशप हिबर	21 ”
यहूदी मेनुहिन	22 ”
जेम्स एन्थनी फ्रूड	23 ”

शेक्सपियर	23 "
आलिवर क्राम्बल	24 "
सर स्टैफोर्ड क्रिप्स	24 "

मई माह में जन्मे व्यक्तियों के चरित्रा की मुख्य विशेषतायें

वृष राशि का चक्र 20 अप्रैल से प्रारम्भ होता है किन्तु 7 दिन तक पिछली राशि की संक्रांति से प्रभावित रहने के कारण यह 27 अप्रैल तक अपनी पुरी गति में नहीं आ पाता। अतः 20 मई तक यह अपनी पूर्ण गति में रहता है। अगले सात दिन तक इसकी गति धीमी पड़ जाती है, क्योंकि अगली आने वाली मिथुन का संक्रांति काल इस पर प्रभावी होने लगता है।

वर्ष के इस भाग में जन्मे लोगों के पास दूसरों पर प्रभुत्व की विलक्षण शक्ति होती है हालांकि वे ऐसा करने का कोई प्रयास नहीं करते। ये दृढ़ निश्चयी होते हैं और प्रायः इन्हें जिद्दी और स्वेच्छारी कहा जाता है। किन्तु प्रेम के मामले में ये अति विनम्र होते है बशर्ते कि कोई व्यक्ति इनके मन को भा जाए।

इनमें अद्भुत मानसिक व शारीरिक सहनशक्ति होती है और जब तक निश्चय और उत्साह इनका साथ देता है, ये व्यक्ति अत्यधिक श्रम करने में समर्थ होते हैं। इन लोगों में पुस्तकों से संदर्भ याद रखने की अद्भुत क्षमता होती है और प्रायः ये लोग साहित्यिक कार्य सफलतापूर्वक करते हैं। किन्तु सामान्यतः ये लोग अपने योग्यता का सही उपयोग करने के लिए सुख और समाज को अधिक प्रेम करते हैं।

ये अच्छे मेहमाननवाज साबित होते हैं और अच्छे भोजन में रुचि रखते हैं। घर में ये लोग कम साधनों में भी अच्छी व्यवस्था बनाए रखते हैं।

ये व्यक्ति अच्छे निर्देशक साबित होते हैं। इनमें व्यवसाय की अच्छी समझ होती है। ये अच्छे वस्त्र पहनते हैं, इस कारण से वास्तविकता से अधिक धनवान् समझे जाते हैं।

ये अपनी चेतना और प्रेम-भावना द्वारा शासित होते हैं किन्तु लालसा की अपेक्षा प्रेम इन पर हावी रहता है।

प्रेम के मामले में ये अत्यधिक उदार सिद्ध होते हैं। अतः उसमें यदि इन्हें किसी प्रकार का बलिदान भी देना पड़े तो हिचकिचाते नहीं। यदि ये किसी के शत्रु बन जाएं तो भी ये पूरी-पूरी शत्रुता निभाते हैं। ये सदा सामने आकर लड़ते हैं क्योंकि इन्हें धोखधड़ी, दोहरा चरित्र और ठगी पसंद नहीं है।

ये अपने आसपास के वातावरण से आसानी से प्रभावित हो जाते हैं। और यदि इन्हें इनके मन के मुताबिक वातावरण न मिले तो ये बीमार पड़ सकते हैं और उदास हो जाते हैं।

इस राशि में जन्मे स्त्री या पुरुष को कम उम्र में शादी नहीं करनी चाहिए, इनकी प्रथम शादी असफल सिद्ध होती है।

इन्हें सभी महत्त्वपूर्ण मुद्दों पर तब निर्माण लेना चाहिए जब ये एकान्त में हो क्योंकि ये जल्दी ही अपने आसपास के लोगों के मस्तिष्क से प्रभावित हो जाते हैं और परिणामतः उलझन में पड़ जाते हैं। ऐसी दशा में इन्हें दूसरों के विचार अपने-से लगने लगते हैं। ये अपनी भावनाओं, संवेगों और अनुराग के कारण प्रायः गलत मार्ग अपना लेते हैं। इस समय में पैदा हुए स्त्री या पुरुष प्रकृति से ही ईर्ष्यालु होते हैं जिस कारण ये अचानक उत्तेजित हो उठते हैं, और बाद में अपनी करनी पर पछताते भी हैं। यदि कोई इन्हें थोड़ा भी प्यार या कृपादृष्टि से देखे तो ये उसे तत्काल क्षमा कर देते हैं और इसी कारण ये मूर्ख कहलाते हैं।

यदि कहीं ये नेतृत्व कर रहें हो तो प्रेम और भक्ति से प्रेरित होते हैं। इसी कारण इन्हें महत्त्वपूर्ण उत्तरदायित्व भी सौंप दिए जाते हैं।

इनमें जन्मजात सामंजस्य, लय और रंगानुभूति होती हैं, संगीत, कविता और कला के क्षेत्र में ये सफलता प्राप्त करते हैं।

इस अवधि में पैदा हुए व्यक्ति सदा ईमानदार और सच्चे समाज सेवी सावित होते हैं। और सरकार अथवा सेना के उच्च पदाधिकारी होते हैं। ये लोग अच्छी नर्स, सेवक साबित होते हैं और खेती-बाड़ी या फुलवाड़ी आदि से इन्हें प्रेम होता है।

स्वास्थ्य—यद्यपि इनका शारीरिक गठन मजबूत होता है किन्तु ये नाक, गले और फेफड़ों की बीमारियों से पीड़ित रहते हैं।

मित्र—इनके अपने समय में जन्मे और 21-27 अगस्त, से 20-24 सितम्बर और 21 दिसम्बर से 20-27 जनवरी तथा इनके केन्द्रीय आकर्षण अर्थात् 21 अक्तूबर से 20-27 नवम्बर के मध्य जन्मे लोगों से प्रगाढ़ मैत्री होती है।

रंग—नीले रंग के सभी शेड्स इनके लिए लाभप्रद हैं। लाल रंग इनके लिए उत्तेजक रंग हैं। अतः इन्हें यह रंग कम से कम इस्तेमाल करना चाहिए

रत्न—इन व्यक्तियों के लिए पन्ना, फिरोजा और लाजवर्द उपयोगी रत्न सिद्ध होंगे।

वर्ष के इस समय में जन्मे कुछ प्रसिद्ध व्यक्ति

सर टामस बीकम	29 अप्रैल
हेडन	31 ,,
द ड्यूक आफ वेलिंगटन	1 मई
बिंग क्रास्बी	2 ,,

टामस हक्सले	4 ,,
लार्ड रोजबेरी	7 ,,
राबर्ट ब्राउनिंग	7 ,,
हेरी एस. ट्रू मैन	8 ,,
सर जेम्स बेरी	9 मई
सर आथर्र सुलीवन	12 ,,
अल्फांसे डोडेट	13 ,,
मार्गोट फोण्टेन	18 ,,
सर लारेंस ओलिवर	22 ,,
टामस हुड	23 ,,
क्वीन विक्टोरिया	24 ,,
डुयूक आफ मार्लबोरी	24 ,,

जून माह में जन्मे व्यक्तियों के चरित्र की विशेषताएं

मिथुन राशि का चक्र 21 मई से प्रारम्भ हो जाता है। किन्तु सात दिन मक पिछली राशि से प्रभावित रहने के कारण यह 28 मई तक अपनी पूर्ण गति में नहीं आ पाता।

28 मई के बाद यह 20 जून तक अपनी पर्ण गति में रहता है किन्तु अन्त के 7 दिनों में अगली राशि कर्क का प्रभाव इस पर होने लगता है।

21 मई से 20 जून तक और संक्रांतिकाल सहित 27 जून के मध्य जन्मे व्यक्तियों में मिथुन राशि का भी प्रभाव रहता है अतः इनके चरित्र और विचारधारा में द्वैत रहता है।

यह दशा इन्हें विपरीत दिशा की ओर खींचती है।

इनका दिमाग बहुत तेज होता है और ये कुशाग्रबुद्धि होते है। किंतु इनमें उद्देश्य की निरन्तरता अनुपस्थिति रहती है।

अन्य सभी लोगों की अपेक्षा इन्हें समझ बहुत कठिन है। इनका स्वभाव नर्म और गरम दोनों ही प्रकार का होता है। इनकी एक प्रकृति इन्हें एक व्यक्ति से प्रेम करना सिखाती है तो दूसरी घृणा।

मानसिक रूप में ये लोग कुशाग्रबुद्धि होते हैं और जहां तेज दिमाग की आवश्यकता पड़ती है वहां ये अपने विरोधी को भी छोड़ देते हैं।

ये व्यक्ति गजब के कूटनीतिज्ञ होते हैं और अपनी चुस्ती-फुर्ती और हास्य द्वारा अपने श्रोताओं को आश्चर्यचकित कर देते हैं और उनकी बुद्धि का हरण कर लेते हैं।

इन्हें स्वयं को भी पता नहीं होता कि ये क्या पाना चाहते हैं। हृदय मे इनके सामाजिक पदप्राप्ति की अभिलाषा रहती है, किन्तु जब ये उसे प्राप्त करते हैं तो उससे उकता चुकते हैं और पुनः किसी नई चीज की अभिलाषा करने लगते हैं।

यदि इनके मूड के अनुकूल कार्य कार्य किए जाएं तो ये अति प्रसन्न रहते हैं, किन्तु इनसे एक ही विचार या योजना पर टिके रहने की आशा करना व्यर्थ है।

इनका विश्वास है कि ये सच्चे, स्थिरचित्त, ईमानदार होते हैं हालांकि एक क्षण यह सत्य भी हो सकता है किन्तु दूसरे ही क्षण इनमें परिवर्तन आ जाना स्वाभाविक होता है।

ये लोग हर समय किसी-न-किसी कार्य में लगे रहते हैं, बेचैन रहते हैं और जो चीज इन्हें प्राप्त नहीं हुई, उसकी कामना करते रहते हैं।

जिस व्यक्ति से भी ये मिलते हैं, उसकी कमजोरियों को बड़ी जल्दी पकड़ लेते हैं और हास्य, कटाक्ष और नकल उतार कर सब कुछ समाप्त कर सकते हैं।

इस राशि के लोग चतुर अभिनेता, वकील, अध्यापक और वक्ता

होते हैं। यें लोग जीवन नाटक में नए-नए अभिनय करते हैं। यदि दृढ़ इच्छा-शक्ति इनके पास हो तो ये अपने को एक उद्देश्य प्राप्ति के लिए टिका सकते हैं जिससे ये उस उद्देश्य की प्राप्ति में असाधारण रूप से सफल सिद्ध हो सकते हैं।

ये हर प्रकार से सफल सिद्ध होते हैं, धन के मामले में भी ये स्टाक एक्सचेंज या कम्पनी प्रमोटर्स के रूप में सफल होते हैं। व्यापार में धनार्जन के नए-नए तरीके ये खोज लेते हैं किन्तु इनके लिए वे व्यापार अधिक लाभदायक हैं जिनमें कूटनीति, छल और कपट का सहारा लेना पड़ता है।

प्रेम के मामले में इन्हें समझ पाना अत्यधिक कठिन है। ये अत्यधिक प्रेम करते हैं और उसी क्षण चंचल भी हो सकते हैं। कूटनीति और छल कपट ही इनके जीवन को नरक बनाने से बचा लेते हैं।

संस्थाओं की अपेक्षा व्यक्ति के प्रति ये अधिक उदार होते हैं, क्योंकि ये आवेग में आकार कार्य करते हैं।

शारीरिक बनावट में ये लम्बे कद, पतले सिर और मुंह, तीखे नैन-नक्श वाले होते हैं। इनके हाथ लम्बे-पतले होते हैं और हड्डियां दिखाई देने वाले होते हैं। प्रकृति से ये दृढ़ और मजबूत होते हैं।

इस समय में जन्मे लोग उच्च कोटि के चालाक, सक्षम, मजाकिया और गंभीर होते हैं और इनमें अलग मजाक सहने और करने की अपनी ही क्षमता होती है सामान्यतः ये लोग बुद्धिवादी होते हैं और प्रत्येक कार्य में गहरी रुचि रखते हैं। चिन्ता, गुस्सा और अनावश्यक मानसिक तनाव इन्हें तोड़ डालता है जिससे ये मानसिक तनाव, थकान और अर्द्ध-विक्षिप्तता की स्थिति में पहुंच जाते हैं।

इस राशि के निम्न कोटि के व्यक्ति धन के मामले में अविश्वनीय

होते हैं। ये पक्के जुआरी होते हैं और अचानक अमीर हो जाने की योजनाएं बनाने में लगे रहते हैं।

दोनों ही प्रकार के व्यक्ति बहुत-से मित्र बना लेते हैं और उनके प्रति ईमानदार व उदार होते हैं किन्तु जब तक वे उनके समक्ष रहें तभी तक। जैसे ही वे इनकी दृष्टि से ओझल हुए, ये उन्हें भूल भी जाते हैं।

मित्र—इनके प्रगाढ़ मित्र इनके समय में पैदा हुए व्यक्ति या 21 सितम्बर से 20-27 अक्तूबर और 21 जनवरी से 18-27 फरवरी तथा अपने त्रिकोण के मध्य अर्थात् 21 नवम्बर से 20-27 दिसम्बर के मध्य जन्मे लोग होते हैं।

स्वास्थ्य—किसी अन्य बीमारी की अपेक्षा नसों से संबद्ध बीमारियों से ये पीड़ित रहते हैं। इस समय में जन्में स्त्री या पुरुष की पाचन-प्रणाली बहुत कमजोर होती है। छाती में दर्द की भी शिकायत इन्हें रहती है।

रंग—इनके शुभ रंग चांदी का रंग, चमकीला सफेद रंग, और सभी चमकीली चीजें हैं।

रत्न—इन व्यक्तियों को सफेद और लाल मणि, नीलभ, हीरा और सभी प्रकार के चमकीले आभुषण पहनने चाहिए।

वर्ष की इस अवधि में जन्मे कुछ प्रसिद्ध व्यक्ति

जान एफ. केनेडी	29 मई
चार्ल्स द्वितीय	29 "
बाब हो	29 "
सर एडवर्ड एलगर	2 जून
टामस हार्डी	2 "
रिचर्ड कोबर्डन	3 "

जार्ज V	3 "
जैफर्सन डेविस	3 "
जार्ज ।।।	4 "
सर एन्थनी ईडन	12 "
राल्फ वाल्डो इमरसन	15 "
गोनोड	17 "
अर्ल हेग	19 "
जूलियन हाथार्न	22 "
लार्ड लुइस माउंट बेटन	25 "

जुलाई माह में जन्में व्यक्तियों के चरित्र की विशेषताएं

कर्क राशि का चक्र 21 जून से प्रारम्भ हो जाता है किन्तु पहले सात दिन पिछली राशि के संक्रांतिकाल से प्रभावित रहते हैं। अतः इस बीच कर्क राशि अपनी पूरी गति में नहीं आता। 28 जून से यह राशि अपनी पूर्ण गति में आ जाती है और 20 जुलाई तक रहती है। बाद के 7 दिन अगली राशि सिंह के प्रभाव से प्रभावित रहते हैं।

इस राशि का नाम प्राचीन काल में लोगों ने कर्क रखा, क्योंकि इस समय सूर्य केंकड़े की भांति आगे बढ़ता है।

वर्ष के इस समय जन्मे लोगों में विरोधाभास रहता है। घरेलू मामलों में इन्हें बेहद दिलचस्पी रहती है, किन्तु ये व्यक्ति चंचल मन के होते हैं, अतः यात्रा या परिवर्तन के इच्छुक रहते हैं। ये घर तो बनाते हैं, किन्तु उन्हें संभालकर रख नहीं पाते। इनके गृहस्थ जीवन में अत्यधिक कष्ट रहता है।

धन के मामलों में ये अत्यधिक चिन्तित रहते हैं, धन एकत्र करने के लिए अत्यधिक श्रम करते हैं। बाल्यावस्था में इन्हें कई प्रकार के

उतार-चढ़ावों का सामना करना पड़ता है। अतः आगे बढ़ने में ही इनका सारा श्रम लग जाता है। एक बार अपने पैरों पर खड़े हो जाने के बाद फिर इन्हें अधिक कष्ट नहीं उठाना पड़ता।

इनका झुकाव जुए की तरफ रहता है, ताकि आसानी से धन कमा सकें, किन्तु ये प्रायः जुए में हारते ही हैं। यदि ये व्यापार करें तो अत्यधिक सफल हो सकते हैं।

जो भी कार्य हाथ में लें, उसे पूरी मेहनत से पूरा करते हैं किन्तु भाग्य की दृष्टि से ये भाग्यवान् नहीं कहे जो सकते। इनके जीवन में अच्छे या बुरे दोनों प्रकार के अद्भुत और अचानक बहुत-से परिवर्तन भी आते हैं।

कल्पना इन्हें वरदान के रूप में प्राप्त होती है, अतः ये अच्छे कलाकार, लेखक, कवि या संगीतज्ञ बनते हैं। हृदय से रोमांटिक होते हैं और प्रेम करने वाले होते हैं।

इन्हें किसी भी प्रकार का आदेश पसन्द नहीं आता किन्तु यदि इन पर पूर्ण विश्वास किया जाए तो ये सौंपे हुए कार्य पूरी लगन और ईमानदारी से करते हैं।

किसी भी अन्य राशि के व्यक्तियों की अपेक्षा ये लोग अत्यधिक संवेदनशील होते हैं। यदि इन्हें सही ढ़ंग से समझा न जाए तो ये उदास और हताश हो जाता हैं। इस सबसे अतिरिक्त इन्हें प्रोत्साहन व प्रशंसा की बहुत आवश्यकता रहती है। इस अवधि में जन्मे लोग अदभुत मनोवैज्ञानिक सिद्ध होते हैं और रहस्यमयता की ओर इनका अत्यधिक झुकाव रहता है।

इन्हें कम उम्र में शादी नहीं करनी चाहिए क्योंकि जीवन की विभिन्न अवस्थाओं में इनकी प्रकृति में भी परिवर्तन आता है।

इस राशि का चिह्न केकड़ा है, अतः इस राशि के व्यक्ति कार्य और विचारों में आगे भी बढ़ते हैं और पीछे भी हटते हैं। किसी निश्चित उद्देश्य या योजना तक पहुंच कर ये व्यक्ति अचानक रुक जाते हैं और सब को आश्चर्यचकित कर देते हैं। कभी-कभी तो ये बहु नाजुक स्थिति में पीठ दिखा जाते हैं। वर्ष के इस भाग में जन्मे व्यक्ति प्रायः उच्च पदों पर पहुंचते हैं। गृहस्थ जीवन में कई प्रकार के कष्ट सहते हैं। प्रसन्नता या खूशी बहुत कम प्राप्त होती है, भले ही दुनिया की नजर में ये चाहे कितने ही सफल क्यों न माने जाते हों।

कितना भी गहरा प्रेम क्यों न हों, इन्हें प्रदर्शन करना पसंद नहीं, अतः इन्हें प्रायः शान्त और असंवेदनशील मान लिया जाता है।

इनकी याददाश्त बहुत तेज होती है, और कई प्रकार का ज्ञान ये अपने ह्रदय में संजोए रहते हैं। अपने लोगों के प्रति इनमें गहरा लगाव रहता है और पारिवारिक रीति-रिवाजों व परम्पराओं के प्रति झुकाव रहता है।

स्वास्थ्य—इन लोगों को प्रायः बात की बीमारी रहती है। इन लोगों को ऐसे लोगों से बचकर रहना चाहिए जो मतलबी हो। गठिया आदि रोगों द्वारा ये पीड़ित रहते हैं, अतः टांगों और पैरों में दर्द रहेगा।

मित्र—इनकी मैत्री अपनी ही समय में जन्मे लोगों और 21 जून से 20-27 जुलाई या 21 अक्तूबर से 20-27 नवम्बर अथवा 19 फरवरी से 20-27 मार्च के मध्य जन्मे लोगों और अपने त्रिकोण के केन्द्र अर्थात् 21 दिसम्बर से 20-27 जनवरी के मध्य पैदा हुए लोगों से अधिक प्रगाढ़ होती है।

रंग—हरा, क्रीम और सफेद रंगों के शेड्स इनके लिए अधिक उपयुक्त हैं।

रत्न—इनके उपयोगी रत्न मोती, हीरा, बिल्लौर, चन्द्रमणि आदि हैं।

वर्ष के इस भाग में जन्मे कुछ प्रसिद्ध व्यक्ति

जेम्स। आफ इंग्लैंड़	28 जून
चार्ल्स लाटन	1 जुलाई
ग्लक	2 "
नथैनियल हाथार्न	4 "
ग्रैरट्रू ड लारेंस	4 "
सिसिल रोड्स	6 "
एडवर्ड हीथ	9 "
जान काल्विन	10 "
जान क्विन्सी एडमूस	10 "
लार्ड बेलफोर	25 "
जार्ज बर्नाड शा	26 "
मुसोलिनी	29 "

अगस्त माह में जन्मे व्यक्तियों के चरित्र की प्रमुख विशेषताएं

सिंह राशि का चक्र 21 जुलाई से प्रारम्भ होता है किन्तु प्रारम्भ के 7 दिनों में ये अपनी गति नहीं पकड़ता, क्योंकि पिछली राशि के संक्रांति काल का प्रभाव इस पर रहता है। इसके पश्चात् 28 जुलाई से इसकी गति पुर्ण होती है और 20 अगस्त तक चलती है किन्तु अन्तिम सात दिनों में इस पर अगली राशि—कन्या राशि की संक्रांति का प्रभाव होने लगता है।

वर्ष की इस अवधि में जन्म लोग सदा मानवता की ओर आकर्षित होते हैं। अतः स्वभावतः सुदृढ़ व्यक्तित्व इन्हें अपनी ओर खींचते हैं। वास्तव में ये जिन लोगों को बेहद चाहते हैं, उनकी गलतियों को क्षमा

भी कर देते हैं, जब तक कि उनका अपना खास व्यक्तित्व और जीवन' उद्देश्य हो।

इन लोगों में मानवता की शक्ति होती है। इनमे अत्यधिक सहानुभूति होती है, जिस वजह से ये दूसरों की गलतियों के प्रति उदार रवैया अपनाते हैं।

हजारों दुश्मनों के मुकाबले में भी ये अपने मित्रों का बचाव करते हैं, किन्तु धोखा और कपट तो इनका हृदय ही तोड़ देता है।

ये लोग स्वयं सच्चे और ईमानदार होते हैं किन्तु अक्सर दूसरे लोग इन्हें धोखा ही देते हैं। इसी कारण ये कड़ुवाहट और आलोचना से भरे रहते हैं।

धन के मामले में ये प्रायः भाग्यशाली होते हैं। विभिन्न स्त्रोतों से इन्हें धन प्राप्त होता है किन्तु प्रेम के प्रति इनका झुकाव रहता है और यही इन्हें प्राप्त नहीं होता।

दूसरों को प्रेरित करने की इनमें अद्‌भुत शक्ति होती है। इनमें नेतृत्व के गुण नेपोलियन की तरह होते हैं और इनसे प्रेरित व्यक्ति आग से खेलने को भी तत्पर रहते हैं। ये व्यक्ति बहुत अभिमानी होते हैं, अतः जल्दी ही इनके स्वाभिमान को आघात भी लगता है।

पूर्ण रूप से स्वतन्त्र रहना इन्हें पसन्द है, इन्हें किसी का नियंत्रण या आदेश पसन्द नहीं। उद्देश्य और दृढ़ इच्छाशक्ति के धनी होने के कारण यदि मन में ये कोई योजना बना लें तो हर कठिनाई या रुकावट का सामना करके भी अपने उद्देश्य तक पहुंच जाते हैं।

इन व्यक्तियों को सदा क्रियाशील रहना चाहिए। यदि किसी अवस्था में इनके जीवन में कष्ट या तनाव आ जाए तो ये हताश और निराश हो जाते हैं।

सामान्यतः ये व्यक्ति अत्यधिक सहनशील और कष्ट सहने वाले होते हैं, किन्तु यदि एक बार उठ खड़ें हों तो फिर इन्हें हारने की चिन्ता नहीं रहती और यदि हार भी जाएं तो उसे स्वीकार कर लेते हैं।

स्पष्टवादिता और गलत कार्यो का विरोध करने की वजह से ये अपने अनेक शत्रु भी पैदा कर लेते हैं।

इनमें उद्देश्य प्राप्ति के लिए दृढ़ निश्चय और दृढ़ इच्छाशक्ति होती है और यदि कोई योजना बना लें तो उसे कठिनाइयों के बावजूद पूरा करने का प्रयत्न करते हैं।

महान् योद्धा, धनु के पक्के और जननेता इसी राशि के होते हैं।

इस अवधि में जन्मे लोग प्रायः अपने-आप को जीवन में अकेला अनुभव करते हैं। यदि ये किसी कार्य में व्यस्त न रहें तो प्रायः उदास और निराश हो जाते हैं।

मित्र—इन व्यक्तियों की मैत्री इनके अपने समय में जन्मे लोगों से या 21 मार्च से 19-27 अप्रैल और 21 जनवरी से 18-28 फरवरी के मध्य या 21 नवम्बर से 20-27 दिसम्बर के मध्य उत्पन्न लोगों और किसी माह की 1, 10 19 और 28 तारीखों में जन्मे लोगों से अधिक सुदृढ़ होती है। यह अंक सूर्य का अंक है और यह अवधि सूर्य की अवधि मानी गई है।

स्वास्थ्य—इन व्यक्तियों को हृदय रोग, उच्च रक्तचाप एवं सिर और कान में दर्द की बीमारियां होने की संभावना रहती हैं।

रंग—पीला, संतरी, हल्का हरा और सफेद रंग के सभी शेड्स इनके लिए उपयुक्त हैं।

रत्न—इनके लिए उपयोगी रत्न पुखराज, अम्बर और रूबी हैं।

वर्ष के इस भाग में उत्पन्न कुछ प्रसिद्ध व्यक्ति

अलेग्जैंडर ड्यूमा	28 जुलाई
हेनरी मूर	30 "
किंग हाकेन VII आफ नारवे	3 अगस्त
सर हैरी लाडर	4 "
नील आर्मस्ट्रांग	5 "
अलेग्जैंडर फ्लेमिंग	6 "
फील्ड मार्शल सर विलियम स्लिम	6 "
डीन फरार	7 "
प्रजिडेंट हूवर	10 "
इंग्लैंड के जार्ज चतुर्थ	12 "
नेपोलियन प्रथम	15 "
लुई XVI	23 "
बट्ट हरटे	25 अगस्त
प्रिंस एल्बर्ट	26 "
जार्ज हेगल	27 "

सितम्बर माह में जन्मे व्यक्तियों के चरित्र की प्रमुख विशेषताएं

कन्या राशि का चक्र 21 अगस्त से प्रारम्भ होता है। किन्तु पहले 7 दिन पहली राशि के संक्रांति काल से प्रभावित रहने के कारण यह अपनी पुर्ण गति में नहीं आ पाता। 29 अगस्त से 20 सितम्बर तक यह अपनी पूर्ण गति में रहता है। अन्तिम सात दिन में इस पर अगली राशि–तुला की संक्रांति का प्रभाव होने लगता है।

इस अवधि में जन्मे लोग प्रायः जीवन में सफल होते हैं। इनकी बुद्धि तीव्र और प्रखर होती हैं। ये जिन लोगों के सम्पर्क में आते हैं, उनके संबंध में स्पष्ट राय रखते हैं। सभी व्यापारिक मामलों में इनका निर्णय उपयुक्त होता है और इन पर अपना निर्णय थोपना या इन्हें

धोखा देना आसान काम नहीं है।

जीवन के प्रति इनका दृष्टिकोण भौतिकवादी होता है और ये सभी बातों को अपने ही दृष्टिकोण से देखते हैं।

ये व्यक्ति अच्छे साहित्यिक, आलोचक होते हैं। क्योंकि कमजोर पक्ष जल्दी पकड़ लेते हैं। साथ ही ये तीव्र गति से पढ़ सकते हैं। इन्हें अद्भुत स्मरण-शक्ति प्राप्त है।

अपने चारों ओर सहजता और शांति इन्हें पसंद है। अपने घर और कपड़ों के प्रति इनकी रुचि अत्यधिक परिष्कृत होती है। सब चीजों को सही स्थान पर और सुरुचिपूर्वक सजाने के ये इच्छुक होते हैं।

ये व्यक्ति स्वयं कुशल उत्पादक नहीं होते। इन्हें वह काम या योजना अच्छी लगती है जिसे अन्य व्यक्ति समाप्त करने में असफल सिद्ध हुए हों। जिस भी किसी कार्य में ये अपना दिमाग लगाते हैं, उसे सफलतापूर्वक सम्पन्न भी करते हैं।

अपने निजी जीवन में ये अन्तर्मुखी होते हैं। पद के लिए मन में इज्जत रखते हैं और नियम, कायदे-कानून आदि के समर्थक होते हैं।

ये अच्छे वकील और वक्ता होते हैं, किन्तु पूर्वदृष्टांत को ही अपना समर्थन देते हैं, नए नियमों का निर्धारण नहीं करते।

व्यापार में सफलता प्राप्त करते हैं, क्योंकि ये स्थिरचित होते हैं और नए विचारों को जन्म नहीं देते।

अपने आप में, और अपने ही विचारों से घिरे रहते हैं। अपने उद्देश्यों की प्राप्ति में स्वार्थी भी बन जाते हैं।

किसी भी अन्य राशि के व्यक्ति की अपेक्षा ये व्यक्ति किसी भी अच्छाई या बुराई की सीमा तक पहुंच जाते हैं। यदि ये धन ये प्रति

अपने प्रेम को बढ़ावा दें तो ये उसे प्राप्त करने के लिए किसी भी साधन को अपनाएंगे। इसी कारण इन्हें प्रायः चालाक भी समझ लिया जाता है।

ये जीवन में किसी का भी अनुसरण कर लेते हैं।

प्रेम के मामले में इन लोगों को समझ पाना कठिन कार्य है। बुरे-से-बुरा और अच्छे-से-अच्छा स्त्री या पुरुष इस अवधि में पैदा हो सकते है।

अपने प्रारम्भ के वर्षों में ये बहुत सरल हृदय और धार्मिक प्रवृत्ति के होते हैं। शायद कन्या राशि में उत्पन्न होने के कारण।

यदि इनके विचारों या प्रकृति में परिवर्तन आता है तो वह बदले की भावना से आता है और ये एकदम विपरीत प्रवृत्ति के बन जाते हैं। किन्तु नियम-कायदों के प्रति जन्मजात आदर-भावना होने के कारण ये किसी अन्य प्रकार के लोगों की अपेक्षा अपनी कमियों को जल्दी ही सुधार भी लेते हैं। इनका झुकाव नशीले पदार्थों और मदिरा की ओर रहता है।

स्वास्थ्य—किसी भी अन्य राशि के व्यक्तियों की अपेक्षा ये लोग अधिक स्वस्थ और बीमारियों से रहित होते हैं। किन्तु इनमें एक अजीब आदत होती है कि ये जिस भी बीमारी के बारे में पढ़ लेते हैं, इन्हें लगता है कि वही बीमारी इन्हें भी है।

भोजन के मामले में इनकी रुचि परिष्कृत होती है। यदि भोजन इनके सामने ठीक ढ़ंग से पेश न किया जाए तो इनकी भूख मर जाती है।

अपने आसपास के वातावरण के प्रति ये बहुत सचेत होते हैं। थोड़ी-सी भी असमानता इनके मस्तिष्क और पाचन-क्रिया को अस्त-व्यस्त

कर देती है।

इन व्यक्तियों को वक्ष-पीड़ा और कंधे तथा बाजू की पीड़ा सताती रहती है।

राशि चक्र में इस राशि का सम्बन्ध सीध सौरंडल के तंत्र से है, इसलिए इस अवधि में जन्में लोगों को सूरज की रोशनी और ताजी हवा किसी भी अन्य व्यक्ति की अपेक्षा अधिक चाहिए।

जहां तक संभव हो, इन्हे खुली एवं ताजी हवा में रहना चाहिए। यदि ये अस्वस्थ हो जाते हैं। तो गांव की ताजा हवा इन्हें अद्‌भुत लाभ पहुंचाएगी।

इस राशि के व्यक्ति प्रायः अपने यौवन को आश्चर्यजनक रूप में संभाल कर रखते हैं।

यदि इन्हें जीवनसाथी सही न मिले तो ये आसानी से बीमार हो जाते हैं और उदासीन रहने लगते हैं।

इन्हें शराब नहीं पीनी चाहिए, क्योंकि वह इनके लिए जहर सिद्ध होती है।

मित्र—इन लोंगों की मैत्री अपने समय में ही उत्पन लोगों से या 20 अप्रैल से 20-27 मई के बीच जन्मे लोगों से होती है और इनके केन्द्रीय आर्कषण 19 फरवरी से 20-27 मार्च औा 21 दिसम्बर से 20-27 फरवरी के मध्य जन्मे व्यक्ति होते हैं।

रंग—इन व्यक्तियों के लिए हल्के रंग, चांदी के-से रंग और चमकीले पदार्थ शुभ हैं।

रत्न—वर्ष के इस भाग में पैदा व्यक्तियों के लिए पन्ना, हीरा और मौती लाभप्रद रत्न हैं।

वर्ष की इस अवधि में जन्मे कुछ प्रसिद्ध व्यक्ति

गेटे	28 अगस्त
ओलिवर वेण्डेल होम्स	28 "
क्वीन विल्हेमिना आफ हालैंड	31 "
हेनरी जार्ज	2 सितम्बर
सर चार्ल्स डिल्के	4 "
सर नारमन बिरकेट	6 "
क्वीन एलिजाबेथ ।	7 "
लार्ड आक्सफोर्ड एण्ड एस्क्विथ	12 "
प्रेजिडेंट टाफ्ट	15 "
प्रेजिडेंट डियाज	15 "
बोनार ला	16 "
सर एडवर्ड मार्शल हाल	18 "
ग्रेटा गार्बो	18 "
पीटर सेलर्स	19 "
ट्विगी	20 "
सोफिया लारेन	21 "

अक्तूबर माह में उत्पन्न व्यक्तियों के चरित्रा की मुख्य विशेषतायें

राशि चक्र में तुला राशि का चक्र 21 सितम्बर से प्रारम्भ हो जाता है किन्तु पहले सात दिन तक पिछली राशि के संक्रांति काल से प्रभावित रहने के कारण अपनी पूरी गति में नहीं आता। 28 सितम्बर से यह अपनी पूर्ण गति में आता है और 20 अक्तूबर तक रहता है। अन्त के सात दिनों में इस पर अगली राशि वृश्चिक के संक्रांति काल का प्रभाव होने लगता है।

तुला राशि का चिह्न भी तुला अर्थात् तराजू है।

इस राशि में उत्पन्न व्यक्ति सरलचित होते हैं और बिचारों एवं कार्यों में निर्णयपरक होते हैं। इनके पास अद्भुत दूरदर्शिता और अन्तश्चेतना होती है और जब ये अपने चित्त पर पड़े प्रभाव के आधार पर कार्य करते हैं, तो साधारण रूप में सफल सिद्ध होते हैं।

ये व्यक्ति प्रायः मनोवैज्ञानिक होते हैं और इन्हें पूर्वाभास हो जाता है तथा ये सफल अध्यात्मवादी, ब्रह्मवादी और रहस्यवादी होते हैं। प्रत्येक बात की तह तक पहुंचते हैं और हर बात का सबूत ढूंढ़ने की प्रवृत्ति इनकी मनोवैज्ञानिक शक्ति को बढ़ाती है।

ये व्यक्ति सफल सट्टेबाज होते हैं, किन्तु धन के प्रति इनमें अधिक आग्रह नहीं होता। प्रायः इनके जीवन में बहुत उतार-चढ़ाव आते हैं।

प्रतीक रूप में ये तुला या 'संतुलन' के सूचक हैं। इसलिए ये सदा हर बात को मानसिक तुला पर तौलते हैं और सही निर्णय लेने की कोशिश करते हैं।

अधिकतर ये लोग स्वाभाविक रूप में कानून के प्रति रुझान रखते हैं, अतः सुप्रसिद्ध वकील, बैरिस्टर और जज बनते हैं। ये व्यक्ति प्रायः समाज के कार्यों में भी रुचि लेते हैं और संतुलन की इच्छा के अधीन ये ऐसे नियम बनाते हैं जिससे समाज को लाभ पहुंचे।

ज्ञान के प्रति इनमें विशेष लगाव होता है और अपने जीवन का अधिक समय ये किसी विशेष विषय के अध्ययन और खोज में व्यतीत करते हैं और हर प्रश्न के हर पहलू को संतुलित रूप में समझने का प्रयास करते हैं। इसी कारण ये अच्छे डाक्टर सिद्ध होते हैं और किसी विशेष ज्ञान-क्षेत्र में विशेषज्ञता प्राप्त करते हैं।

उन सभी कार्यों में ये सफल होते हैं, जिनमें गहन अध्ययन, सोच-विचार और संतुलन की आवश्यकता होती है। जीवन के सभी व्यावसायिक

क्षेत्रों में ये सफलता प्राप्त करते हैं।

विवाह करके ये बहुत कम सुखी देखे गए हैं। प्रेम को भी ये हर समय तुला पर तौलते हैं।

गृहस्थ जीवन में शांति और प्रसन्नता के इच्छुक होते हैं, अतः इस कामना के वशीभूत ये कुछ अधिक आशा कर बैठते हैं। परिणामतः निराशा हाथ लगती है। इन व्यक्तियों में मित्रता कायम करने की अद्‌भुत शक्ति होती है। इसलिए लोग इनसे मित्रता करना पसंद करते हैं।

मित्र—इन लोगों की मैत्री अपने समय में जन्मे लोगों के साथ और 21 जनवरी से 18-27 फरवरी या 21 मई से 20-27 जून और इनका केन्द्रीय आकर्षण अर्थात् 21 मई से 19-26 अप्रैल के मध्य जन्मे लोगों के प्रति होता है।

स्वास्थ्य—इस अवधि में जन्मे लोगों को नसों के रोग और निराश के भाव अधिक परेशान करते हैं। इन्हें पीठ और गुर्दे के रोग तथा सिर दर्द की परेशानी रहती है।

रंग—इन व्यक्तियों के लिए नीले, बैंगनी, जामुनी और हल्के गुलाबी के सभी शेड्स लाभदायक रंग हैं।

रत्न—मोती, पोलकी इनके मुख्य रत्न हैं।

वर्ष की इस अवधि में जन्मे कुछ प्रसिद्ध व्यक्ति

जूलियस सीजर	23 सितम्बर
ब्रिगिट बारडोट	28 ”
लार्ड राबर्ट्स	30 ”
मार्शल फाक	2 अक्तूबर
महात्मा गांधी	2 ”
सर अल्फ्रेड मुनिंग्स	8 ”

क्रिश्चियन बर्नार्ड	8	"
इंग्लैंड के जाज द्वितीय	10	"
राल्फ वागान विलियम्स	12	"
जनरल आइसन हावर	14	"
पी.जी. वुडहाउस	15	"
आस्कर वाइल्ड	16	"
जर्मनी के फ्रेडरिक तृतीय	18	"
प्रेजिडेंट एडम्स	19	"
सैमुअल टेलर कोलरिज	21	"
मार्टिन लूथर	22	"
फैराडे	22	"
साराह बर्नडार्ट	22	"

नवम्बर माह में जन्मे व्यक्तियों के चरित्र की मुख्य विशेषायें

यों तो वृश्चिक राशि का चक्र 21 अक्तूबर से प्रारम्भ हो जाता है, किन्तु पहले सात दिन तक पिछली राशि के संक्रांति काल से प्रभावित रहने के कारण अपनी पूर्ण गति में नहीं आता। अतः 28 अक्तूबर से 20 नवम्बर तक अपनी पूर्ण गति में रहता है, किन्तु अन्त के सात दिनों में अगली राशि धनु का संक्रांत्ति काल इस पर प्रभावी होने लगता है।

वृश्चिक राशि के प्रतीक चिह्न दो हैं। एक बिच्छू और दूसरा चील।

इस अवधि में जन्मे लोगों के जीवन में अत्यधिक विरोधाभास होता है। इस अवधि में अच्छे-से-अच्छा और बुरे-से-बुरा व्यक्ति पैदा हुआ है।

अपने जीवन के प्रारंभिक 20 वर्षों तक ये व्यक्ति सरलहृदय और धार्मिक प्रवृत्ति के होते हैं किन्तु जब इनकी प्रकृति जाग्रत होती है तो

ये विपरीत दिशा में चल पड़ते हैं। इस अवधि में जन्मे कई व्यक्ति सुप्रसिद्ध सन्त भी हुए हैं।

ये सभी व्यक्ति अत्यधिक भावुक होते हैं। यह इनके चरित्र की प्रभुत्व विशेषता है।

इनमें अद्भुत आकर्षण शक्ति होती है। वक्ता के रूप में ये तर्क की अपेक्षा दूसरों की भावनओं को छू लेते हैं और अपनी इच्छानुसार अपने श्रोताओं को ढाल लेते हैं।

इनमें लेखन की अद्भुत शक्ति होती है, विवरणात्मक लेखों को नाटकीय बनाने की कला रखते हैं, अतः इनका व्यक्तित्व सर्वगुणसम्पन्न होता है।

किसी आपातस्थिति या खतरे में ये व्यक्ति बहुत शांत और दृढ़-निश्चयी रहते हैं। किसी भी अन्य समय में पैदा हुए व्यक्तियों की अपेक्षा ये अधिक सफल सर्जन होते हैं।

इनकी सबसे बड़ी कमजोरी यही है कि ये अपने सम्पर्क में आने वाले लोगों के अनुकूल अपने-आप को ढाल लेते हैं।

सामान्यतः ये मानवतावादी होते हैं, संसार को सुधारने की बहुत-सी योजनाएं बनाते हैं और प्रशंसा पाकर ये अपने लोगों के पक्ष में बड़े-से-बड़े कार्य कर गुजरते हैं।

ये व्यक्ति अक्सर दोहरा जीवन जीते हैं—एक अपने लिए और दूसरा दूसरों की नजरों में।

व्यापार और राजनीति के लिए इनके पास नए विचार होते हैं किन्तु दूसरों को राय देने में ये अधिक निपुण होते हैं। इन व्यक्तियों को काम कल पर टालने की आदत से बचना चाहिए, क्योंकि यह इनकी सबसे बड़ी बुराई है।

ये लोग मानसिक युद्ध करते रहते हैं और तर्क में दृढ़ रहते हैं। कागजों पर ये अच्छे निर्देशक और जनरल सिद्ध होते हैं, किन्तु वास्तविक जीवन में ये झगड़े और खून-खराबे से घृणा करते हैं।

इसी विशेषता के कारण से शांतदूत कहलाते हैं। वास्तव में दूसरों के झगड़ों को निपटा, मैत्री करवाने में इनका कोई सानी नहीं होता।

किसी अन्य अविध में जन्मे व्यक्तियों की अपेक्षा इन व्यक्तियो के मित्रों और शत्रुओं की संख्या अधिक होती है। किन्तु इनके दृढ़ व्यक्तित्व के कारण कोई भी इनका सामना नहीं कर पाता।

सेक्स के मामले में ये अत्यधिक रुचि रखते हैं। स्त्री, पुरुषों को और पुरुष स्त्रियों को आकर्षित करते हैं। किन्तु उन स्थियीं में जहां इच्छा और उद्देश्य प्रमुख हों, वहां ये अपनी सेक्स की प्रवित्त पर नियंत्रण भी कर लेते हैं।

इस राशि के व्यक्तियों को किसी उद्देश्य के प्रति समर्पित होना चाहिए क्योंकि यही उन्हें बचाए रखेगा और इसके लिए वे किसी भी प्रकार का बलिदान करने और सुख को त्यागने से नहीं हिचकिचाएंगे, और अत्यधिक कार्य करने में सक्षम होंगे।

ये व्यक्ति स्वार्थी होते हैं और समय की आवश्यकता को देखते हुए, सब कुछ त्याग सकते हैं। किन्तु इसके विपरीत यदि ये सफल हों तो किसी व्यक्ति द्वारा दी गई सहायता के बदले में ये दसगुनी मदद करने को भी तत्पर रहते हैं।

गृहस्थ जीवन में पुरुष आधिपत्य जमाना चाहते हैं, किन्तु इनका स्त्रियों पर इतना गहरा प्रभाव होता है कि वे इन्हें हमेशा क्षमा कर देती हैं।

अपनी अद्भुत आकर्षण-शक्ति के कारण ये दूसरों पर विलक्षण

मनो-वैज्ञानिक प्रभाव डाले रखते हैं। दूसरों के प्रति अपने इस रवैये के कारण ये सांत्वना देने वाले माने जाते हैं और दूसरों को एक विशिष्ट शक्ति प्रदान करते है जब इनकी भावनाएं और सहानुभूति जाग्रत् हो उठती हैं तो ये दूसरों की मदद के लिए किसी प्रकार का जोखिम उठा सकते हैं।

जल्दी या देर से इनकी रहस्य विद्या में रुचि जाग्रत होती है। ये न देखने वाली वस्तुओं को भी देख लेते हैं। इस कारण ये लेखक, चित्रकार और कवि के रूप में प्रसिद्धि प्राप्त करते हैं। ये स्वभांव से ही दार्शनिक होते हैं।, प्रकृति का गहन अध्ययन करते हैं और किसी अन्य राशि के व्यक्तियों की अपेक्षा अन्य मनुष्यों को आसानी से समझ और परख लेते हैं।

सामान्यतः ये व्यक्ति अपने परिचितों द्वारा आदर और प्रेम पाते हैं। इस अवधि में जन्मे व्यक्तियों में शायद ही ऐसा कोई व्यक्ति होगा जो अपने जीवन काल में षड्यन्त्रों का शिकार न हुआ हो।

इस अविध में जन्मे व्यक्ति दो स्त्रोतों तों से धन कमाते हैं। अपने आरभिक जीवन में कई प्रकार की कठिनाइयों का सामना करते हैं और इससे इनकी इच्छा-शक्ति और आकांक्षा को बल मिलता है। जल्दी या देर से इन्हें सफलता और प्रसिद्धि भी अवश्य प्राप्त होती है।

मित्र—इन व्यक्तियों की मैत्री अपने समय में जन्मे व्यक्तियों और 21 जून से 20-27 जुलाई और 19 फरवरी से 20-27 मार्च अथवा जीवन त्रिकोण के केन्द्र अर्थात् 20 अप्रैल से 20-27 मई के मध्य जन्मे व्यक्तियों से होती है।

स्वास्थ्य—अपने प्रारम्भिक जीवन में ये लोग दुबले-पतले होते हैं। माध्यावस्था तक आते-आते इन पर मोटापा छाने लगता है। हृदय इनका दुर्बल अंग बन जाता है। इसलिए इन्हें अधिक कार्य या तनाव

द्वारा हृदय पर जोर नहीं डालना चाहिए।

रंग—भूरे और नीले रंग के सभी शेड्स इनके लिए बहुत लाभदायक हैं।

रत्न—इन लोगों को फिरोजा, पन्ना और सभी लाल रत्न धारण करने से लाभ होगा।

वर्ष के इस भाग में जन्मे कुछ प्रसिद्ध व्यक्ति

पाब्लो पिकासा	25 अक्तूबर
प्रेजिडेंट रूजवेल्ट	27 "
कैप्टन कुक	28 "
जेनरलिसिमो च्यांग काइ-शेक	31 "
'कीरो'	1 नवम्बर
फ्रांस की मेरी एन्तोनियों	2 "
प्रेजिडेंट हार्डिंग	2 "
विवियन ले	5 "
रिचर्ड बर्टन	7 "
बिलि ग्रहाम	9 "
विलियम होगाथ	10 "
संत आगस्टाइन	13 "
सर विलियम हर्शेल	15 "
फील्ड-मार्शल लार्ड मांटगोमरी	17 "
प्रजीडेंट गारफील्ड	19 "
इंग्लैड के चार्ल्स प्रथम	19 "
टामस चटरटन	20 "
जार्ज इलियट	22 "
चार्ल्स डी गाल	22 "
ग्रेस डार्लिंग	24 "

दिसम्बर माह में जन्मे व्यक्तियों के चरित्र की मुख्य विशेषतायें

धनु का चक्र 21 नवम्बर से प्रारम्भ हो जाता है, किन्तु पहले सात दिन यह अपनी पूर्ण गति में नहीं आ पाता क्योंकि पिछली राशि के संक्रांति काल का प्रभाव इस पर रहता है 26 नवम्बर से 20 दिसम्बर तक यह अपनी पूर्ण गति प्राप्त कर लेता है। बाद के सात दिनों में इसकी गति धीमी पड़ने लगती हैं क्योंकि अगली मकर का संक्रांति काल प्रभाव डालने लगता है।

धनु राशि का प्रतीक चिह्न धनुष है या फिर आधा घोड़ा और आधा मनुष्य का है, जो कि धनुष पर बाण चढ़ए हुए है।

वर्ष के इस भाग में जन्मे व्यक्ति जो भी कार्य हाथ में लेते हैं, उसे बिना किसी भय के दृढ़ निश्चय से पूरा करते हैं।

इस अवधि में जन्मे व्यक्ति स्पष्टवक्ता होगे हैं और प्रायः अन्य व्यक्तियों द्वारा गलत समझ लिए जाते हैं, परिणामस्वरूप इनके कई शत्रु बन जाते हैं।

इन व्यक्तियों की बहुत मुख्य विशेषता है कि ये व्यक्ति जिस समय जो कार्य कर रहे होते हैं, अपना पूरा ध्यान उस समय उसी कार्य पर केन्द्रीत रखते तब तक शांत नहीं होते जब तक की इस कार्य को पूरा नहीं कर लेते।

ये व्यक्ति कठोर परिश्रम करने बाले होते हैं, और तब तक बैठते नहीं जब तक कि थक नहीं जाते।

ये व्यक्ति सामान्यतः बहुत ईमानदार होते हैं विशेष रूप से उस समय जब ये देखते हैं। कि दूसरे इन पर पूरा विश्वास करते हैं। सत्यवादी होने के कारण ये धोखा सहन नहीं कर सकते और दूसरे यदि

इन्हे धोखा देने का प्रयत्न करते हैं तो उनका फर्दाफाश करने में भी नहीं हिचकिचाते।

इस अवधि में जन्मे व्यक्ति दो प्रकार के होते हैं। इनमें से एक प्रकार के व्यक्तियों के जीवन में उच्च आदर्श होते हैं और भलाई के किसी कार्य में वे देर नहीं करते।

इस प्रकार के व्यक्ति अपने अधीन कार्य करने वालों का पूरा-पूरा ध्यान रखते हैं।

इन व्यक्तियों की रुचि व्यापार में होती है किन्तु किसी एक जगह टिकते नहीं। एक कार्य में सफलता प्राप्त करने के उपरान्त दूसरे कार्य इन्हें अपनी ओर आकर्षित करने लगते हैं। इसी आदत के अधीन ये व्यक्ति एक के बाद एक व्यवसाय बदलते रहते हैं। इस अवधि में जन्मी महिलाएं भी एक कार्य में सफलता पाने के बाद दूसरा नया कार्य अपने हाथ में ले लेती हैं।

पी और दृढ़ इच्छाशक्ति वाले होने के कारण इनको प्रत्येक कार्य में सफलता प्राप्त होती है। इन व्यक्तियों को अपना व्यवसाय स्वयं चुनने की पूरी स्वतन्त्रता दी जानी चाहिए।

इस अवधि में जन्मे दूसरे प्रकार के लोग अपनी अलग पहचान रखते हैं। इसका पहला कारण तो यह है कि वे दूसरों की आलोचना करने में अत्यधिक निपुण होते हैं और दूसरे, धन के मामले में ये बहुत लालची होते हैं।

इस प्रकार के लोग स्वार्थ के पुतले होते हैं। जिस भी देश के ये वाशिंदे होते हैं, वहां की सरकार में कोई-न कोई पद पा ही लेते हैं। इन्हें विभिन्न उपधियों से विभुषित किया जाता हैं और ये घमंडी भी होते हैं ये अत्यन्त पाखंडी और कट्टरपंथी होते हैं। मानवता के अध्येता होते हैं। किसी भी अन्य प्रकार के व्यक्तियों की अपेक्षा अधिक पैनी दृष्टि वाले

होते हैं। इस राशि के सभी व्यक्तियों का संगीत के प्रति रुझान होता हैं और इसी कारण ये महान् संगीतज्ञ वनते हैं।

ये हर वस्तु की तह तक जाते हैं और अचानक निर्णय लेते हैं, किन्तु जल्दी-जल्दी इनका हृदय परिवर्तन होता है। बाद में पछताते भी हैं किन्तु अपनी गलती को स्वीकार करना इनके लिए मुश्किल है।

इस राशि के पुरुष आवेश में आकार विवाह कर लेते हैं और बाद में पश्चात्ताप करते हैं किन्तु अपनी गलती नहीं मानते और रूढ़िवादी होने के कारण तलाक को लेकर कचहरी में अपील आदि भी नहीं करते।

इस प्रकार विवाहित जीवन बर्बाद होने के बाद भी, ये सुखी विवाहित जीवन जीने का ढोंग करते हैं।

इस माह में जन्मी स्त्रियां अधिक ईमानदार होती हैं। वे अपने पति की सफलता चाहती हैं और इसके लिए कुछ भी बलिदान करने को तत्पर रहती हैं। यद्यपि ये कुछ जल्दबाज होती हैं किन्तु घर से इन्हें अत्यधिक लगाव होता है।

असंतुलित वैवाहिक जीवन को संतुलित बनाने का प्रयास करती हैं। ये धार्मिक प्रवृत्ति की होती हैं। नियम और अनुशासन प्रिय होती हैं और अच्छी मां साबित होती हैं।

इस अवधि में जन्मे व्यक्तियों को सफल होने पर भी किसी-न-किसी कार्य में व्यस्त रहना चाहिए। अकर्मण्यता इन्हें जल्दी ही नष्ट कर देती हैं।

मित्र—इन लोगों की मैत्री अपने ही समय में जन्मे व्यक्तियों से और 21 मार्च से 19-26 अप्रैल के मध्य या 21 जुलाई से 20-27 अगस्त में मध्य जन्मे लोगों से और अपने जीवन के त्रिकोण अर्थात् 21 मई से 20-27 जून के मध्य जन्मे लोगों से अधिक रहती है।

स्वास्थ्य—इन्हें जोड़ों का दर्द होने की संभावना रहती है। फेफड़ों और गले के रोग तथा चर्म-रोगों की भी संभावना रहती है। अपने जीवन के अंतिम दिनों में इन्हें दिमाग की बीमारियां भी घेर लेती है।

रंग—गुलाबी और जामुनी रंग के सभी शेड्स इनके लिए लाभप्रद हैं।

रत्न—नीलम और नीलमणि इनके उपयोगी रत्न हैं।

वर्ष के इस भाग में जन्मे कुछ प्रसिद्ध व्यक्ति

सर विन्टस चर्चिल	30 नवम्बर
मार्क ट्वेन	30 "
क्वीन अलेग्जैंड्रा	1 दिसम्बर
टामस कार्लाइल	4 "
मारिया कालस	4 "
सर हैमिल्टन हार्टी	5 "
हेनरीं V।	6 "
एडगिरल लार्ड जेलिको	6 "
सर वाल्टर स्काट	6 "
वारेन हेस्टिंग्ज	6 "
जोजेफ कोनराड़	6 "
सर ओसबर्ट सिटवेल	6 "
जोन ओसबर्न	14 "
नोएल कोवार्ड	16 "
सर हम्फ्री डेवी	17 "
प्रिंस जार्ज	20 "
एड्रयू कार्नेगी	25 "
मार्लिन डिट्रिच	27 "

जन्मदिन और अंकों का रहस्यमय महत्त्व

पहले-पहल तो यह बात व्यर्थ लगेगी कि कोई भी व्यक्ति बहुत आसानी से यह जान सकता है कि जिस व्यक्ति से वह मिलने जा रहा है, उसके साथ उसका सम्बन्ध मधुर होगा या नहीं। इस बात को जानने के लिए कुछ साधारण-सें नियमों का पालन करना होगा, जिनकी खोज मैंने लम्बे अनुभव के पश्चात् की है। यह पद्धति अंकों से सम्बन्धित इस रहस्यपूर्ण ज्ञान की ही एक शाखा है।

इस पुस्तक में मैं अब जिस सिद्धान्त का प्रतिपादन करने जा रहा हूं, उससे उन पाठकों को बहुत लाभ होगा जा देखना चाहते हैं और कुछ प्रयोग मेरी बात की पुष्टि भी करेंगे।

जब ऐसे किसी विषय की मैं चर्चा करता हूं, तो मेरा प्रयत्न यही रहता है कि मैं अपनी बात बहुत सरल और स्पष्ट शब्दों में समझाऊं, जिससे अंक ज्योतिष विद्या में पैठ न रखने वाले व्यक्ति भी इसे समझ सकें और इसका प्रयोग कर सकें।

केवल 9 अंक

सबसे पहले तो इस बात को समझाना और ग्रहण करना बहुत आवश्यक है कि हमारे पास कुल 9 अंक हैं या हम कहें कि ये अंक ही सब विज्ञानों के मूल अंक हैं, सभी गणनाएं इन्हीं अंकों पर आधारित हैं और सभी प्रकार की गणनाओं में 1 से 9 तक के अंक ही बार-बार

आते हैं। उदाहरण के लिए यौगिक अंक 10 में 1 और शून्य है। 11 को जोड़ें तो 2, 12 को जोड़ें तो 3 और 13 आदि अंक प्राप्त होते हैं। इस प्रकार सभी अंक मूल अंक पर लौटते हैं।

इसका रहस्यवादी पक्ष इस तथ्य में खोजा जा सकता है कि सात क्रियाशील ग्रहों द्वारा मनुष्य को जीव रूप में पैदा किया गया है। इन सात ग्रहों के अतिरिक्त दो अन्य नक्षत्र भी हैं जिन्हें अरुण (यूरेनस) और वरुण (नेप्चून) कहा गया है। ये नक्षत्र वस्तुओं के मानसिक एवं आधयात्मिक पक्ष के नक्षत्र माने गए हैं। बहुत प्राचीन काल से ही इन नक्षत्रों के अंकों को सूर्य और चन्द्रमा के अंकों से ही जोड़ा गया है। केवल यही दो नक्षत्र ऐसे हैं जिनके दो अंक हैं। अन्य नक्षत्रों के अंक इस प्रकार हैं—मंगल-9, बुध-5, बृहस्पति-3, शुक्र-6, शनि-8।

इस प्रकार स्पष्ट है कि कुल 9 अंक हैं जिन पर हमारे जीवन की गणणाएं निर्भर हैं। इसी प्रकार हमारे सौरमंड़ल के असंख्य नक्षत्र हैं, पृथ्वी से लेकर तारों तक, जिनके पीछे एक अदृश्य कर्त्ता है। इस बात को प्राचीन काल से माना जाता रहा है।

जन्म तिथियां

उपर्युक्त व्याख्या को मूल आधार मानकर, मेरे पाठक मेरी इस पद्धति या सिद्धान्त को समझ सकेंगे। इस पद्धति को खोजने में मुझे कई वर्षों का कठोर परिश्रम करना पड़ा, तब कहीं यह सिद्ध हुई। इस बात से काई अन्तर नहीं पड़ता कि उनका जन्म का कौन-सा है, किन्तु यदि दो व्यक्ति एक ही तारीख में जन्मे हैं तो उन दोनों के मध्य एक रहस्यमय सहानुभूति और आकर्षण बना रहेगा। उदाहरण के लिए यदि कोई व्यक्ति 1 तारीख को जन्मा है तो उसका, किसी भी माह की 1, 10, 19 अथवा 28 तारीख में जन्मे व्यक्ति के प्रति सहानूभूति रवैया रहेगा। इसमें वे व्यक्ति अपवादस्वरूप हो सकते हैं जो सूर्य अथवा चन्द्रमा के अंकों अर्थात् 1-4 अथवा 2-7 के अन्तर्गत जन्मे हैं। वे

एक-दूसरे के प्रति आकर्षित होंगे, जबकि अन्य अंक अपने वर्ग की ओर ही आकर्षित होते हैं।

मानव–सम्बन्ध

एक ही जन्मांक वाले दो व्यक्तियों का आपस में सम्बन्ध शारिरीक की अपेक्षा मानसिक अधिक होता है। एक ही अंक के समान नक्षत्र होते हैं, जो हृदय को प्रभावित करते हैं, जिससे एक-दूसरे के प्रति सहानुभूतिपूर्ण रवैया जन्म लेता है।

शारीरिक आकर्षण तब पैदा होता है, जब एक ही जन्मांक वाले व्यक्तियों का जन्म भी एक ही माह में हुआ हो। ('जीवन के त्रिकोण और आकर्षण' शीर्षक अगला अध्याय देखें) यदि ऐसा हो तो दोनों के अंकों का मेल होना चाहिए। तब मानसिक व शारीरिक आकर्षण पैदा होगा। ऐसे में अटूट मैत्री स्थापित होगी। प्रायः कहा जाता है कि शादी-विवाह के सम्बन्ध स्वर्ग में ही तय हो जाते हैं, किन्तु यह विचार उस बात की ही व्याख्या करता है। वास्तव में शादी-विवाह का सम्बन्ध स्वर्ग में ही नक्षत्रों व वर्ष के स्थान पर आधिरत होता है। वे ही मानव-मानव में सम्बन्ध स्थापित करवाते हैं। इनकी विस्तृत व्याख्या निम्नपद में बहुत अच्छे ढंग से की गई है जिसका अर्थ है–

"दो व्यक्ति विश्व के किसी भी हिस्से में पैदा हुए हों, कोई भी भाषा बोलते हों, एक-दुसरे के बारे में चाहे वे जानते भी न हों फिर भी वे अनजाने समुद्र या पृथ्वी से गुजरते हुए दुर्घटनाओं और मृत्यु का सामना करने के बावजूद एक-दूसरे से मिल जाएंगे और एक-दूसरे के प्रति आकर्षित होंगे।"

अगले अध्याय में मैं इस अद्भुत और दिलचस्प विषय पर प्रकाश डालूंगा और उन व्यक्तियों के आपसी सम्बन्ध बताऊंगा जो एक ही माह में जन्मे हैं।

जीवन के त्रिकोण और आकर्षण

जैसा कि मैं पिछले अध्याय में कह भी चुका हूं कि इस बात से कुछ अन्तर नहीं पड़ता कि व्यक्ति किस वर्ष में पैदा हुआ है, किन्तु यदि दो व्यक्तियों की जन्मतिथि एक ही है तो उनके मध्य अत्यधिक सहानुभूति और आकर्षण रहेगा। उदाहरण के तौर पर एक व्यक्ति यदि पहली तारीख को पैदा हुआ तो उसका व्यवहार किसी भी वर्ष के किसी माह की 1, 10, 19 और 28 तारीखों में जन्मे व्यक्तियों के साथ मधुर और आकर्षण युक्त रहेगा। यदि हम इन संख्याओं का स्वाभाविक जोड़ निकालें तो इनका मूल अंक 1 ही होगा। 10 अंक में 1 और 0 है किन्तु, मूल अंक एक ही है। 19 का मूल अंक भी एक है क्योंकि 1 और 9 को जोड़ने पर 10 अंक मिलता है। इसी प्रकार अन्य अंकों के बारे में यही नियम है जिन्हें जोड़ने पर जो मूल अंक प्राप्त हो, वही उसका अंक कहलाता है।

अगला नियम यह है कि सूर्य और चन्द्रमा के दो अंक हैं, सूर्य के 1-4 और चन्द्रमा के 2-7, जो आपस में एक-दूसरे के प्रति सहानुभूति रखने वाले अंक हैं। इसके अतिरिक्त ये अंक अपनी शृंखला के अन्य अंकों से भी मेल खाते हैं, जैसे कोई व्यक्ति 2 तारीख को जन्मा है तो उसका रवैया 7, 11, 16, 20, और 25 तारीखों में जन्मे व्यक्तियों के प्रति उदार रहेगा।

ये व्यक्ति सूर्य के अंकों 1-4 के अन्तर्गत अर्थात् किसी महीने की 1, 4, 10, 13, 19, 22, और 31 तारीख में जन्मे व्यक्तियों के प्रति भी आकर्षित होंगे। यह आकर्षण या प्रभाव तब और अधिक बढ़ जाता हैं,

जब वे व्यक्ति एक ही माह में जन्मे हों। इसकी व्याख्या करने का प्रयास मैं इस अध्याय में करूंगा।

जीवन के त्रिकोण

साल के बारह महीनों को 4 त्रिकोणों में विभक्त किया गया है। ये विभाजन मनुष्य के जीवन के चार प्रमुख और आवश्यक तत्त्वों के परिपूरक या प्रतीक हैं। इन्हीं चार तत्त्वों से जीवन का अस्तित्व है। ये चार तत्त्व हैं—अग्नि, जल, वायु और पृथ्वी।

इन चारों त्रिकोणों को मस्तिष्क में ठीक प्रकार बैठाने के लिए मैं अपने पाठकों को सुझाव दूंगा कि वे सबसे पहले एक त्रिकोण खींचें और इसके तीनों कोनों पर साल के विभिन्न भागों को लिखें जैसा कि मैं उन्हें बताऊंगा। यही अगले चित्रों में भी दर्शाया गया है।

अग्नि का त्रिकोण

अग्नि के त्रिकोण को लें। 21 मार्च से 19 अप्रैल को सबसे ऊपर लिखें। 21 जुलाई से 20 अगस्त को बायीं ओर के दूसरे कोण पर लिखें, और तीसरे कोण यानी दाएं हाथ की ओर, 21 नवम्बर से 20 दिसम्बर लिखें। अब आपको अग्नि की अनुरूपता या आकर्षण अपने स्थान पर मिलेगा।

यदि आपके त्रिकोण की भुजाएं बराबर की लम्बाई की है और आप त्रिकाण के हर शीर्ष से आधार-रेखा को बीच में से काटने के लिए रेखा खींचेंगे तो जो महीना वह दर्शाएगी वह आपके पूरे वर्ष को दो भागों में विभक्त करेगा। यही आपका 'केन्द्रीय आकर्षण' है जो अपने निर्धारित गुणों के बावजूद अधिक शक्तिशाली और महत्त्वपूर्ण सिद्ध होगा।

अब यदि आप यह देखें कि इन चार भागों में से एक भाग में उत्पन्न व्यक्ति का अंक भी उपयुक्त है, तब आप पायेंगे कि ऐसे

व्यक्तियों के आपसी सम्बन्धों में मानसिक व शारीरिक आकर्षण भी विद्यमाने रहता है।

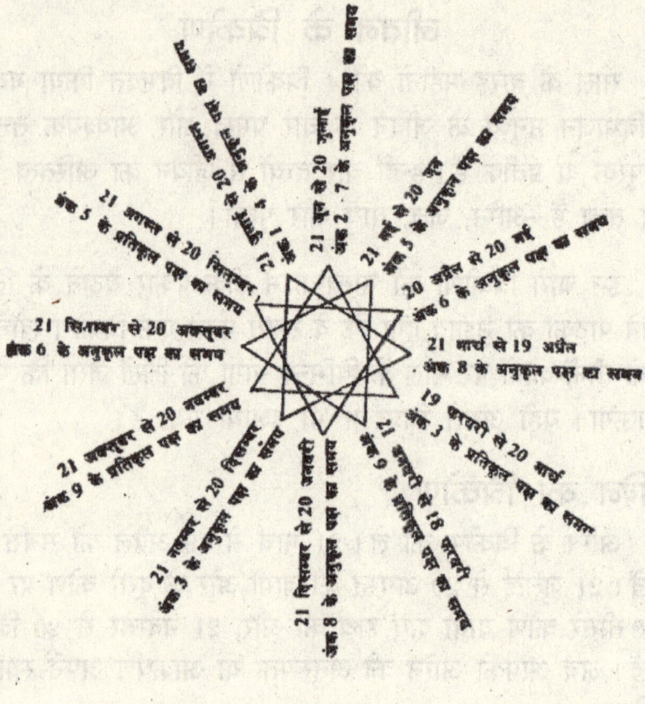

चित्र-5 : जीवन का त्रिकोण

जल का त्रिकोण

जल-तत्त्व का द्योतक त्रिकोण बनाने की पद्धति निम्न प्रकार है। अब आप 21 जून से 20 जुलाई तक के समय को त्रिकोण के शीर्ष पर लिखें। त्रिकोण के बाईं ओर 21 अक्तूबर से 20 नवम्बर लिखें और दाईं ओर 19 फरवरी से 20 मार्च लिखें। इस प्रकार जल का त्रिकोण पूरा होगा। अब पुनः हर शीर्ष से आधार की रेखा को कटने के लिए एक

रेखा खीचें जैसा कि चित्र में दर्शाया गया है। अब आप एक-दूसरे अंक के अनुकूल अंक को ढूंढें।

वायु का त्रिकोण

वायु तत्त्व के प्रतीक को त्रिकोण निम्न प्रकार खींचें। पहले की ही भांति एक त्रिकोण बना लें। शीर्ष स्थान पर 20 अप्रैल से 20 मई तक का समय लिखें। दाएं हाथ के कोण पर 21 दिसम्बर से 20 जनवरी और बाएं हाथ के कोण पर 21 अगस्त से 20 सितम्बर लिखें। अब हर शीर्ष से सीधी रेखा खींचें और एक-दूसरे अंक के अनुकूल अंक खोज निकालें।

पृथ्वी का त्रिकोण

पृथ्वी-तत्त्व के प्रतीक त्रिकोण को बनाने की विधि निम्न है। पहले की ही तरह एक त्रिकोण बनाएं। सबसे ऊपर 20 अप्रैल से 20 मई तक का समय लिखें। बाएं हाथ के कोण पर 21 अगस्त से 20 सितम्बर और दाएं हाथ के कोण पर 21 दिसम्बर से 20 जनवरी का समय लिखें। प्रत्येक शीर्ष से बीच में आधार रेखा को काटते हुए रेखा खींचें और एक-दुसरे के अनुकूल अंक खोज लें।

जब ये चारों त्रिकोण बन जाएंगे तो पूरे वर्ष का विवरण मिल जाएगा। विभिन्न त्रिकोणों में विभाजित समय में जन्मे व्यक्ति एक-दुसरे के प्रति आकर्षित होंगे। विशेष रूप से जब उनके अंक भी एक-दूसरे के प्रति आकर्षण वाले होंगे।

वायू और जल के त्रिकोणों द्वारा संकेतित समय में पैदा हुए व्यक्ति एक-दूसरे के अनुकूल रहेंगे हालांकि हम उसे सादृश्य या आकर्षण का नाम नहीं दे सकते। बिल्कुल यही बात वायु और पृथ्वी के त्रिकोण और वायु और अग्नि के त्रिकोण वाले व्यक्तियों पर भी लागू होती है। किन्तु इन सभी स्थितियों में वायु के त्रिकोण द्वारा दर्शाए गए समय में उत्पन्न लोगों का ही बाकी लोगों पर प्रभाव रहेगा और यह प्रभाव शारीरिक की

अपेक्षा मानसिक अधिक रहेगा।

पृथ्वी और जल के त्रिकोण द्वारा दर्शाई गई अवधि में जन्मे लोगों का भी आपसी सम्बन्ध मधुर रहेगा। किन्तु यह मेल आत्मिक की अपेक्षा भौतिक अधिक रहेगा।

अग्नि और पृथ्वी के समय में जन्मे लोगों में भी सामंजस्य होगा, क्योंकि अग्नि पृथ्वी को ऊष्मा देती है और उसे अधिक उपयोगी व उपजाऊ बनाती है।

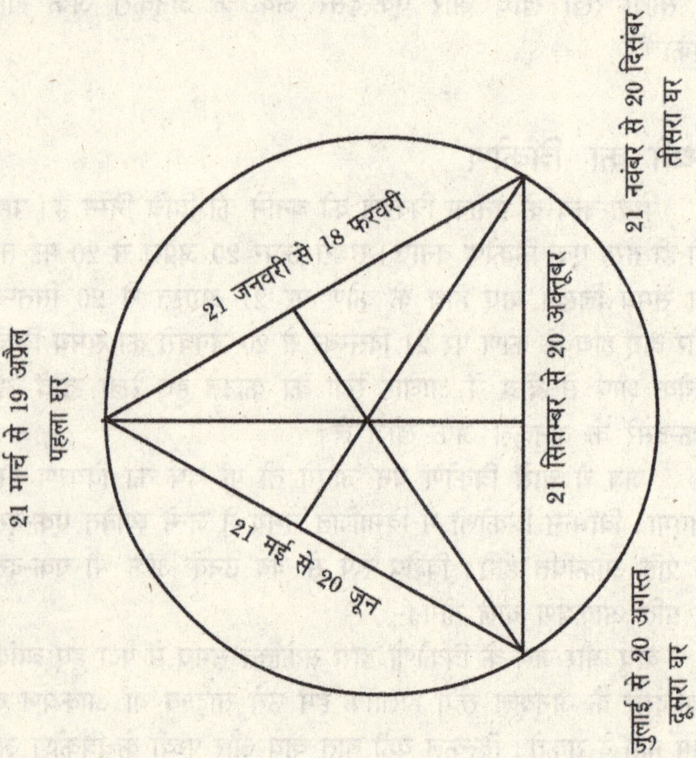

चित्र-6 : अग्नि त्रैविध्य

अग्नि त्रैविध्य

व्याख्या

प्रथम घर—21 मार्च से 19 अप्रैल और शीर्ष से 26 अप्रैल तक।

द्वितीय घर—21 जुलाई से 20 अगस्त और शीर्ष से 27 अप्रैल तक।

तृतीय घर—21 नवम्बर से 20 दिसम्बर और शीर्ष से 27 दिसम्बर तक

केन्द्रीय आकर्षण

प्रथम घर का—21 सितम्बर से 20 अक्तूबर तक और शीर्ष से 27 अक्तूबर तक।

द्वितीय घर का—21 जनवरी से 19 फरवरी तक और शीर्ष से 26 फरवरी तक।

तृतीय घर का—21 मई से 20 जून तक और शीर्ष से 27 जून तक।

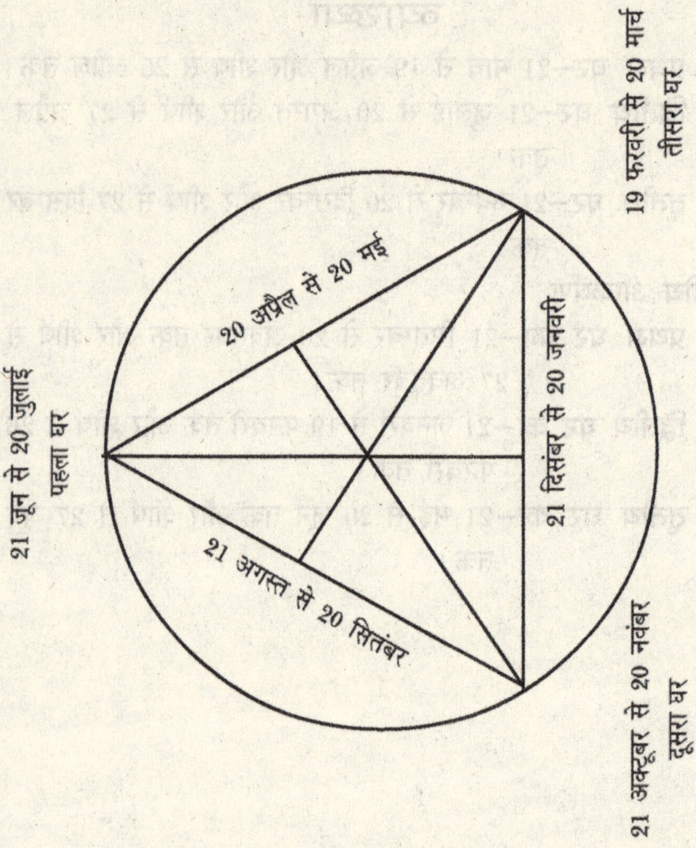

चित्र-7 : जल त्रैविध्य

जल–त्रैविध्य

व्याख्या

प्रथम घर—21 जून से 20 जुलाई और शीर्ष से 27 जुलाई तक।

द्वितीय घर—21 अक्तूबर से 20 नवम्बर और शीर्ष से 27 नवम्बर तक।

तृतीय घर—19 फरवरी से 20 मार्च और शीर्ष से 27 मार्च तक।

केन्द्रीय आकर्षण

प्रथम घर का—21 दिसम्बर से 20 जनवरी और शीर्ष से 27 जनवरी तक

द्वितीय घर का—20 अप्रैल से 20 मई और शीर्ष से 27 मई तक।

तृतीय घर का—21 अगस्त से 20 सितम्बर तक और शीर्ष से 27 सितम्बर तक।

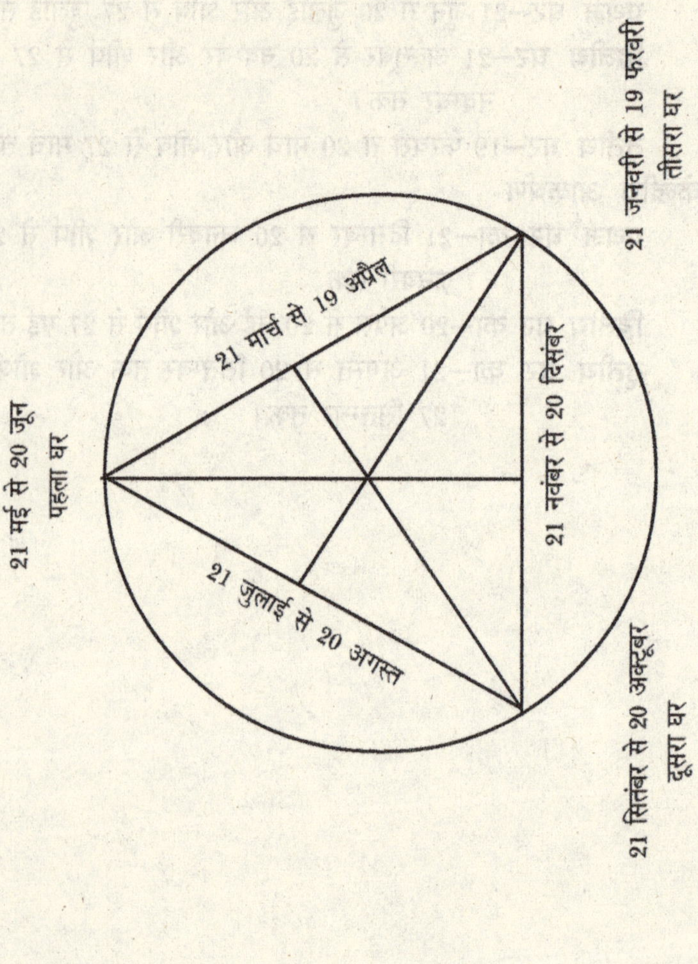

चित्र-7 : वायु त्रैविध्य

वायु त्रैविध्य

व्याख्या

प्रथम घर—21 मई से 20 जून तक और शीर्ष से 27 जून तक।

द्वितीय घर—21 दिसम्बर से 20 अक्तूबर तक और शीर्ष से 27 अक्तूबर तक।

तृतीय घर—21 जनवरी से 19 फरवरी तक और शीर्ष से 26 फरवरी तक।

केन्द्रीय आकर्षण

प्रथम घर—21 नवम्बर से 20 दिसम्बर तक और शीर्ष से 27 दिसम्बर तक।

द्वितीय घर—21 मार्च से 19 अप्रैल तक और शीर्ष से 26 अप्रैल तक।

तृतीय घर—21 जुलाई से 20 अगस्त तक और शीर्ष से 27 अगस्त तक।

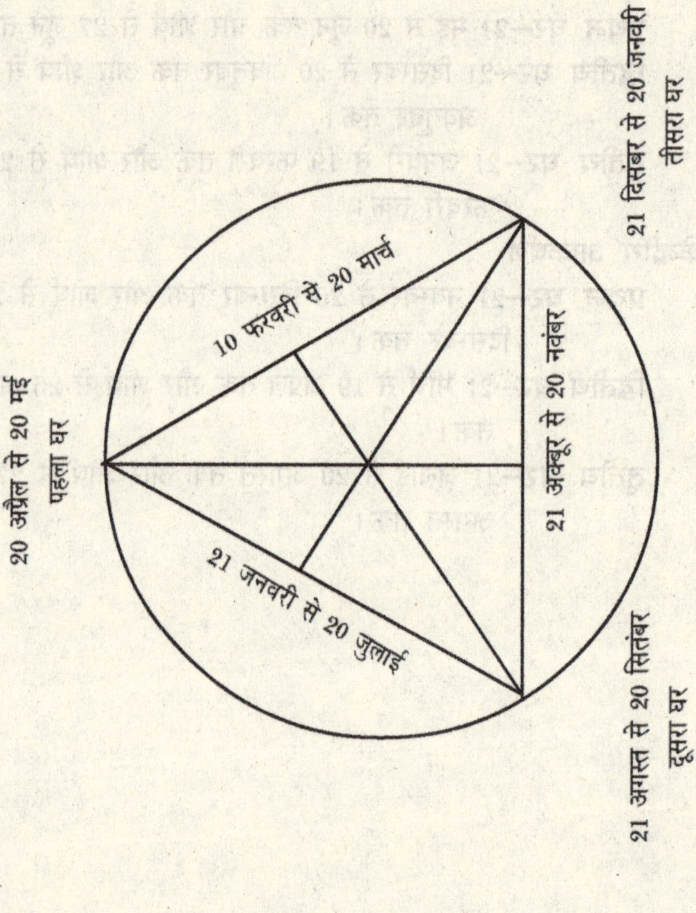

चित्र-8 : पृथ्वी त्रैविध्य

पृथ्वी त्रैविध्य

व्याख्या

प्रथम घर—20 अप्रैल से 20 मई तक और शीर्ष से 27 मई तक।

द्वितीय घर—21 अगस्त से 20 सितम्बर तक और शीर्ष से 27 सितम्बर तक।

तृतीय घर—21 दिसम्बर से 20 जनवरी तक और शीर्ष से 27 जनवरी तक।

केन्द्रीय आकर्षण

प्रथम घर—21 अक्तूबर से 20 नवम्बर तक और शीर्ष से 27 नवम्बर तक।

द्वितीय घर—10 फरवरी से 20 मार्च तक और शीर्ष से 27 मार्च तक।

तृतीय घर—21 जून से 20 जुलाई तक और शीर्ष से 27 जुलाई तक।

यही अन्तिम समानता नहीं

ऊपर बताई गई सभी अवस्थाएं, आपस में मेल खा सकती हैं, किंतु फिर भी इनको ही पूर्ण सत्य नहीं माना जा सकता। इसके अतिरिक्त ऐसी दशा में उनके भिन्न रूप में होने की ही संभावना अधिक रहती है। किन्तु यदि दो व्यक्ति एक ही त्रिकोण में और एक-दूसरे से मेल खाने वाले अंकों के अंतर्गत जन्मे हों तो उनका सम्बन्ध-विच्छेद कभी नहीं हो सकता और यदि ऐसा हो भी जाए (किन्हीं अपरिहार्य कारणों से) तो वे पुनः मिल जाते हैं, चाहे उन पर विपरीत प्रभाव भी क्यों न हो।

अग्नि और जल के प्रतीक त्रिकोण में दर्शाए गए समय के मध्य जन्मे व्यक्ति कभी भी एक-दूसरे के प्रति आकर्षित नहीं होते और यदि आवश्यक कारणों या विवाह के द्वारा उन्हें एक साथ रहने पर मजबूर किया भी जाए तो भी वे अलग होंगे ही और अन्त में एक-दूसरे के शत्रु भी बन जाएंगे।

शुभ रंगों को जानने की विधि

अब मैं व्याख्या करने जा रहा हूं कि रंग और अंकों का आपस में क्या सामंजस्य है, और मेरा विश्वास है कि मेरी इस व्याख्या से पाठक अधिक से अधिक लाभान्वित होंगे।

पियानों, बांसुरी या संगीत का कोई भी वाद्य देखने में कितना भी सुन्दर क्यों न हो, किंतु जब तक उसके तार या सुर में सामंजस्य न हो, तब तक वह वाद्य सुर में नहीं माना जाता और उसका प्रयोग नहीं हो सकता।

यही बात मानव के साथ भी है। यदि जीवन-वीणा में सामंजस्य नहीं है तो व्यक्ति के विचारों और कार्यों में असमानता रहेगी। प्रकृति की अदृश्य शक्ति समस्वरता के विराट आयोजन में उसे विवादी सुर छेड़ने की बजाय शांत औरा अकर्मण्य ही रहने देगी, यही प्रकृति के उद्देश्य रहा है।

प्रकृति के लिए समय का कुछ विशेष महत्त्व नहीं है, अतः वह मनुष्य के जीवन जैसी तुच्छ वस्तुओं की चिन्ता नहीं करती। पर मनुष्य के लिए उसका जीवन अत्यधिक महत्त्वपूर्ण है। इसीलिए हमारे लिए यह आवश्यक हो जाता है कि हम प्रकृति के रहस्यों को यथाशीघ्र समझने की कोशिश करें; ताकि प्रकृति की योजनानुसार अपने को ढाल सकें। इसके विपरीत कई व्यक्ति प्रकृति से इस बात की आशा रखते हैं कि वह उनके अनुकूल हो।

इस बात की गहराई में जाकर मैं यह जानना चाहूंगा कि जन्मांक और जन्म के महीने से सम्बन्धित मुख्य रंग कौन-कौन-से हैं

रंगों का प्रयोग कैसे करें

यदि हम भी फूलों की भांति अपने सही रंगों के वस्त्र पहनें तो पृथ्वी और भी सुन्दर दिखाई देगी। किन्तु हम अपने रूढ़िवादी वेश में एकाएक इतना बड़ा परिवर्तन नहीं ला सकते। तब भी उन कमरों या स्टूडियोज के रंगों में जहां वे अपनी योजनाओ को कार्यरूप देते हैं, अपने पत्र लिखते हैं या मित्रों से मिलते हैं वे इतना कर पाये हैं तो मैं विश्वास से कह सकता हूं कि उन्हें जल्दी ही प्रसन्नता और भौतिक सुख में वृद्धि का अनुभव होगा।

अंक 1 के शुभ रंग : किसी महीने की 1, 10, 19 और 28 तारीख में जन्मे व्यक्तियों का जन्मांक एक हैं। 1-4 उनका मूल अंक है। और वे 2-7 अंक के लिए बताए गए रंगों का इस्तेमाल भी कर सकता हैं। जैसे 2-7 अंक वाले 1-4 अंक के रंगों का प्रयोग कर सकते हैं। 1-4 अंक के घर, 21-28 जुलाई से 20-26 अगस्त के मध्य, में जन्मे व्यक्तियों के लिए 1, 4 अंक और उसके रंग बहुत महत्त्वपूर्ण है।

इसके मुख्य रंग हल्के पीले से लेकर गहरे संतरी और सुनहरे रंगों के सभी शेड्स हैं। इसके अतिरिक्त वे 2-7 के रंग अर्थात् हल्के से गहरे हरे तक और सफेद क्रीम रंगों का उपयोग भी कर सकते हैं। बैंगनी, नीला, भूरा, और गुलाबी रंग भी इनके लिए लाभदायक हैं। किन्तु इन रंगो को अतिरिक्त रंग कह सकते हैं। बल्कि इन रंगों की अतिरिक्त रंग कह सकते हैं।

एक अंक के व्यक्तियों को चाहिए कि वे जहां तक सम्भव हो मुख्य रंगो को इस्तेमाल में लाएं, विशेष रूप से अपने कमरों, स्टूडियो और वस्त्रों में। इन व्यक्तियों को अपने आभूषणों में अम्बर और पूखराज पहनने चाहिए।

अंक 2 के शुभ रंग : किसी माह की 2, 11 और 29 तारीख में जन्मे व्यक्तियों का जन्मांक 2 माना गया है। और यदि किसी व्यक्ति का जन्म 2-7 के घर, अर्थात् 21 जून से 20-27 जुलाई के बीच हुआ है, तो यह अंक और इनके रंग उसके लिए और भी महत्वपूर्ण हो जाते हैं।

इनके मुख्य रंग हल्के हरे से लेकर गहरे क्रीम या सफेद हैं। किन्तु ये व्यक्ति 1-2 अंक के रंगों का इस्तेमाल भी कर सकते हैं। गुलाबी पुट लिए रंग और हल्का नीला इनके लिए लाभदायक हैं, किन्तु ये केवल अतिरिक्त रंग हैं। अंक 2 के व्यक्तियों को सदा हल्के रंग पहनने का प्रयास करना चाहिए और जहां तक सम्भव हो गहरे रंगों से बचना चाहिए। इन्हें मोती, बिल्लौर और चन्द्ररत्न पहनना चाहिए

अंक 3 के शुभ रंग : किसी महीने की 3, 12 और 21 या 30 तारीख में जन्मे व्यक्तियों का जन्मांक 3 है। अंक 3 के घर अर्थात् 19 फरवरी से 20-27 मार्च के मध्य या 21 नवम्बर से 20-27 दिसम्बर के मध्य जन्मे व्यक्तियों के लिए यह अंक और इसके रंग और भी महत्त्वपूर्ण हो जाते हैं।

इनके मुख्य रंग बैंगनी, जामुनी, चमकीला गुलाबी हैं, जिन्हें इन्हें अपने कमरों के रंग बनाने चाहिए और इन रंगों का इस्तेमाल अधिकधिक करना चाहिए। इन व्यक्तियों को अपने आभूषणों में नीलमणि का उपयोग करना चाहिए जिससे रंग का सम्प्रेषण अधिकाधिक हो।

नीला, भूरा, गुलाबी और पीला रंग भी इनके लिए शुभ हैं किन्तु ये सब अतिरिक्त रंगे माने जाते हैं।

अंक 4 के शुभ रंग : किसी महीने की 4, 13, 22 और 31 तारीख में जन्मे व्यक्तियों का जन्मांक 4 माना गया है। किन्तु यदि

कोई व्यक्ति 21 जुलाई से 20-27 अगस्त और जनवरी 21 से फरवरी 19-26 के मध्य जन्मा हो तो यह अंक और इनके रंग और अधिक प्रभावशाली हो जाते हैं।

इनके मुख्य रंग ग्रे और हल्ला पीला और इन रंगो के सभी शेड्स, चमकीले रंग और हरे पीले रंग का आभास देते रंग हैं। इन व्यक्तियों को नीलम बहुत लाभकारी सिद्ध होगा।

अंक 5 के शुभ रंग : किसी महीने की 5, 14 और 23 तारीख में जन्मे व्यक्तियों का अंक 5 है। यदि इन व्यक्तियों का जन्म 5 अंक के घर अर्थात् 21 मई से 20-27 जून या 21 अगस्त से 20-27 सितम्बर के मध्य हुआ तो इस अंक और इसके रंगों का महत्त्व और भी बढ़ जाता है।

इनके मुख्य रंग सिल्वर ग्रे, चमकीला सफेद रंग और चमकीले आभूषण हैं। अतिरिक्त रंगों में सभी रंगों के हल्के शेड्स इनके लिए लाभदायक हैं।

यदि ये व्यक्ति अपने इर्द-गिद मुख्य व गहरे रंगो का इस्तेमाल न करें या इन रंगों के कपड़े न पहनें तो इनका आकर्षण और अधिक बढ़ जाएगा। इन व्यक्तियों को प्लैटिनम या चांदी के आभूषण और हीरा पहनना चाहिए।

अंक 6 के शुभ रंग : किसी महीने की 6, 15 और 24 तारीख में जन्मे व्यक्तियों का जन्मांक 6 है। यदि इनका जन्म अंक 6 के घर अर्थात् 20 अप्रैल से 20-27 मई और 21 सितम्बर से 20-27 अक्तूबर के बीच हुआ हो तो इस अंक और इसके रंगो का प्रभाव अधिक बढ़ जाता है।

इस अंक का प्रमुख रंग हल्के से लेकर गहरे तक नीलें रंग के सभी

शेड्स हैं। इसके अलावा इस अंक के पास अन्य अंकों की अपेक्षा अधिक अतिरिक्त रंग हैं। यह व्यक्ति काले और गहरे बैगनी रंगों को छोड़कर सभी रंगों का इस्तेमाल कर सकते हैं। पन्ना और फिरोजा धारण करना इस अंक के व्यक्तियों को लाभ देना।

अंक 7 के शुभ रंग : किसी महीने की 7, 16 और 25 तारीख को जन्म व्यक्तियों का जन्मांक 7 है। इसका प्रभाव तब और भी बढ़ जाता है जब व्यक्ति अंक 7-2 के घर में पैदा हुआ हो। यह अविध 21 जून से 20-27 जुलाई है।

इस अंक के प्रमुख रंग वही है जो 2 अंक के होते हैं जैसा कि इसी अध्याय में बताया जा चुका है। अन्तर केवल इतना है कि अंक 7 के व्यक्ति अधिक सरल होते हैं इसलिए इन्हें अधिक शक्तिशाली और हल्के रंग पहनने चाहिए। हरे और पीले रंग सभी शेड्स इनके मुख्य रंग हैं।

इन व्यक्तियों के लिए मुख्य और लाभकारी आभूषण चनद्रमणि, सफेद पत्थर और बिल्लौर हैं। इन लोगों को गहरे रंगों से बचना बहुत जरूरी है।

अंक 8 के शुभ रंग : किसी महीने की 8, 17 और 26 तारीख जन्मे व्यक्तियों का जन्माक 8 है। 8 अंक का घर दिसम्बर 21 से जनवरी 20-27 और जनवरी 27 से फरवरी 19-26 तक के बीच का समय माना गया है। इस अवधि में जन्मे लोगों पर अंक 8 और इसके रंगो का प्रभाव अधिक बढ़ जाता है।

इस अविध मे 21 दिसम्बर से 20-27 जनवरी तक का समय अनुकूल माना गया है और 27 जनवरी से 19-26 फरवरी तक का समय प्रतिकूल।

इन व्यक्तियों को अपने आसपास के वातावरण और रंगों के प्रति

बहुत सावधान रहना चाहिए।

यदि ये व्यक्ति हल्के, चमकीले और आंखों में चुभने वाले रंगों से घिरे हों तो ये अपने-आप को अलग-थलग महसूस करते हैं और चिड़चिड़े हो जाते है। इन परिस्थितियों में ये अपने-आप को प्रायः मौन, मूडी और खिन्न महसूस करते हैं।

ये व्यक्ति स्वभाव से गम्भीर, शांतचित और खरे होते हैं, इसलिए इन्हें याद रखना चाहिए कि सभी गंभीर रंगों पर इनका जन्म-सिद्ध अधिकार होता है।

इस अंक के अन्तर्गत जन्मे बच्चों को भी (क्योंकि यह अंक रहस्यमय अंक माना गया है) विशेष रूप से यदि वे 8 अंक के घर में पैदा हों यदि हल्के और आंखों में चुभने वाले रंग पहना दिया जाएं तो वे भी अजीब-से लगेंगे। जैसे-जैसे ये बच्चे बड़े होते जाएगे, रंगो का प्रभाव भी बढ़ता जाएगा। इसके विपरीत सभी गहरे रंग इन्हें अनुकूल पड़ेंगे और इनके व्यक्तित्व और वातावरण से समन्वय रखेंगे।

यदि ये लोग गहरे ग्रे, नीले और भुरे व लाल रंग का प्रयोग करें तो विशेष लाभ होगा।

उदाहरण के तौर पर यदि हम इस अंक के व्यक्तियों को हल्के रंगों के कपड़े पहना दें तो ऐसा लगेगा कि 'बेकर' छुट्टी मनाने जा रहे हो और यदि हम उसी व्यक्ति को उस अंक के रंग पहनाएं तो उसके व्यक्तित्व की चारों और चर्चा रहेगी।

इन व्यक्तियों के घरों और व्यवसाय केन्द्रों पर भी यही नियम लागू होता है। ऐसे व्यक्ति अपने-आप को तब सुविधा में महसूस करते हैं, जब उनके आस-पास सागवान का बना गहरे रंगों का फर्नीचर हो। यदि कोई मूर्ख शिल्पी इन्हें हल्के रंगों से घर दे तो ये अपने को असुविधा में महसूस करेंगे। इसी कारण गहरे रंगों के रत्न इनके लिए

लाभदायक होते हैं। इन व्यक्तियों को भाणिक तथा चमकता नीलम पहनना चाहिए जो कि अंक 8 का विशेष रत्न है।

अंक 9 के शुभ रंग : किसी महीने की 9, 18 और 27 तारीख में पैदा हुए व्यक्तियों का जन्मांक 9 होता है। यदि कोई व्यक्ति अंक 9 के घर में अर्थात् 21 मार्च से 19-26 अप्रैल अथवा 21 अक्तूबर से 20-27 नवम्बर के मध्य पैदा हुए तो इस अंक और इसके रंगों का प्रभाव बढ़ जाता है।

इस अंक के मुख्य रंग भूरा और लाल रंग के सभी शेड्स हैं। इसका अतिरिक्त रंग गुलाबी रंग के सभी शेड्स हैं। किन्तु वे इन रंगों के गहरे शेड्स न पहनें तो अच्छा रहेगा और नीले रंग के सभी शेड्स इनके लिए विशेष लाभकारी हैं।

इन व्यक्तियों को अपने आभूषणों में रक्तमणि, गार्नेट और माणिक पहनने चाहिए।

यदि ये व्यक्ति इन नियमों को अपनाएंगे, जो मैंने बताए हैं, तो इन्हें महसूस होगा कि उनकी दिनचर्या में आश्चर्यजनक परिवर्तन हुए हैं और इन्हें उससे बहुत लाभ पहुंचा है।

जो नियम मैंने बताए हैं, वे केवल सिद्धांत या अनुमान पर आधारित नहीं हैं। ये सिद्धांत मैंने प्राचीनतम लेखों से चुने हैं और व्यर्थ एवं अनुपयोगी सामग्री छोड़ दी है। इन नियमों को मैंने हजारों स्थितियों में प्रयोग करने के बाद आप तक पहुंचाया है।

वस्तुओं के स्पन्दन का सिद्धांत भी गुरुत्लाकर्षण के सिद्धान्त जैसा मान्य हैं। यह सिद्धान्त इसलिए इसलिए अधिक मान्य हो जाता है, क्योंकि इसका सम्बन्ध व्यक्ति के विचारों और कर्मों-से है। प्रोफेसर ने भी अपने नक्षत्र विज्ञान के अध्ययन में इस बात पर जोर दिया है।

यह सर्वमान्य तथ्य है कि संगीत में ऐसी ध्वनियां और स्पन्दन हैं जो हमें सुनाई नहीं देते, किन्तु प्रकृति में ऐसे जीव भी हैं जो इन ध्वनियों को बहुत आसानी से पकड़ लेते हैं।

सफलता और प्रसन्नता ही जीवन के दो मुख्य आधार हैं, हमारे लिए भी और हमारे सम्पर्क में आने वाले व्यक्तियों के लिए भी।